DAS FANNESLIED

Karl Staudacher

DAS FANNESLIED

Illustrierte dolomitenladinische Volkssagen

Tyrolia-Verlag · Innsbruck-Wien

Die Deutsche Bibliothek – CIP-Einheitsaufnahme

Staudacher, Karl: Das Fanneslied : Illustrierte dolomitenladinische
Volkssagen / nachgedichtet von Karl Staudacher.
– Innsbruck ; Wien : Tyrolia-Verl., 1994
ISBN 3-7022-1928-5

Umschlagbild: Lujanta mit blinder Königin-Mutter von A. Frenes
Umschlaggestaltung: Mag. Elke Staller, Innsbruck
Farblithoausarbeitung: Tiroler Repro, Innsbruck
Satz, Druck und Bindung: Athesia-Tyrolia Druck, Innsbruck

Inhalt

Einleitung

Das Fannesgebiet mit seiner überwältigenden Schönheit beeindruckte offenbar schon seit Jahrhunderten die ladinische und deutschsprachige Bevölkerung. Frau von Pidoll beschreibt diese faszinierende Gebirgskulisse in den folgenden Sätzen: „Das Herzstück des Gadertals ist zweifellos Fannes. Mit seinem Enneberger Arm – bis Pederü und mit dem von Sankt Kassian bis zum Serèbach – hält das Gadertal Klein-Fannes umschlossen, die hoch erhobene Schale aus weißem Kalk. Ihre Ränder steilen sich auf zu Gipfeln, brechen in Scharten aus zu Strömen von Geröll bis hinunter in die Weidematten; die schönsten dieser Bergwiesen sind die der Armentara unterm Kreuzkofel."
Seit Jahrtausenden sind Menschen im Sommer in dieses kleine Paradies eingedrungen, haben Wild gejagt und später ihre Herden weiden lassen. Wenn die Feindeinbrüche in den Tälern unerträglich wurden, zogen sich sicher auch versprengte Gruppen auf dieses Hochplateau zurück.
Die bizarren Gebirgsformationen, z. B. des Ciastel de Fannes und des an König Laurin erinnernden Felsmassivs im Nordwesten des Fannesplateaus, legten die Annahme nahe, daß Menschenhand bei der Errichtung dieser Gebilde mit im Spiel war. Die erfolglose Suche nach Überresten menschlicher Siedlungen an einigen dieser Orte bestätigen nur die Vermutung, daß selbst für unsere abgehärteten Vorfahren bestimmte Gebirgsregionen zu steinig waren, um sich dort länger niederzulassen. Die Schönheit des Landes, der an Menschenstimmen erinnernde Ruf der Murmeltiere, der Schrei der Adler und seine aufregende, wechselvolle Geschichte haben einen starken Eindruck in der Bevölkerung hinterlassen. Da die Ladiner zu den wenigen Europäern zählen, die ihr Heimatgebiet vielleicht über Jahrtausende halten konnten, ist es nicht verwunderlich, daß sie einen Teil ihrer Erlebniswelt, die mit Fannes zusammenhängt, bis heute bewahrt haben.
Das ursprüngliche Fannesepos, das in seiner Aufführung einen ganzen Tag beanspruchte, ging verloren. Die vor allem von Karl Felix Wolff geretteten Teile sind kulturgeschichtlich so wertvoll, daß wir es als unsere Pflicht ansehen, auch die Gedichtfassung unseres Onkels bzw. Großonkels zu veröffentlichen. Bei der Schreibweise von Fannes haben wir die von Staudacher gewählte Form belassen, ohne sie für alle Beiträge zu fordern.
Um aufzuzeigen, in welchem spannungsgeladenen Hintergrund sich das Fannesgebiet seit jeher befand, haben wir versucht, die historische Situation durch die im Anhang angefügte Zeittafel zu charakterisieren. Zudem haben wir die wichtigsten Lebensstationen von Karl Staudacher in einem kurzen Curriculum vitae zusammengefaßt:

Karl Staudacher wurde in Bruneck als dritter Sohn des Kreuzwirt-Ehepaars geboren (am 19. Oktober 1875). In dieser Pustertaler, den religiösen Traditionen verpflichteten Gastwirtefamilie lernte er frühzeitig konkrete Nachbarschaftshilfe kennen. So brachte einmal sein Vater drei Kinder aus der Verwandtschaft, die plötzlich verlassen worden waren, nach Hause mit und rief zu seiner Frau: „Mena, ich bring' die XY-Kinder." Damit kamen zu seinen fünf Sprößlingen noch drei dazu und Mena wußte nur einzuwenden, daß er sie noch unten lassen sollte, bis sie ihre Körper und Kleider gewaschen (bzw. vom Ungeziefer befreit) hätte.
Die vielen Toten, die die Weltkriege unter seinen Freunden und in seiner Verwandtschaft forderten, sowie andere Schicksalsschläge banden ihn an die Sagenwelt seiner Jugend, da darin schon beschrieben war, was er und die ihm nahestehende Bevölkerung auch selbst erleben mußten.
Einen starken Einfluß übte eine ladinische Hausgehilfin (Muhme genannt) aus, die ihm immer wieder vom ladinischen Sagengut berichtete. Sein unglaublich gutes Gedächtnis erleichterte es ihm, diese Erzählungen für viele Jahre zu behalten. Mit seinem Entschluß, zu studieren und Theologe zu werden, bereitete er seinen Eltern große Freude.
Noch vor dem Ersten Weltkrieg wirkte er als Seelsorger in Anras, Osttirol, und in Obervintl. Die Verbundenheit mit seinen Bauern drückte er einmal mit folgenden Worten aus:

Männer wie Lärchenbäume,
die Geschlechter überdauern,
fest im Heimatgrund verwurzelt,
so sind unsere alten Bauern …

Die Stellen, die er als Kooperator in Anras, Obervintl, Gais, Taisten und schließlich als Pfarrer in Lappach antrat, ließen ihm offenbar genügend Zeit, um seiner schriftstellerischen Begabung nachgehen zu können. Zahlreiche Artikel im „Schlern", die immer wieder das Gadertal und seine Bewohner betrafen, erschienen in dieser Zeit.
Sein unbeschwertes Verhältnis zum Sterben bringt er in vielen Gedichten zum Ausdruck, die von Monsignore Dr. Johannes Baur gesammelt und herausgegeben wurden („Sterbebildverse und andere Gedichte"). Eindrucksvoll gedachte er seiner Mutter und seines Bruders:

Was du, o Mutter, dein ganzes Leben
gebetet, geduldet, getan und gegeben:
Wer mißt die Liebe, wer wägt das Leid?
Im Buch des Lebens ist es geschrieben,
und tief in den Herzen deiner Lieben:
Die Schrift soll dauern die Ewigkeit.

Arbeit ohne Rast und Ruh,
Kriegsstrapazen, Heimatsorgen –
und am Leben tief verborgen
nagt die Krankheit immerzu.

Gebt mir einmal noch mein Kleid!
Und im blauen Arbeitsschurze
hat vertauscht er dieses kurze
Dasein mit der Ewigkeit.

Im März 1943 erschien die von ihm verfaßte „Katholische Religionslehre für das Volk". Auch für dieses Werk gilt, was Msgr. Baur schreibt: „Ja, er hat die theologischen Wahrheiten selber verarbeitet und in neue Formen gegossen." Dazu soll er gesagt haben: „Merk dir's: Den Inhalt (der Seminartheologie) behalte, die Form derselben zerschlage!" Seine religiösen Naturbetrachtungen brachte er als „Bilder-Buch Gottes" heraus. Die Fülle der Gedanken, die in diesem Werk dargelegt werden, würden eine neue Bearbeitung verdienen. Als K. F. Wolff 1921 im „Schlern" den „Sagenkreis von Fànis" erwähnte, teilte ihm Pfarrer Staudacher mit, daß er diese Sagen schon lange kenne und daß er sie in Form eines Epos erarbeiten wolle. Wolff schreibt: „Wir einigten uns darüber, den von uns gesammelten Stoff gegenseitig auszutauschen, wodurch wir beide erheblich gewannen ... In der achten Auflage meiner Dolomiten-Sagen (1944) habe ich den Sagenkreis vom Reich der Fannes mit all jenen Ergänzungen veröffentlicht, die ich Herrn Pfarrer Staudacher verdankte, und auch sein Werk mehrfach genannt ... Es war aber aus dem Brixner Kulturkreise, in welchem Staudacher eine Hauptrolle spielte, schon der junge Dichter hervorgegangen, der den Ladinern ihr altes Festspiel neu gestalten und wiedergeben sollte. Er ist selbst ein Ladiner, aus Wengen (eigentlich im Weiler Misà der Pfarre Enneberg, die Herausgeber) gebürtig, heißt Angel Morlang und hat in Brixen Theologie studiert."
Staudacher hatte inzwischen die Pfarre von Vahrn übernommen. Seine Sehfähigkeit ließ

immer mehr nach, bis er nahezu erblindet war. In der Pension, im Cassianeum in Brixen, arbeitete er intensiv an der Fertigstellung des Fannesliedes. Wenn er nicht selbst an der Schreibmaschine, die vier Nägel zur Positionierung seiner Hände hatte, saß, erhielt er Unterstützung von der Meraner Schriftstellerin Henriette von Pelzel, aber auch die Dichterin Gabriele von Pidoll und seine Nichte, Maria Wellner-Hartmann in Vorarlberg, wo er wiederholt auf Urlaub war, sprangen hilfreich ein.
Die vielen Freunde, die er bis zu seinem Lebensende in Südtirol besaß, haben beigetragen, das wertvolle Kulturgut dieses Landes zu erhalten und weiterzugeben. Pfarrer Staudacher wurde vor fünfzig Jahren, im März 1944, in Brixen zu Grabe getragen.

Für den Bilderbeitrag und die sonstige Förderung dieses Vorhabens möchten wir dem Gadertaler Künstlerbund und besonders Herrn Pfarrer Angel Morlang herzlich danken.

Im Frühjahr 1994
Bruneck / Innsbruck

Antonia Staudacher-Dolezal
Ortwin Bobleter

Angel Morlang

Fanneslied

ti àl metü inom Karl Staudacher a so gran epos söla lionda dl rëgn de Fanes y **Fanes da zacan** ti ài iö dit al epos ch'i à metü adöm y é gnü stampé y spo dé fora dal Istitut ladin Micurà de Rü.

Karl Staudacher ê a Pursenù in punsiun laota che iö studiâ teologia y purchël l' ài cunesciü y plü iadi inče baié impara.

C'ina ch'al udô n pice püch, l' udôn jon à spazier cun la maza y can ch' an l' incuntâ y i baiâ ados, âl ion y metü man da cunté y sc'i dijôn ch'i ên ladins, âl atira l'Fanesreich da trà ca y al se recordâ de gran toč adamënz de so epos.

Laota, purdërt, s'êl descedé te mi pinsiers l'dejidêr de i ji dô plü avisa ala lionda de Fanes. I me punsâ, sc'al é jënt nia ladina, che s'interescëia tan di ladins, fossel dërt che nos ladins ne fajessun nia y lasciassun ćiarié fora de nosta cultura döt l'or da d'atri? Laprò mëssun di, ch'al n'é tröc nia ladins, spezialmënter tudësc, che ô bun ai ladins y i onorëia y stüdia süa storia y so caracter.

N tal ê siur Karl Staudacher, che adorâ tröp tëmp de sües feries pur rodé jö les Dolomites. Al ê pö l'pröm vijin, nasciü a Bornech y ê insciö bele adora gnü a contact cun i ladins.

Laota, al tëmp dl ultima gran vera, ne punsân sanbëgn nia a scri libri o dé fora libri. Al ê d'atri avenimënč che implî fora l'punsé, l'cör y döta la vita dla jënt.

Dô la vera m'ài atira interescé dla lionda dl rëgn de Fanes.

Sciöche al foss ste dan da dër püch tëmp, me recordi čiamó chël pröm iade ch'i sun ruvé te Fanes cun mi pere. Laota metôn dui dis da ji te Fanes y l'pere jô a dô l'ciaval y iö impara. Da sëra dô cëna, pro n té romun de löm, s'abinâl adöm valgügn famëis de munt y pro chël luminùs che bandurâ y sluminâ can un n parëi, can l'ater, y fajô udëi les ambries de chi famëis proietades söl parëi scür de chë picia stüa de munt.

Laprò gnôl cunté de tiers, de tëmp y tëmpestes, de variöi y de muntagnoles, de ćiamurc y de iai de munt. Inultima ruvân pro i salvans y les ganes, pro l' ćiastel y l'rëgn de Fanes. Iö, n té möt, scutâ mâ bel pro y al me savô de morvëia, cun ći fantasia y poesia, ch'ai les cuntâ ca chi famëis, üna plü sterscia co l'atra.

Al ê pa bëgn tert, ch'i jôn a durmi te na té stala de munt altaite, olà ch'al ê n pü de fëgn. Cun döt ch'i ê stüf, n'ài durmi nia; tres aldî la ćiantia dl rü, che rausciâ dlungia la stala jö y bindičé l'sonn de na čiampanela de chi tiers che ê sot a de nos te stala.

Döt me parô incanté da salvans y ganes y sc'al ne foss ste l'pere ailò cun me, spo m'essi tomü.
Cun d'atri edli i ćiarài ala munt de Fanes zirca cater agn plü tert, ch'i pudô sté trëi edemes ia in Gran Fanes cun n fré plü gran, che fajô sües feries denant co ji pro i soldàs. Inće te chë ütia dl famëi de Gran Fanes ruvâl feter vigni sëra famëis o paurs, che stô suranöt, adalerch y al gnô cunté de jënt, de tiers y dl tëmp.
Sce la cunteja dörâ plü dî, spo ruvâi vigni iade söla lionda de Fanes, y chël vedl famëi de Fanes la savô vigni sëra plü lungia.
Al me gnô inmënt, ch'al ess ia pur l'dé albü l'tëmp de s'la punsé. I pô bëgn me falé, mo chë impresciun âi albü. I me damani ćiamó aldédaincö, sc'ara n'è nia a chë moda nasciüda y chersciüda la lionda de Fanes?!
Chi dis de Gran Fanes ài ćiamó inmënt y te chël tëmp ài arjunt dötes les pizes de Fanes y udü dötes les stales y les üćes de Fanes y baié cun düći famëis de Fanes la laota. Sc'i pënsi dô, ài te chëres trëi edemes ciafé l'impuls de scri la lionda de Fanes, mo sanbëgn ch' i n'â laota, cun 14 agn, ćiamó degüna idea, co che an ess podü fa.
I â instëss podü vire coi famëis de Fanes y al m'é gnü inmënt de capi, che la Lionda de Fanes ê liada ai famëis de Fanes, al paîsc de Fanes cun sües formes de morvëia.
Vigni iade ćiamó aldédaincö, mëssun ste a i ćiaré al amfiteater dla natöra de Pices Fanes.
Söl lian dla lionda de Fanes coi famëis de Fanes é basé mi epos „Fanes da zacan".
Karl Staudacher liëia a so gran epos „Fanneslied" n gröm de liondes dles Dolomites dô la idea de Karl Felix Wolff.
Les rimes de Karl Staudacher é plënes de forza, grandëza de fantasia adöm cun l'impresciun dla vita reala da zacan. Da li l'espos de Staudacher dàn impresciun d'aldi les usc de Dolasila y süa uma regina, de Edl de Net, dles ermes di soldàs de Fanes y d'aldi ćinamai i ciap di ćavai, che vëgn menà ad aberé jö dô l'ćiastel de Fanes; al vëgn inmënt de aldi i sciüri lunćdles muntagnoles y l'scrai di variöi, che fesc sües rodes tl'aier tlêr sura i crëp, i ciers y i barantli de Fanes.
Col „Fanneslied" de Karl Staudacher sperunse, che la lionda de Fanes röis t'en rài plü lerch de nostes valades y ćinamai şura i cunfins fora.
Él mo aldédaincö gnü l'tëmp, che la regina de Fanes, cun les fies Dolasila y Luianta, à aldi les trumbëtes d'arjënt de Fanes, à dauri la gran porta dl Sas vëgn fora söl lêch a scuté:

Trumbëtes d'arjont, ch'i s'àisëgn aldi
mo vëgnel enmont – o ài mâ dormi?

Sonede, sonede, trumbëtes d'arjont!
danö endesprede de Fanes la jont!

Lois Ellecosta

Das Reich der Fannes heute

Zwischen hohen Felsengen gelangt man heute über das Rautal hinter St. Vigil in Enneberg und über St. Kassian im Gadertal in ein verzaubertes Naturgebiet, von dem ein ladinischer Sagenzyklus von längst untergegangenen Reichen und versteinerten Paradiesen zu berichten weiß: das Reich der Fannes.
Öde Karstlandschaften, schimmernde Bergseen, grüne Matten und ringsum himmelhoch aufgetürmte Felsriesen mit endlosen Halden zertrümmerter Berge fesseln den Blick des aufmerksamen Wanderers und lassen ihn Wunderbares erahnen.
An den Zugängen zum Herzstück dieses Zauberparadieses finden wir heute das bunte Treiben von hochentwickelten Touristenzentren ersten Ranges, während im abgeschiedenen, seit nunmehr zwei Jahrzehnten bestehenden Naturpark Fannes–Sennes–Prags die Zeit stehengeblieben ist.
Jura- und Kreidekalke und in erster Linie die blassen, deutlich gebankten Liaskalke verleihen den mächtig emporragenden Giganten den bleichen, verträumten Schimmer längst untergegangener Zeiten. Auf Schritt und Tritt stößt man auf die mannigfaltigsten Versteinerungen und Abdrücke, Zeugen längst vergangener Epochen, die die heutigen Anrainer in ihrer Phantasie nur mehr verschwommen und vage zu erahnen vermögen.
Als vierter Naturpark in der Provinz Bozen wurde das gesamte Gebiet von Fannes–Sennes–Prags mit Landesdekret vom 10. Juni 1980 unter Schutz gestellt. Mit seinen 25.680 ha, davon ein Großteil in der Gemeinde Enneberg, ist er der zweitgrößte des Landes. Heftige Diskussionen zwischen Gegnern und Befürwortern stellten die Verwirklichung dieses Schutzgebietes lange Zeit in Frage. Manche Entscheidungsträger begannen bereits zu wanken, bis das Reich der Fannes, das geheimnisumwitterte Herzstück der Dolomiten, doch noch in letzter Minute gerettet werden konnte. Der Name Fannes war aber schon berühmt, bevor der große landschaftliche und naturkundliche Wert dieses Gebietes erkannt wurde.
Der Naturpark umfaßt die meisten Schauplätze der althergebrachten Dolomitensagen vom Dürrensee zum Kreuzkofel und vom Pragser Wildsee zum Falzàrego.
Um diese eigenartige Welt verstehen zu können, muß man sie mit aufgeschlossenem Herzen durchwandern und erleben, still verweilen an den Ufern der tiefblauen Bergseen, in denen sich die überwältigende Bergkulisse spiegelt. Abseits vom bunten Treiben der Men-

Fannesgebiet (Teilausschnitt „Bruneck"), Satellitenbildatlas © GEOSPACE

Fannesgebiet (Teilausschnitt „Bruneck"), Satellitenbild © GEOSPACE

schen kann man heute noch die wunderbare Poesie der Landschaft in ihrer ganzen Fülle erleben, verstehen und in sich aufnehmen. Diese landschaftlich unvergleichlichen Anblicke mit ihren gischtsprühenden Rinnsalen und der anmutigen Wildheit der zerklüfteten Felswände haben seit jeher die Phantasie der angrenzenden Bewohner und der begeisterten Besucher angeregt.

Seit undenklichen Zeiten hat sich hier eine eigenartige, nicht besonders artenreiche Tier- und Pflanzenwelt erhalten, die in dieser kargen Gegend nur in gegenseitiger Abhängigkeit eine Überlebenschance gefunden hat.

Die Fannessage weiß aber von besseren Zeiten zu berichten, wo das Gebiet von einem emsigen friedlichen Volksstamm bewohnt wurde, der ausgeglichene und sanfte, ja sogar freundschaftliche Beziehungen zu den Geschöpfen der Natur pflegte.

Der Adler, König über ein weites Reich, zieht seit eh und je seine Kreise stolz und erhaben über den höchsten Gipfeln der Traumlandschaft, während das kriegerische Treiben der Nachbarvölker das Reich der Fannes längst ins Verderben gestürzt hat. Alles wäre in dunkle Vergessenheit geraten, würde nicht ein althergebrachter, mündlich überlieferter Sagenkreis heute noch lautes Zeugnis von dieser ruhmreichen Vergangenheit ablegen.

Symboltier des Fannesreiches aber ist das friedliche Murmeltier geworden, dessen schrille Pfiffe von jeder Schutthalde als Warnruf widerhallen. Es versinnbildlicht das sagenreiche Bündnis der Menschen mit der Erde, während der Adler zum Symbol des grenzenlosen Machtanspruchs des Menschen über die Natur geworden ist.

Es ist nicht zu verwundern, wenn im Lauf der Jahrhunderte, ja selbst der Jahrtausende, eine Fülle von Sagen und Mären um dieses Gebiet entstanden ist, die heute noch die Phantasie von jung und alt zu fesseln vermögen. Karl Felix Wolff, Franz Dantone, Hugo De Rossi, Tita Cassan, Wilhelm Moroder Lusenberg, Rudolf Lorenz, Emil Petschnig, Eberhard König, Karl Staudacher, Angel Morlang, Auguste Lechner, Ulrike Kindl, um nur einige Namen zu nennen, haben sich von diesen Sagen und Traditionen besonders faszinieren und befruchten lassen und eine Fülle von Forschungen, Sammlungen, Deutungen, Rekonstruktionen und dichterischen Schöpfungen ins Leben gerufen.

Besonders Pfarrer Karl Staudacher war es vergönnt, die Poesie der Landschaft und der Sage mit der Poesie der Sprache zu einem harmonischen, einheitlichen Werk zu verschmelzen, welches auch die verborgensten Saiten des Gemüts und der Phantasie des Lesers in tiefgründige Schwingungen zu versetzen vermag, die das Erlebnis der Landschaft erst ganz erfüllen.

Diese bedeutende dichterische Schöpfung stellt eine unermeßliche Bereicherung unserer Fannes dar. Und dafür sind wir ihm und all jenen, die es der breiten Öffentlichkeit zugänglich gemacht haben, von Herzen dankbar.

Guntram A. Plangg

Sprache und Namen bei K. Staudacher

Gut 8000 klangvolle, kräftige Verse, je nach Aussage und Stelle im Handlungsganzen des Fannes-Epos in sehr verschiedenen Rhythmen, hat Pfarrer Karl Staudacher diesen so vielfach verknüpften und ineinander verflochtenen Erzählungen der Dolomitenladiner gewidmet. Er wechselte zwischen freieren, nur durch feste Akzentfolgen gegliederten Verszeilen und den damit symmetrisch gebauten Strophenformen und – insbesondere in markanten Handlungsknoten – viel strenger geführten kurzen Reimversen, die gern die Alliteration, den gleichen Anlaut in wichtigen, damit verstärkten Sinnträgern verwenden. Oft wählt er sogar die noch kräftigere, einhämmernde wörtliche Wiederholung. Diese Form verrät den mit mündlichem Vortrag bestens vertrauten, geselligen Erzähler, der seine Verse auch beim Schreiben hört und daher bedacht ist, die Sprache klanglich und rhythmisch voll zur Geltung zu bringen.
Sein bewußt feierlich gehaltenes, nicht selten süddeutsch, ja südbairisch eingefärbtes Deutsch klingt getragen, aber oft auch eindringlich und überzeugend im Handlungsablauf, den er so entwickelt. Der Erzähler berichtet distanziert und knapp, ergreift aber auch nicht selten dabei Partei durch direkte Rede der Handlungsträger oder durch breites, buntes und genaues Ausmalen einer Situation. Die liebevoll auf Einzelheiten eingehende Schilderung mit vielen bezeichnenden, ortsgebundenen Namen und Merkmalen der Dolomitenlandschaft wird nicht selten bis an die Idylle oder das Porträt herangeführt.
Die imposante Bergwelt der Dolomiten bildet den Rahmen der kriegerischen Auseinandersetzungen zwischen zwei rivalisierenden Königshäusern, den damit verbundenen Völkern und Bewohnern dieser Berge und ihrer Nachbarn. Unschwer erkennt man den Heimatforscher, der in den geschichtlichen Nachrichten über seine Südtiroler Umgebung sehr beschlagen ist, etwa in der Verwendung der frühen urkundlichen Namensformen (wie *Olagun* für *Olang*), aber auch alter Dialektausdrücke, die er gern einfließen läßt, wenn sich eine Gelegenheit bietet. Sie sind im Anhang an die Erzählteile auch angeführt und erklärt in ihrer Bedeutung. So ist etwa die *Sege* „Senkung" nach Schatz – Finsterwalder (567) als *Seige* östlich des Wipptals geläufig als „Einsenkung des Bodens, in der Wasser versickert", älter *Sega*, abgeleitet von ahd. *sîgan* „sinken" bzw. *sîhan* „seihen".
Während jedoch diese alten „Volkswörter" und ererbten Mundartausdrücke in den einschlägigen Wörterbüchern (Schatz – Finsterwalder 1956, Schöpf 1866, Fink u. a.) unschwer

zu eruieren sind, liegt die Sache bei den Personen- und Ortsnamen schwieriger. Recht verstreut findet man bei Chr. Schneller, bei E. Lorenzi, C. Battisti und insbesondere bei K. Finsterwalder richtige und belegbare Erklärungen, die manchmal durch ihre scheinbare Banalität enttäuschen gegenüber den über Jahrtausende leichthin gespannten Bogen (und hohen Erwartungen) bei K. F. Wolff oder bei K. Staudacher selbst. Vieles ist noch offen und ungeklärt in seinen tieferen Hintergründen, einige Ansätze sind aber inzwischen gesichert durch die bessere Kenntnis des Rätoromanischen oder Ladinischen und seiner vielen Lokalmundarten, zu der vor allem die großen Wörterbücher wie das Bündner Dicziunari Rumantsch Grischun (1939 ff.) und das Etymologische Wörterbuch des Dolomitenladinischen von J. Kramer (1988 ff.) viel beitragen. Dazu kommen die Wörterbücher der einzelnen Täler: A. Lardschneider 1933 für Gröden, A. Pizzinini 1966 für das Gadertal, A. Pellegrini 1973 für Buchenstein, M. Mazzel 1976 für Fassa, E. Croatto 1986 für Ampezzo, um nur die wichtigsten zu nennen. Viele Ortsnamen sind damit verständlich geworden, wenn man die ältere ladinische Lautung kennt oder rekonstruieren kann. Einzelne Bände des Dizionario toponomastico atesino (DTA III, 1–7; V, 1–3) decken auch Gröden, das Gadertal, Ampezzo und Buchenstein mit Biois gut ab. Fassa ist am besten in C. A. Mastrellis Commento zum Kartenblatt Marmolada (XI, 1965) erfaßt (= Atlante toponomastico della Venezia tridentina). Viel weniger wurde über die Personennamen in den Dolomitensagen geschrieben, und wir wollen daher diese etwas genauer ins Auge fassen.

Über die Königin *Moltina* kommt bekanntlich der Bund der Fannesleute mit den Murmeltieren zustande, die ladinisch (MUS) MONTANEOLA heißen, badiotisch *muntagnöla*, auch süddeutsch *Murmele, Murmente* < MURE MONTIS u. ä. (Schatz – Finsterwalder 439). *Moltina* steht daher wohl in der gleichen alpinen Tradition und ist ziemlich sicher von MONS + INA herzuleiten. Die Diminutivformen herrschen bei derartigen Benennungen allgemein vor, was hier wohl zusätzlich durch die kleinen, possierlichen Tierchen bedingt ist. Das *-l-* muß aus einer Dissimilation im älteren **montina* stammen, ähnlich wie in lad. *cortél* < CULTELLUS (vgl. J. Kramer, EWD 2, 283).

Von den Namen der beiden Zwillinge *Dolasilla* und *Lujanta* ist der letztere sprachlich eindeutig, wurde mit LUCIDUS „lauter, weich, flüssig“ gebildet (EWD 4, 253), bad. *lüje*, fass. *lujech*. In weiten Gebieten des Rätoromanischen wie auch alpinlombardisch verstärkt man gern Adjektive mit -ent < -ENTUS / -ENTE (Elwert 189), etwa bad. *su y sorënt*, fass. *soul e solient* „mutterseelenallein“ oder engad. *pür y purent* „ganz rein“, was auch hier bei *lujënt* vorliegt, wobei die Graphie *-anta* auf das obere Abteital oder Buchenstein hinweisen dürfte. Der semantische Inhalt, die genauere Bedeutung des einst namenbildenden heimischen Adjektives (gegenüber entlehntem *lucent, lucid*) liegt weniger klar zutage: älter galt „hell, klar“ (Pallioppi 429), im Fassanischen *lujent* „blank, glänzend, leuchtend, flimmernd“ (de

Rossi 106), dann – unter wohl deutschem Einfluß – „klar, dünnflüssig, weich", das als Basis des Namens weniger geeignet erscheint. Für ein weiches Fell würde man badiotisch *morjél* „weich" verwenden, eine Weiterbildung von MOLLIS.

Das Bild des Lichtes treffen wir noch in mehreren Namen, die Frauengestalten in den Dolomitensagen gelten, etwa in *Elba* oder *Alba,* das zu lat. ALBUS „glanzlos weiß" gehört oder, vorrömischen Ursprungs, den hellen Fels meint, die „bleichen Berge". Ebenso gehört *Albolina* in diesen Kreis, der mit der Gräfin *Doleda* verknüpft ist. Auch die Gestalt der *Soreghina,* deren Name mit *Soraga, Surega* < SUPER AQUAM und dem wiederholt schon angetroffenen Diminutiv -INA gebildet sein kann als „die dem Wasser Zugehörige", kann ebenso durch die Situierung in Fassa mit fass. *sorèie* „Sonne" zusammengebracht werden (bad. sorëdl, fod. *sorogle*). K. F. Wolff (Dolomitensagen 1981, 127 ff.) nennt fass. *soreghin* „Sonnenstrahl (der durch eine Ritze dringt)", und er übersetzt Soreghìna als „Sonnenfädchen". Für eine Gana liegt „die am Wasser Lebende" aber näher, auch wenn es poetisch weniger hergibt. Schließlich wäre noch *Dona Kenìna* oder *Chelìna* einzubeziehen, ein Name, der mir immer rätselhafter wird, je länger ich mich um eine abgesicherte Deutung bemühe. Einmal dachte ich an eine Weiterbildung von *chela* „jene", etwa die „Enterische", wogegen aber einiges spricht. U. Kindl, eine gute Kennerin dieser Sagen, denkt an AQUILINA, womit man auf die Gegenspieler der Murmeltiere verwiesen würde, die Adlerleute. Im ganzen gesehen dürfte eher an die *Ganes* < AQUANAS, die Wasserfeen anzuschließen sein, die als diminutive **Ganines* mit Umlaut und Dissimilation durchaus zu *Chelìna* führen. G- zu K- kann durch *Cian Volpin* (Staudacher schreibt: *Kanvulpin*) bedingt sein. Aber das ist, wie vieles andere in diesem Bereich, vorerst Hypothese …

Noch unsicherer wird der Boden um *Dolasilla,* die kriegerische Zentralgestalt, die in manchen Zügen an Pentesilea erinnernde Schwester *Lujantas,* deren Namen wir auf dem Hintergrund der bisher genannten Frauennamen betrachten müssen. Auch dieser Name bietet viele Anklänge, könnte im Reim stehen mit lad. *(v)ila* „Dorf" < VILLA. Vor Jahren dachte ich an den Satznamen da olà sî la? „Woher ist sie?", der die Endung erklären könnte (Mondo ladino 1985, 139 ff.). In andere Richtung weist die fass. Schreibung *Doresìla,* die ein falsch rückgebildetes *l* in bad. Dolasila auszuweisen scheint, das dann in die Nähe von *Aura,* AD ~ rückt, wie es in *Aurina / Ahrn* und *Aurona* vorliegen dürfte und wiederum ein alter Wassername wäre. Die Aurona, als „Goldland" verstanden, zeigt eine ladinische Volksetymologie und Umdeutung, die sehr weit zurückgehen kann, aber kaum ursprünglich gegeben war. Wieweit die Endung in der Mehrsprachigkeit irregulär entwickelt sein kann (rom. *-éla,* dafür dt. *-ìla*), muß offen bleiben.

Während man in buchensteinischen Erzählungen häufig die Hauptpersonen entweder mit alltäglichen Rufnamen oder aber mit bezeichnenden sprechenden Namen versehen findet wie die *Delibana* < DE ILLA VENA, d. h. „die vom Erzgang, Stollen" und die *Dona Dindia,* die ich mit *India* < INDICA „Inichen" verbinden möchte und als „Herrin von Innichen" verstehe, sind in der Fannes-Erzählung mehrere Handlungsstränge – wohl auch verschiedener örtlicher Herkunft – gekreuzt und durchdringen sich, was die Namen nicht selten zu einem nur sehr schwer entwirrbaren, heterogenen Gebilde macht. Es wäre interessant zu wissen, woher K. Staudacher (und ebenso K. F. Wolff) die Bezeichnung *Pregajannis* hat, die – wenn ladinisch – am ehesten als PRATU AQUANU „Wiese, Land am Wasser" zu verstehen wäre. Dieses Land wird von den *Duránni* (Wolff 483) bewohnt, deren Name daher kaum zu DURUS „hart" gehört, sondern eher zu vorröm. *dur- „Wasser" (wie in *Durón,* Fassa). Die *Lastojères* mit durchsichtigem Namen nennt Staudacher „vom Plattenberg", was sicher der Namensbildung mit (vor)röm. *lasta* „Steinplatte" entspricht. Die *Landrines* oder Andriner (aus Haiden = Ampezzo) sind von lad. *ànder* „Höhle" < ANTRUM abgeleitet mit -INU, das hier sicher Zugehörigkeit ausdrückt, und müssen, entsprechend der Wortverbreitung, im Einzugsgebiet des Piave angesiedelt werden (EWD 1, 104). Ob *La(n)drones* ebenso zu *ànder* oder aber ursprünglich zu spät entlehntem lad. *ladrùn* „Dieb, Räuber, Schächer" gehört, ist unsicher. Die *Crodères* sind von lad. *cròda* „Fels" abgeleitet, die *Cristanes* von lad. *cresta* „Grat" und, ähnlich, die *Fannes* vom Ortsnamen *Fánes, Fanis,* der eher zu VANNU „Kornschwinge, Sieb" gehört als zu einem vorrömischen Ansatz, der jedoch nicht auszuschließen ist in Anbetracht der relativ zahlreichen vorrömischen Wörter in der Bezeichnung der Bodenkonfiguration.

Die größeren Nachbarn werden in ähnlicher Weise genannt, so die *Bedoyères,* die von lad. *bedói* „Birke" hergeleitet werden. Mit *bedóis* meint der Gadertaler aber gewöhnlich die deutschen Pustertaler (EWD 1, 260), bei Staudacher *Pedojer* genannt. Die *Trusaner* sind die *Trevisani,* denn fass. *trujàn* kommt als Adjektiv in Ortsnamen vor. Die Übernahme des lad. *j* als sth. ž könnte ein Hinweis auf die entsprechende ahd. Aussprache des damals noch palatalen ś sein.

Die *Cadubrénes* sind *Cadoriner*; ältere Belege nennen *Catubrium,* dt. *Kadober* in entsprechenden lateinischen bzw. deutschen Texten.

Deutlich wird in allen diesen Namen wie auch bei *Landrones* die eher kritische bis pejorative Konnotation, die in der Benennung von Nachbarn ja sehr oft mitklingt. Sie ist ein unübersehbarer Hinweis auf das Selbstbewußtsein der Ladiner, auf eine gewisse Eigenständigkeit, die ebenso in der besonderen Rechtsstellung der meisten Talschaften in den Dolomiten spürbar wird. Bekannt sind die Steuerfreiheit (Fleims, Fassa, Fodom, dann auch teilweise im Gadertal, später in Ampezzo usw.), die Eigenverwaltung in immer wieder angefochtenen Bereichen (Regoles), die Jagd- und Fischereirechte und Alpnutzungen in den sogenannten welschen Konfinen.

Neben den stark im Vordergrund stehenden Frauengestalten und ihren klangvollen, oft dunklen oder doch mehrdeutigen Namen einerseits und den als Gruppen kollektiv genannten Kriegern aus den Nachbargauen andrerseits treten die männlichen Gestalten als Einzelpersonen auffallend in den Hintergrund. Die wenigen überlieferten Namen sind meist junge Bildungen und Kriegs- oder Übernamen wie fass. *Ei de net* „Nachtauge", *Sabla da fegh* oder bad. *Sabya da Fög*, heute *Sabla da Füch* „Feuersäbel", *Spina de Mül* „Maultier-Gerippe (Zauberer)". In Fassa sind *Salvanél* und *Lidsanél* beheimatet, Weiterbildungen von *Salvàn* und veraltetem *liza* „Kult-, Waffenspiel" (de Rossi 105). Im Fanneskreis wird der *„Feuersäbel"* aber auch *Odolghes* genannt. Ob sich dahinter vielleicht der Herulerfürst *Odoaker* († 493) verbirgt? Er ist belegt als *Otachre*, das als **Odàgre*, **Odàrghe* zu *Odàlghe* werden konnte. Das ladinische *Laurin*-Epos kennt ja auch *Theoderich*, unseren *Dietrich von Bern*, seinen Besieger und Mörder.

Etwas vom Reizvollsten in den Fanneserzählungen, das immer wieder Erzähler wie Leser unmittelbar anspricht und in Bann schlägt, liegt sicher in den vieldeutigen, weithin offengehaltenen Bezügen, die von den Ladinern und ihren frühen Vorfahren ausgehen. Die Situierung in einer unbestimmten, sagenhaften Frühzeit fordert die Phantasie ebenso heraus wie der Raum, in welchem die scheinbar groß angelegten Auseinandersetzungen in vorwiegend höfischem Gewand spielen: *Fannes*, die Welt der Hochalpen, *Conturines* als Grenzgebirge der engeren Heimat, Jöcher und Pässe mit berühmten Namen erinnern aber an die dichterische, sagen- oder märchenhafte Überhöhung einer Bergbauernumwelt im Bereich alter Sprach- und Kulturkontakte.

Reizvoll und interessant ist gerade auch das Ineinandergreifen verschiedener Kult- und Rechtsvorstellungen: Sie lassen den alten Bund gegensätzlicher Kräfte im Gebirge zerbrechen, sie stellen Frauenmacht gegen königlichen Eroberungswillen und die mit der Umwelt Verbundenen gegen Eindringlinge. Die Gegensätze, die zu den letztlich vernichtenden Kämpfen führen und Fannes wie das umgebende Hochgebirge, wie erzählt wird, zur menschenleeren Alpweide gemacht haben, können zurückverfolgt werden bis zu vorchristlichen Naturgöttern, die wir heute noch als *Ganes, Salvans, Lorgg* und *Bregostan* kennen. Schon vor den Römern, Goten und Arimannen hatte sich der Bergbauer in den engen Gebirgstälern mit Eis und Schnee, mit Unwettern, Wildbächen, Muren und Steinschlag auseinanderzusetzen, und daher sind die Naturgeister, wie sie in *Chenìna, Soreghìna, Moltìna* oder *Dolasìla* nachklingen, wohl ursprünglicher als *Diana* oder *Silvanus*, die ältere Vorstellungen überdeckten wie später manche Heiligen (St. Juliana, St. Leonhard usw.) ihre heidnischen Vorgänger. Und sie werden fast alle mit Diminutiva benannt, in alter Verbundenheit und Zuneigung oder, um sie geneigt, günstig zu stimmen, oder vielleicht, um sie dem Menschlichen näherzubringen – und was *-ìna* noch alles ausdrückt im Mutterlaut.

Karl Staudacher von J. B. Oberkofler

Gabriele von Pidoll

Karl Staudacher

Wenn ich hier versuchen möchte, ein Bild des Menschen Karl Staudacher zu entwerfen, so kann ich nur kleinste Elemente der Erinnerung auf meinem inneren Bildschirm aneinanderreihen; was daraus entsteht, wird keinesfalls der ganze Staudacher sein. Dazu war seine Persönlichkeit zu stark und zu umfassend.

Als erstes sehe ich ihn, den schon blinden, weißhaarigen Mann mit dem kräftigen Profil an seiner Schreibmaschine sitzen, wie er die Handgelenke in zwei Einschnitte legt, die an einem vor dem Schreibtisch angebrachten Brett die Hände unbeweglich halten sollen: So fand er die Tasten annähernd richtig. Das erste Manuskript des „Fannesliedes" entstand auf diese Art. Seine hartnäckig zähe Natur war – außer seinem Herrn und Schöpfer gegenüber – nur dem eigenen unbändigen Schaffenswillen untertan.

Vom äußeren Sehen jahrelang so gut wie ausgeschlossen, speicherte er in seinem Innern einen seltenen Reichtum. Wie der Dichter Homer in einer antiken Büste zwar als Blinder, aber im ganzen Ausdruck doch als innig Schauender dargestellt ist, so war Staudachers Gesicht oft von intensivem, ja angestrengtem „Schauen" geprägt – einem Spähen hinter die Dinge einer Scheinwelt. Dennoch hat er in den Chiffren dieser unserer Welt Großartiges beschworen.

Dann fällt mir ein ganz anderes Bild ein, entspringend aus einer Zeile seines Werkes – gleichsam zufällig: „Es stöbert der Schnee um die Nöcke". Gar so zufällig ist diese Erinnerung aber nicht einmal; das Schneegestöber, das seine kraftvoll ausschreitende Gestalt auf dem Wege außerhalb von Brixen oft umwehte, ist ein charakteristischer „Standort", ein herber und doch anheimelnder Rahmen für ihn, den der Klang des Pustertaler Bergnamens ergänzt. Dem einsamen Pilger in seiner schwarzen Pelerine begegnete man am häufigsten in der Nähe von Zinggen, der Wallfahrtskirche, wo er oft zukehrte, seitdem er sein Brevier nicht mehr lesen konnte. Der Denker Staudacher und der Künstler in ihm waren vom Priester nicht zu trennen. Er wußte das und wollte es nicht anders. Einmal trat das besonders deutlich zutage, als ich in einem Streitgespräch mit ihm einen eher ästhetisierenden Standpunkt einnahm.

Volk und Land seiner Heimat waren ihm ein immerwährendes Anliegen. Seine Liebe umfaßte Leute und Landschaft sowohl in Kampfbereitschaft als auch mit hingebender Treue. Ein steinharter Sinn für Gerechtigkeit machte ihn kriegerisch, aber das Zarte wie das Ehrwürdige weckte seine tiefe Zuneigung. Ähnlich muß er für seine Mutter empfunden haben; ich denke da an ein wehmütiges Gespräch, in dem er sagte, er habe immer schon geahnt, daß sie seine Bestellung zum Pfarrer nicht lang überleben würde. Auf dieses Ziel hin war ihr Denken und Hoffen gerichtet. Deshalb scheute er sich jahrelang, das anzustreben, um sie nicht zu verlieren. Von 1899 bis 1913 blieb er deshalb Kooperator in vielen Dörfern Süd- und Osttirols. Dann kam es so, wie er befürchtet hatte.

An den mächtigen Sagenstoff des Fannesliedes kam er wohl durch seine große Vorliebe für die ladinische Welt heran, die so „anders" und so in sich geschlossen hinter den Brunecker Heimatbergen ruhte. Als Kind schon lernte er in seiner Vaterstadt Menschen und Daseinsformen dieser Welt jenseits vom Kronplatz kennen und manches Rätselhafte erahnen. In einer schicksalhaften Neugier näherte er sich Schritt um Schritt dem magischen Anziehungspunkt. Leute wie „die sell Moidl" – so nannten sie die Brunecker – erzählten ihm Sagen und manches vom Brauchtum „über den Bergen", und der Wohllaut romanischer Flurnamen betörte das Ohr des lauschenden Kindes. Fremd und verlockend, so sagte er oft, sei ihm alles erschienen, was aus Ladinien auf ihn zukam.

Die Sagen um den vielleicht vorgeschichtlichen Kern des „Fannesreiches" fand er dann bei Karl Felix Wolff gesammelt – freilich nicht in der reinen Überlieferung des Volkes, sondern schon bearbeitet. Aber es war genug des volkhaft Starken und des bunt Märchenhaften darin verblieben, was keine andere Landschaft, kein anderer Sinn hätte hervorbringen können.

Staudacher trug gern aus seinem Epos vor und hatte viele begeisterte Zuhörer. Auswendig sagte er in einer seltsam innerlich horchenden Art die Strophen erlesener Herkunft, die er meisterhaft einfach verwendete, einem Kreis von Menschen aller Alters- und Bildungsstufen auf. Er erläuterte manches, was er aus seiner Pustertaler Mundart übernommen hatte – sie schien ihm an vielen Stellen die beste Aussage für den herben Ernst oder die farbige Phantastik seines Stoffes. Er war gern bereit zu diskutieren, aber letzten Endes hatte er freilich so wohl überdachte Gründe für seine Meinung, daß er rechtbehalten mußte. Menschen um sich zu haben liebte er zwar und war ein gastlicher „Hausherr", aber seine innere Welt war doch offenbar sein liebster Aufenthalt. „Im Grunde", meinte er einmal, „will die Seele des Menschen allein sein."

Die Vielfalt seiner Interessen brachte es mit sich, daß er unermüdlich seine Kenntnisse zu bereichern suchte, daß er autodidaktisch ein Wissen erwarb, das in Staunen setzte. Das war wohl in den Bereichen seiner einsam gelegenen Pfarreien möglich gewesen und ein Ersatz für manche Anregung, die er dort entbehrte. Ein ungewöhnliches Gedächtnis rettete ihm viele dieser inneren Schätze in die Jahre der Blindheit herüber. Er stand daher im Ruf großer Gelehrsamkteit und wurde häufig mit „Herr Doktor" angeredet, was er in li-

stig humorvoller Bosheit abzulehnen pflegte. Schalk und Ironie waren ihm jederzeit zur Hand. Er konnte aber seine Meinung auch in tadellosen griechischen Versen sagen oder schreiben, wenn ihn der Gegner verstand.
Die stärksten Impulse lieferte ihm sein sprachliches Interesse, das sich auch auf die Erklärung alter Flurnamen erstreckte. Was er da an vergleichender Sprachwissenschaft zutage förderte, war erstaunlich und meist überzeugend. In der Zeitschrift „Der Schlern" hat er an die 150 Beiträge veröffentlicht, die oft um derartige Probleme kreisten. Tiefe Einsicht auf dem Gebiet der Theologie – deren übliche Formulierungen er oft ablehnte – sprach er in volksnaher, bildhafter Form in „Gottes Bilderbuch" aus. Die eigenwillige „Religionslehre für das Volk" stellt strenge Forderungen, ganz so, wie ich sie aus seinen Gesprächen kenne. Er selber war der erste, der sich ihnen unterwarf.
Es gibt in der Reihe „An Etsch und im Gebirge" eine kleine Sammlung von Versen Staudachers, die den Toten gewidmet sind.
So hat dieser Wirtssohn aus Bruneck, 1875 geboren, im Jahre 1899 zum Priester geweiht, ein unendlich reiches inneres Leben in äußerer Einfachheit und Stille gelebt. Er hinterließ uns bei seinem Tod 1944 den großen Gesang unserer ladinischen Täler, der nun, nach manch widrigen Zeiten, endlich veröffentlich wird.
In einem Manifest junger Autoren fand ich einmal die Forderungen formuliert, die sie an geistiges Schaffen stellten; ihnen entspricht Staudachers Wesen und Werk in seltener Kongruenz: Kühnheit, Gedanken, Form, Tiefe.

Meran, im Herbst 1979

DAS FANNESLIED

Einer dolomitenladinischen Volkssage nachgedichtet

von

Karl Staudacher

Inhaltsverzeichnis

II. Murmenten und Adler

Der sterbende König

In der Königsburg auf Konturines
lag der alte Herrscher nah dem Sterben;
lag auf dickem braunem Bärenfelle,
warm gedeckt mit weichem Lämmervliese,
denn das Leben wollte ihm erkalten.

Nicht mehr stand er an des Schlosses Zinnen,
beide Hände stützend auf den Schwertknauf,
seine braunen Glieder straff und aufrecht
wie gehackt aus reifem Lärchenholze.
Nun im Saale hingen seine Waffen,
Schwert und Schild, das ganze Wehrgehänge,
an des Hirschgeweihes Stangenzacken,
und die Lanze lehnte zwischen beiden;
doch darunter stand der Schuppenpanzer
und auf ihm der Helm mit Erzbeschlägen,
drüber lag der weiche Schultermantel
aus den Fellen weißer Murmeltiere.
Bleicher war ihm jetzt die Haut geworden,
nur umhüllt mit grobem Leinenhemde.

Nicht mehr maßen seine Adleraugen
von dem Turme seines Reiches Grenzen;
flogen nicht mehr von der Eisengabel
über den Nainóres und den Zehner
auf den Roßhautkofel, die Varella,
dann die schmale Lodsha überschreitend,
südwärts auf die wilden Fannesspitzen
und dahinter auf die drei Tofanen
bis zum Vallon blank, der Weißtalspitze,
und die Bulpiglaja überquerend (1)
auf den Berg Lanaga aufzusteigen,
bis zur Roten Wand der Hohen Geisel,
dann den Kamm hinüber kühn verfolgend,
die Seekofelwand hinabzuspringen.

Und umringt von dieser Riesenmauer,
so ihm selbst gebaut der Herr des Himmels,
nur fünf Felsentore offen lassend,
stark befestigt mit Kyklopentürmen,
herrlich auch gekrönt mit goldnen Zinnen,
lag das Fannesreich als wie ein Garten
in zwei großen, runden, flachen Mulden,
mittendurch geteilt bis in die Hälfte
durch die roten Mauern der Paréjes
und verbunden durch den Limosattel.

Doch des Königs Auge schaute nimmer
von des Schlosses Zinnen in die Tiefe
auf die festen Häuser seiner treuen,
guten glückbescherten Untertanen,
und sie blitzten nicht mehr hohen Sinnes.
Haftend an der braunen Balkendecke
seines zirmgetäfelten Gemaches,
schauten sie so wie in weite Fernen;
denn sein Seelenauge schaute einwärts
in die Bücher der Erinnerung.

Anders war's vor fünfunddreißig Jahren,
als der junge Prinz von Val Popèna
auf der Steinbockjagd im Felsgeklippe
an der Hohen Geisel sie gefunden –
jenes stille wundersel'ge Mädchen,
die ihm Frau ward im Popènaschlosse;
wie sie dann geflohen vor den Menschen,
vor den kalten, stolzen, in der Einöd,
in die dunklen Höhlen ihrer Pfleger;
und wie er sie dann nach bangem Suchen
im verborgnen Bergheim neu gefunden,
nicht mehr heimging, wie er gern verzichtet
auf das Paradies von Misurina,
lieber als auf sie, die Liebesfee.
Und dann sah er, wie in einer Mondnacht
durch die Val Medotsch von drüben kamen
arme Hirten von den Schnittlauchwiesen, (2)
die ein fremdes Räubervolk verdrängte;
und sie zogen in die leere Fanna,
nur des Stabes, nicht des Schwertes kundig,
und geführt von ihren sieben Alten.
Er, der vielerfahrne Prinz vom Osten,
lehrte sie den Schild, die Lanze führen,
lehrte sie die festen Mauern fügen,
schöne Häuser, gute Wege bauen,
lehrte sie den schwarzen Boden pflügen,
weiße Gerste und auch braunen Roggen

und sogar rotgoldnen Weizen säen.
Sieh, da war das weltvergessne Fannes
bald zum reichen Reich des starken Volkes.
Dieses war sein Werk, und er war König.

Seine müden Augen ließ er nieder,
wandte sie zu seiner lieben Tochter,
welche still an seines Lagers Füßen
an der braunen, rauhgegerbten Hirschhaut
auf dem roten Eibenschemel saß,
selber wie geschnitzt aus weichem Zirmholz,
fein und duftig, und die großen Augen
wie im Holz zwei braune Maseräste
zwischen Lilienstirn und Rosenwangen.
Stille saß sie da, besorgten Blickes.
Ging seit Wochen nicht mehr aus dem Hause,
um zu wandeln unter Pfirsichbäumen
auf den Weingartstölen der Varella, (3)
führte nicht mehr froher Mädchen Reigen
schwebend nach dem Schellentakt des Sistrums,
lautlos lehnt es nun im Gras am Steine,
am Seeufer auf der Blumenwiese;
schaukelt in der bunten Gondel nicht mehr
auf dem diamantbesäten Wasser;
träumte nicht mehr in den grünen Spiegel
des Lek vert, am Stein des Ufers sitzend
und Gedanken aus dem Spiegel lesend;
badete die weißen Glieder nicht mehr,
einem Schwan gleich, mit den Felsentauben
froh im Taubensee, dem Lek Paròm. (4)
Ach, nun war verstummt ihr jugendfrohes Singen,
welches früher von des Schlosses Mauern
wie von dem Parejesfelsen widerklang.

Aus den Augen still zwei Tropfen tauten,
fielen auf ihr Kleid von feinem Linnen.
Aufgeweckt vom Blick des kranken Königs
hob sie fragend ihre langen Wimpern;
rasch erhob sie sich von ihrem Schemel:
„Willst du etwas, Vater?“ „Kind, bleib sitzen
und vernimm des Vaters letzte Worte.
Du mein einzig Kind – dich hat Moltina
mir gegeben, deine gute Mutter.
Oh, sie war die Sonne meiner Jugend,
aber du bist meines Alters Sonne,
seit die erste in den Berg gegangen.
Ja, du leuchtest noch im Morgenglanze,
doch du kannst mir nicht den Tag verlängern;
denn mein Tag, er neigt sich nun zur Nacht.“
„Vater, Vater!“ „Liebes Kind, sei ruhig;
denn ich geh hinüber zu Moltina,
und ich will dir deine Mutter grüßen
dort im Westen, weißt du, wo sie ruht.“

Und das Mädchen barg in beide Hände
ihr Gesicht, und zwischen allen Fingern
sickerten hindurch die heißen Zähren,
stoßweis hob und senkte sich der Busen.
Und der König wendete zur Wand hin
sein Gesicht, und seine dürren Finger
strichen zitternd über beide Augen,
und ihm hob die eckig harten Schultern,
hob die Brust ein schwerer Atemzug.
Langsam stand die Tochter auf vom Schemel,
trat zur unverglasten Fensterluke
leisen Trittes, blickte in die Ferne,
und sie sah doch nichts als Tränenschleier.
Mit dem Innensaum des weiten Ärmels
fuhr sie heimlich über Aug' und Wange,
zweimal, dreimal, denn die bittre Welle
ihres Leides wollte nicht versiegen.
„Tochter, komm und setze dich mir näher,
meine Stimme hat die Kraft verloren.
Überlassen werd' ich dir die Krone
und den goldnen Stab, doch nicht das Schwert.
Mannessproß ist mir versagt geblieben,
und den Heerschild muß ein andrer erben,
und den Speer, den Helm, den Schuppenpanzer.
Völker wohnen hinter unsern Bergen,
eines starken Arms bedarf das Reich.
Tochter, such dir einen braven Gatten;
aber such ihn nicht im warmen Süden,
nicht im Tiefland, wo die Flüsse schleichen.
Such ihn drüben hinter jenen Bergen,
wo die Sonne herkommt in der Frühe,
wenn die Nacht nur kurz, der Tag am längsten.
Wo von Mitternacht die Stürme brausen,
dort sind frisch und wetterfest die Menschen.

Himmelhoch gefrorne Berge ragen,
grau die Felsen und mit Eis gepanzert;
und die Menschen wandeln sichern Schrittes
über abgrundtief gespaltne Ferner,
unerschrocken kühn, doch überlegend
meiden sie den Tod, den sie nicht fürchten;
und sie graben Gold aus tiefen Schächten,
spalten feste Felsen mit der Haue,
machen Sand aus harten Kieselsteinen,
bärenstark und unnachgiebig zähe.
Ja, von dort her hole deinen Mann dir,
einen Mann aus fürstlichem Geblüte.
Ihn sollst du zum Fanneskönig machen.
Doch du sollst die sieben Alten fragen,
und die Alten sollen ihn dem Volke,
Männern wie auch Weibern, offen zeigen.
Volkes Wille macht den Fanneskönig,
Volkes Wille hat auch mich gewählt.
Ihnen sei er Schützer ihrer Rechte,
ihnen sei er Führer in den Schlachten,
ihnen sei er Mehrer ihres Reiches,
und dir sei er treuer, lieber Gatte,
und dir sei er Vater deiner Kinder,
und du, meine liebe Tochter, sollst ihm
Engel sein, wie mir Moltina war."

Blasser war des Königs Wange worden,
müde lehnt er sie aufs Lederkissen,
kurz der Atem aus halboffnem Munde.
Aber röter ward der Tochter Wange,
und sie senkte tief zur Brust das Antlitz,
auf dem Schoß verschränkt die weißen Finger,
saß sie regungslos am Eibenschemel.

„Höre, Tochter, was ich noch dir sage!
Wenn du ihn zu deinem Mann genommen
drüben bei dem alten Heiligtume
zwischen dunklem Wald und grünen Weiden,
wo des Roßhautkofels Wände ragen –
und wenn du mit ihm im Schlafgemache
dieses Schlosses weilst in stiller Stunde,
sag ihm das Geheimnis unserer Sippe,
unser Bündnis mit den Murmeltieren,
sag ihm Recht und Pflicht des Zwillingsbundes,
den du kennst, seit du erwachsen bist.
Weißt ja, wie Moltina, deine Mutter,
bei den treuen Tieren aufgezogen
in den Gängen ihrer hohlen Berge,
mir geschenkt ward, und ich hab' geschlossen
diesen Bund für meine ganze Sippe,
für mein Volk und Reich auf alle Zeiten.
Ewig soll es unzerbrochen bleiben,
unser Bündnis mit den Murmeltieren.
Dieses sagst du ihm, sobald er dein ist
und du sein! Hast du vernommen, Tochter?"

Dreimal neigte sie das Haupt dem Vater,
und sie faßte seine kalte Rechte,
drückte drauf die warmen, roten Lippen,
und zwei Tränen lagen auf der Hand.
„Geh nun, Tochter! O wie bin ich müde!
Sieh, die Sonne schwindet von den Bergen,
und es dunkelt schon in meiner Kammer.
Tochter, geh, ich möchte schlafen – schlafen –."

Weichen Schrittes durch die Tür gegangen,
blieb sie draußen lauschend stille stehen,
hob den Vorhang einmal noch ein wenig,
sah gesenkt des Vaters Augenlider,
und die Rechte rutschte langsam, langsam
von dem Lager auf den Hirschhautteppich.
Und dann ging sie weinend aus dem Schlosse,
stieg hinauf zur Konturineshöhe,
sah die Sonne hinterm Peitler sinken.
Flehend streckte sie die weißen Arme:
„O verlaß ihn nicht, du Lebenssonne.
Bleibe, Sonne, bleib – laß mir den Vater!"

Als die dunkle Mitternacht heraufkroch
aus dem Fannestale, lag der Herrscher
tot im Königsschloß auf Konturines.

A. Rott

Die Bestattung

Auf der Schwelle zwischen beiden Fannen
stand ein breiter Holzstoß aufgeschichtet,
löcherig gefügt aus harzdurchsetzten,
sonnendürren, langen Lärchenscheitern,
und die Lücken ausgelegt mit dicken
Zottelbüschen krummgewachsner Spirken (5)
und mit weihrauchduftendem Wacholder.
Oben wie auf einem Federbette
schmiegsam dünner, feiner Lärchenreiser
lag gestreckt des alten Königs Leichnam
auf dem Bärenfelle seines Lagers,
überdeckt mit duft'gen Räucherkräutern,
mit Maddaun und Meisterwurz und Dochal, (6)
und geschmückt mit Blüten aus der Höhe,
Edelweiß und Speik und Alpenrose.
Frauenhände hatten sie getragen,
um das Werk der Männer zu verschönen.
Und die Frauen saßen eng beisammen,
Haupt und Schultern unter schwarzem Tuche,
wo der Konturines grüne Hänge
in den Limosattel übergehen.
Aber der bewehrten Männer Scharen,
Schild an linker Hand und Speer an rechter,
standen an dem bleichen See von Limo,
und dahinter ragten die Paréjes.

Scharf und feurig fuhr der Sommersonne
erster Strahl vom Spitz der Eisengabel,
überflog die Tiefe von Kleinfannes,
übergoß die Königsburg mit Goldlicht,
tropfte nieder auf den Limosattel.
Da trat vor der jugendkühne Feldherr;
er ergriff den dreigeteilten Kienspan,
taucht' ihn in die Kohlenglut vom Heimherd,
welche nassen Aug's die Königstochter
in dem Erzgefäß herabgetragen.
Schweigen ringsumher und Totenstille.
Und der Feldherr steckte an vier Seiten
Feuer ins Getrüpp des Scheiterhaufens.
Prasselnd fuhr es durch die Spirkennadeln,
des Wacholders blaubebeerte Zweige,
fraß sich hungrig in die Lärchensplitter,
sprang hinauf und zischte durch die Lücken.
Weißer Rauch und rote Flammenzungen
stiegen auf zum saphirblauen Himmel.
Dröhnend schlugen harte Männerhände
mit den Speeren auf die Eisenschilde;
dröhnend schrien nieder die Paréjes,
Antwort gab der Konturinesfels.

Totenlied

Houh, houh!
Von uns ist er gezogen fort, fort,
der starke Mann,
der mit dem Speere durchstach
Eichenstämme;
der mit dem Schwerte zerhieb
Kieselfelsen;
der mit dem Schilde
Roß und Reiter
stieß in den Abgrund, houh!

Weg, weg!
Von uns ist er gegangen weit, weit,
der kühne Jäger,
welcher den Wolf erwürgte,
heulend vom Aufgang;
welcher den Stier erschlug,
brüllend von Abend;
Mitternachtsbären,
Mittagslöwen
hieb in den Boden – houh!

Auf, auf!
Von uns ist er geflogen hoch, hoch,
der große König,
der uns der schönen Fanna
Land geschaffen;
der uns des großen Reiches
Ruhm gegründet;
der uns in Krieg,
Sieg und Frieden königlich führte, houh!

Und der Männer rauhe Stimmen schwiegen,
und es schwieg der Eisenschilde Dröhnen,
und der dumpfe Nachhall von den Wänden.
Doch vom grünen Konturineshange
streckten sich die weißen Frauenarme,
huben an die leisen Frauenstimmen,
klagend wie der Ruf verlassner Lämmer.

Weh, weh!
Von uns ist er geschieden früh, früh,
der gute Vater,
der uns für Zelte gab
schöne Häuser,
der uns für Wiesen gab
Blumengärten;
der uns für Felle
Samt und Seide,
goldnen Schmuck gab, oh!

Oh, oh!
Nun flamme, heilig Feuer, heiß, heiß,
und lös den Toten!
Löse das Haar, die Haut,
löse die Nerven,
löse die Glieder all,
Hände und Füße;
löse den Leib,
mach ihn Geist,
trag ihn zum Himmel, oh!

Hoch, hoch!
Dorthin ist sie geflogen, weiß, weiß,
die edle Seele.
Trag auch den Leib ihr nach,
heilig Feuer,
daß sie sich lichtverklärt
neu vereinen,
und wir im Himmel
wieder haben
unseren Vater, hei, hei!

Und wie Silberglocken hallten wider
von des Schlosses Mauern Frauenstimmen.
Hochauf bäumte sich das schwarze Leibroß,
und es wich erschreckt vom Feuerbrande,
riß zurück den alten Waffenträger.
Doch die beiden apfelgrauen Bracken
heulten klagend auf, die treuen Tiere,
wollten sich ins wilde Feuer stürzen,
ihren toten Herrn herauszuholen;
mühsam hielt sie noch der Jägermeister.
Sitzen blieb allein des Königs Tochter,
stumm, gesenkten Hauptes, wie versteinert.

An der Grabstatt

Durch des wilden Felsentales Enge
zwischen Roßhautkofel und Varella
zog ein langer Zug in tiefem Schweigen.
Vorn die Männer mit gesenktem Speere,
harten Schrittes und den Schild am Rücken;
dann die Frauen mit verhangnen Augen,
Steine meidend, die dem weichen Fuße
hindernd lagen auf dem rauhen Pfade.
In der Mitte schritt der kühne Feldherr,
trug des Königs Asche in der Urne;
neben ihm des Volkes sieben Alte,
drei zu seiner Rechten, drei zur Linken,
und der Älteste ging vor dem Feldherrn,
hinterm Feldherrn schritt des Königs Tochter.
Also trat der stille Zug der Trauer
aus dem Felsentor der Val Medetsh.

Dämmern lagert auf den Schnittlauchwiesen,
Dunkel brütet schon im Zirbenwalde,
und des Roßhautkofels Riesenwände
starren grau zum schwarzen Himmel auf.
Denn die Sonne war hinabgesunken
hinterm Kalksteinturm des Peitlerkofels,
und sogar der weißen Marmoleda
war des Tages Licht schon im Verlöschen,
als sie vor dem alten Heiligtume
ihrer alten ersten Heimat standen,
in zwei halben Kreisen es umfangend,
Männer drüben und die Frauen hüben.

Roh getürmt aus unbehaunen Blöcken
war der Ringwall; ungedeckte Tore
führten rechts und links und vorn zum Raume,
wo der Tempel stand, ein kleines Hüttchen,
dritthalb Klafter im Geviert nur messend,
schön gefügt aus weißen Kalksteinquadern,
fein behauen, und das hohle Viereck,
eingedeckt mit einer Riesenplatte,
ziseliert, doch nicht von Menschenhänden,
alle Flächen im Relief gezeichnet,
eingelegt mit blauen Mandelkernen
und mit Perlenschnüren, Quastentroddeln,
mit Spiralen, flach und hochgezogen,
Lilienknospen, Anemonenkelchen,
die gelebt, als über diesen Bergen
des Korallenmeeres Wogen gingen. (7)
Meer und Leben sind zu Stein geworden.
Also stand das Heiligtum des Tempels,
fensterlos, die Tür ein schmales Schlupfloch,
tiefgebückt ins Heilige zu treten.

In der Öffnung stand bereits der Feldherr,
und der Älteste stand vor dem Eingang,
die sechs andern rechts und links im Kreise,
und die Königstochter stand im Westtor.
Leise klagend hob sich nun der Grabsang
aus dem Halbkreis der verhüllten Frauen.
Da begann des Roßhautkofels Kalkstock
mählich, mählich rosig sich zu färben,
und ward rot und röter, hell und heller,
gelbrot leuchtend wie das glühgewordne
Eisen in des Schmiedes schwarzer Esse;
aber messerscharfe Felsenkanten
schnitten lotgerecht die roten Wände
von den blauen Schatten in den Runsen.

Also stand des Kofels ungeheurer
Block im Purpurschmuck der Rosadüra, (8)
noch zu ehren seinen toten Herrn.

Eingetreten in des Tempels Enge
war der Feldherr, und er hob die Platte
von dem Boden, und der Alte draußen
reicht ihm dar die dunkle Aschenurne.

Und der Feldherr stellte sie zur andern,
die schon dort stand; deckte über beide
auch das schwarze Lammfell; und der König
war nun wieder in demselben Lager
unter einer Hülle mit Moltina.

Draußen war aufs neue Nacht geworden,
und erblassend starb des Roßhautkofels
warme Lebensglut in Todesdunkel.
Schaurig hallte von den Wänden wider
dumpfer Klageton der Ochsenhörner
noch zum Abschiedsgruß der Fannesmannen
an den heimgegangnen guten König.

Sieh, o sieh! Ein wunderzarter Schimmer
huscht – woher denn wohl? – das Totenantlitz
noch einmal des Berges übergießend,
silbrig blauweiß – nein, das ist nicht irdisch –
fein wie Himmelslicht und schleierduftig
überhaucht die harten Felsenglieder
der Verklärungsschein der Risblankéda. (9)

Schwarz der Riesenturm des Peitlerkofels,
schwarz die breite Gardenatsha-Platte,
schwarz der Urweltpfeiler des Sansunder, (10)
schwarz der Lagatshò, und selbst der weiße
Königshermelin der Marmoleda
hatte sich in dunkles Grau verwandelt.

Um das Heiligtum die Fannesleute,
Fraun und Männer, hielten Totenwache.
Aber als der Firn der Marmoleda
in des Morgens Licht begann zu schimmern,
hob sich alles von den Rasensitzen,
vor dem Heiligtume sich verneigend.
Und die Männer winkten mit den Speeren,
und die Frauen streckten beide Arme,
Abschied nehmend von dem toten Herrn.

I. DOLASILLA

Der junge König

Fröhlich klangen die Trompeten
durch das runde Reich der Fannes,
anders als die Ochsenhörner
vor dem Winter hinterm Kofel.
Und des Roßhautkofels Halbkreismauer
warf den Vielklang an die Eisengabel,
diese warf ihn wieder zur Varella,
die Varella hin zum Fannes-Turm.

Heiter schallten die Gesänge
des geschmückten Mädchenchores,
anders als die Klagelieder
einst der Frauen an der Grabstatt.
Und des Königsschlosses Quadermauer
warf an die Paréjs die hellen Stimmen;
Antruilles, Lavinores gaben
sie zurück wie fernen Vogelsang.

Denn sie waren eingeritten
in das Schloß auf Konturines,
er auf grauem Apfelschimmel,
sie auf weißem Frauenzelter.
Drüben überm Grab des alten Königs
hatten sie die Hände sich gegeben,
hatten sie verschränkt die warmen Finger
zum unlösbar festen Ehebund.

Doch des andern Morgens saßen
beide vor dem Herd der Halle,
sanft gerötet ihre Wangen
und sein Mund in stillem Lächeln.
Und sie hob zu ihm die braunen Augen,
und zu ihr er seine Lippen senkte,
und sein blondes Ringelhaar umhüllte
ihr das Lockenhaupt an seiner Brust.

„Lieber Mann!" „Du liebe Gattin,
du bist mein!" – „Und dein ist alles,
ich, die Burg, das Land, die Krone
und mein ganzes, ganzes Leben."
Schlang den starken Arm um ihre Mitte,
und sie schmiegte sich an seine Seite
eng und innig, und das heiße Köpfchen
drückt' er liebend an sein Mannesherz.

„Mann, ich muß dir etwas sagen –
nein, ich muß dir alles zeigen,
und es freut mich erst, seitdem es
nun zu eigen dir geworden."
Führt' ihn durch des Schlosses lange Gänge,
führt' ihn in des Schlosses weite Räume,
zeigt' ihm Kasten, Truhen, Waffen, Schätze,
und sein graues Auge wurde weit.

„Komm, jetzt wollen wir vom Schloßturm
unser Land und Volk betrachten,
Häuser, Gärten, Seen und Felder,
Wun und Wald in Berg und Boden." (11)
und vom Turme in die ganze Runde
ließ er seine scharfen Augen schweifen;
ängstlich schaute sie dem Mann ins Antlitz,
denn die grauen Augen wurden kalt.

„Ach, gefällt dir's nicht?" – „Ganz prächtig!
Doch das Reich dünkt mich zu enge.
Gute Grenzen sind die Berge,
doch sie stehen mir zu nahe.
Und ich denke, hinter diesen Bergen
müssen wohl noch andere Länder liegen,
muß es auch noch bessre Schätze geben;
und in der Burg sind viele Räume leer.

Aber sag mir, Herz, was soll denn
auf dem Wappenschild von Fannes,
auf dem Bildwerk überm Burgtor
dieses Murmeltier, das weiße?
Gestern als ich einritt, mußt' ich schütteln
schon den Kopf von wegen dieser feigen
faulen katzenköpf'gen Winterschläfer
auf dem Wappenschild des Fannesreichs."

Die Gemahlin war erschrocken,
ganz verwirrt ob dieser Rede,
sah verlegen auf den Boden,
und sie wußte kaum zu sprechen.
„Ach, du magst sie nicht, die armen Tierchen?
Sie sind gut und klug und halfen manchem,
und die Mutter hatte sie so gerne,
weil sie – und der gute Vater auch."

Spöttisch lächelte der König,
aber dann ward er betroffen.
„Kind, was ist dir denn? Du wankst ja!
Wollen wir hinuntersteigen?"
„Ja, ich glaube wohl, es ist ein Schwindel
ob des Turmes ungewohnter Höhe –."
Und er führte sie die steile Treppe
sorgsam wieder in den Saal hinab.

„Und was war's denn, teure Gattin,
als wir hier beisammen saßen,
das du mir zu sagen hättest,
und gar wichtig schien die Sache?"
Ihre Blässe war davongewichen,
dunkle Röte lag auf ihren Wangen.
„Ja, ich meinte – ja, ich wollte sagen –
weißt, ich habe dich von Herzen lieb."

Zwischen beide Hände nimmt er
ihre Wangen, küßt die Stirne,
und sie lächelte befangen,
eilte schnell in ihre Kammer.
Tränen brachen dort ihr aus den Augen,
und ihr Busen hob und senkte bang sich.
„Vater, nein, ich kann es ihm nicht sagen.
Lieber, toter Vater, ach verzeih!"

Der Flammenadler

Es ritt durch die Valparola hinein
der König vorüber am Hexenstein
hinab auf das Joch von Falzarès.
Was kümmern die alten Limedes ihn?
Und weiter ritt er mit keckem Sinn
die breiten Böden und Buckel dahin
zum gewaltigen Averál. (12)

„Was brauchen die drunten im schattigen Loch,
die freien, die sonnigen Weiten am Joch?
Statt jagen sollen sie ackern!
Und bin ich hier heute zum erstenmal,
so seien's die andern zum letztenmal.
Vom Lagatshò zum Nuvolal (13)
bleibt mein der Wald und die Jagd!"

Sein Jagdroß ließ er am Fuße der Wand;
er selber, den Speer in der rechten Hand,
stieg auf über Riesen und Rillen.
Was regt sich da drüben im Latschengeäst?
Ein Adlerjunges! Er faßt es fest.
Die Jägertasche wird sein Nest –
um Hilfe schrie es schrill.

Da saust es wie Windsbraut vom Gipfel jäh,
wie braune Wolke senkt es sich – weh,
das ist Variùl de la flüta!
Der König hat ihn schon einmal gesehn
hochschwebend über dem Roßkopf stehn,
von seinen Schwingen den Sturmwind wehn,
vom Schnabel den Atem glühn.

Der Flammenadler! Und Stoß auf Stoß
fuhr wütend er auf den König los,
vom Schnabel stob ihm das Feuer.
Der König mit langem Gemsenspeer,
er setzte sich mutig und flink zur Wehr;
sie drehten sich hin, sie drehten sich her,
bis müde waren die zwei.

Da sprach der Adler mit sanfterem Blick:
„Und gibst du mir den Sohn zurück,
so biet ich dir Freundschaft und Frieden.
Ich schließe mit dir in dieser Stund
den unzerbrechlichen Zwillingsbund,
und dir wird meine Hilfe kund
in Frieden und im Krieg.“

Der König schaut verwundert drein,
„Ein Zwillingsbund? Was soll das sein?
Noch nie vernahm ich solches.“
„Man sieht, du bist aus fremdem Land.
Hier ist der Bund von langer Hand
einem jeden Herrscher wohlbekannt,
und seine Satzung ist so:

Wem seine Gemahlin Zwillinge gab,
der tritt das eine dem anderen ab;
der andre tut dasselbe.
So wird das fremde sein eigen Kind,
und beide ewig verbunden sind,
und jeder des anderen Hilfe gewinnt,
solang ihr einer lebt.“

Kopfschüttelnd schaut ihn der König an.
„Wie kannst du denn denken, daß ein Mann
sein Kind vertauscht mit dem Adler?“
„Ein Menschenkönig bin ich wie du,
nur wohn' ich in keines Schlosses Ruh'
muß wandern und fliegen immerzu
über Meer und Flachland und Grat.

Es liegt eine Insel im blauen Meer,
heißt Einarm-Insel. Da bin ich her –
ist schön wie ein Gottesgarten.
Einarmige Leute wohnen darin,
einarmig ist auch die Königin,
und du siehst, daß ich selber einhändig bin –
's ist unseres Volkes Art.

Zu gemächlich war mir das Leben dort;
ich wollte wandern, ich wollte fort,
den Erdkreis wollt ich erkunden.

Ein Zauberer lieh mir die Adlergestalt,
nun komm ich nicht mehr aus des Zaubers Gewalt.
Nun über das Luftreich mein Königswort hallt,
und mein ist das Erdenrund.

Ja, König bin ich im Hohen Reich,
kein anderer König kommt mir gleich,
mein Land hat keine Marken.
Und gehst du mit mir das Bündnis ein,
so sei das Land der Berge dein.
Hier unten sollst du ein Herrscher sein,
mir gleich, so gewaltig und stark.“

Gar hochgemut der König stand.
Er legte seine beringte Hand
in des Adlers güldene Kralle.
Geschlossen war der geheime Bund,
zum Schweigen versiegelt der beiden Mund.
Der Adler mit einem Jungen zur Stund'
flog über den Averál.

Die Zwillinge

Ein neuer Sommer lag im Land der Fannes.
Vergoldet standen rings die Felsengipfel,
und weiße Streifen strichen durch die Runsen
hinab ins Grün. Sind es Lawinenreste
vom alten Winterschnee? Sind's Silberbächlein
zerschmolznen Eises aus den Schattenmulden?
Ist's schon das sonnentrockne Kalkgeröll?

Steinrötel flötet von den warmen Klippen,
im Busch am Fannessee die Nachtigallen,
sie schlagen um die Wette mit den Zitteln (14)
des Nadelwaldes; Tannenmeisen geigen
den Wasserjungfern auf zum Reigentanze,
der Hirtenbube jauchzt vom Bergeck nieder,
und heller Mädchensang klingt aus dem Tal.

Der Kirschbaum hat sein Brautkleid angezogen,
und auf den neubelaubten Weingartstölen
der Pfirsich lächelt wie verschämt errötend
hinüber auf den vornehm blassen Birnbaum
zum rosig überhauchten Apfelbaume;
schon wiegen sich des Roggens grüne Wellen,
die Blumenwiesen duften honigsüß.

Im stillen Fraungemach des Königsschlosses,
da lag die Königin in weißen Kissen,
war etwas blaß; doch seelenfrohes Lächeln
verklärte still das blütenfeine Antlitz,
als sie halbaufgerichtet seitwärts blickend
den leichten Schleier hob mit zarten Fingern
vom Korb, der neben ihrem Bette stand.

Leis' war der König ins Gemach getreten,
und Weichheit lag auf seinen Zügen heute:
mit feuchten Blicken schaut er auf die Gattin.
Die hebt zu ihm die großen braunen Augen
verheißend fragend und erwartend forschend:
verheißend ihrem Gatten beste Gabe,
doch forschend, ob dem König sie gefällt.

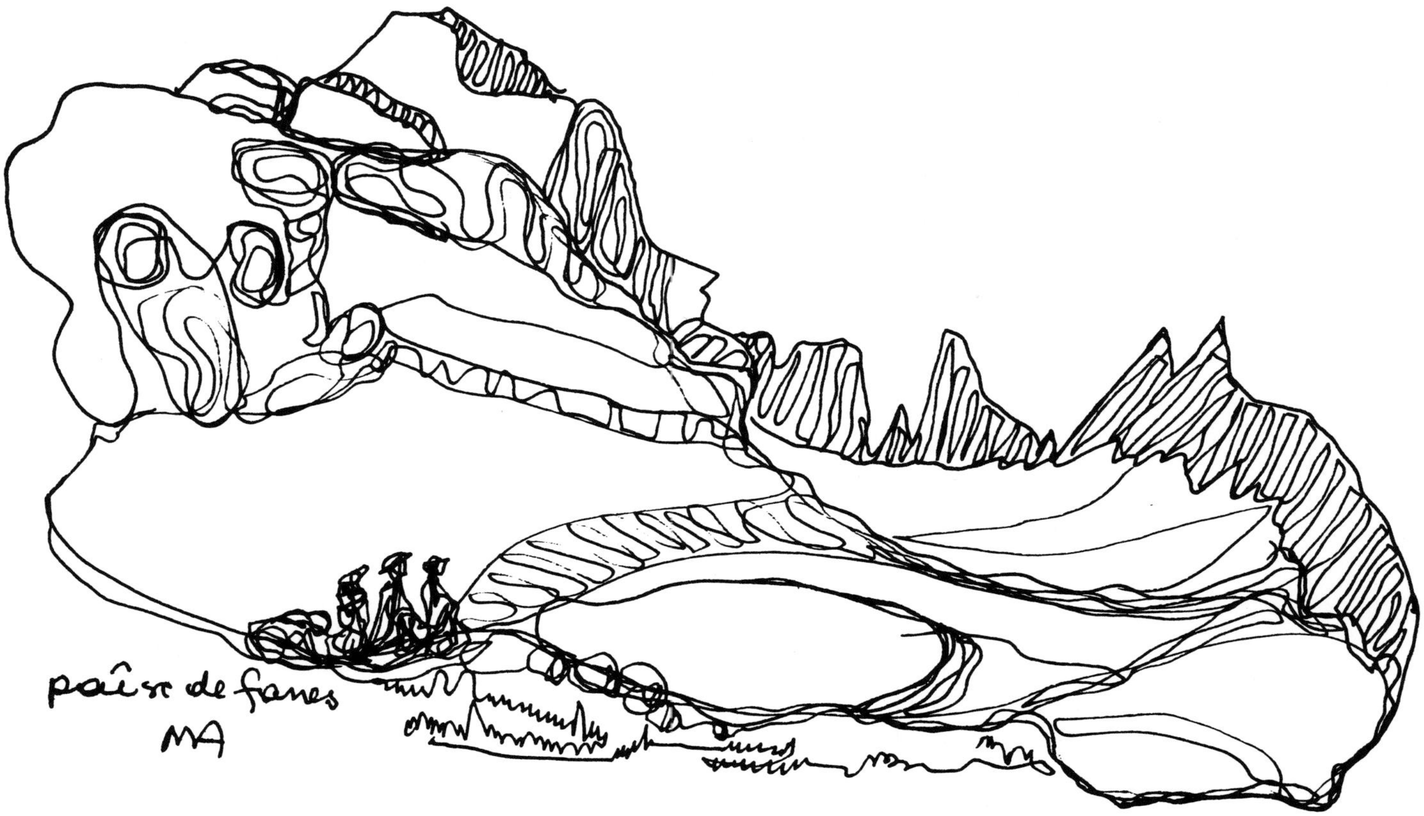

A. Morlang

Dann zog sie rasch den Schleier von dem Korbe.
Darin schlummerten zwei rosenrote Englein,
die runden Fäustchen auf den runden Augen,
am runden Köpfchen goldgekrauste Härchen.
Er schaute auf die Kinder, auf die Mutter,
und wieder auf die Mutter, auf die Kinder,
und lächelte mit frohem Vaterstolz.

Vorsichtig, wie man hebt ein volles Milchkar (15)
mit beiden Händen, hob er sie vom Bettlein.
je eins in jeder Hand, und hob sie höher.
Glückstrahlend folgten beide Mutteraugen,
doch ängstlich, daß er keines fallen lasse.
Er hob sie hoch und blickte gegen Himmel,
dann zog er nah sie gegen seine Brust.

Er neigte seine bartumsäumten Lippen
und küßte ihre rosigen Gesichtlein.
Da wachten beide auf. Mit großen Augen,
so rund und groß wie volle Kaiserkirschen
und braun wie ausgereifte Haselnüsse,
so starrten sie ihn an; sie machten Falten,
zum Weinen krauste sich ihr kleiner Mund.

„O still, nur still, ihr lieben kleinen Dinger,
ich tu' euch nichts!" Er bettete sie wieder
ins warme Nest und lächelte zur Mutter.
„Was, weinen wollt ihr, meine süßen Englein?
Es ist doch Atta, euer guter Vater.
Er hat euch mir gegeben, ich ihm wieder,
der euch so lieb hat, fast so lieb wie ich."

Der König beugte sich zu seiner Gattin,
er küßte sie auf ihre weiße Stirne,
er küßte sie auf beide blassen Wangen,
und ihre blassen Wangen wurden rosig.
Dann setzt er sacht' sich auf den Rand des Bettes.
„Nun, liebes Weib, wie wollen wir sie nennen?"
„Mein lieber Mann, nur so, wie's dir gefällt."

Er dachte schweigend nach. „Und wenn's dir recht ist,
sie heißen Dolasilla und Lujanta.
Doch lasse dir zwei Seidenbändchen bringen,
ein rotes und ein blaues, dran ein Ringlein,

und leg sie um den Kindern, jedem eines.
Das rote sei dann unsre Dolasilla,
und unsre blaue soll Lujanta sein."

Der Tausch

Des andern Morgens früh trat in die Halle
der König, und es kam vom Fraungemache
die alte treue Dienerin des Hauses
mit einem Tuch und einem Wasserschäfflein,
Besorgnis auf den runzeligen Zügen.
„Was blickst du so? Ist etwas nicht in Ordnung
bei meinen Kindern oder bei der Frau?"

Im Winkel machte die Magd sich zu schaffen,
nach etwas suchend, was sie gar nicht wollte.
„In Ordnung – freilich, ja, – was soll denn fehlen?"
Der König schaute fremd; er hob den Vorhang,
entschlossen trat er ins Gemach; da zuckte
die Frau zusammen, wechselte die Farbe,
barg unterm Bett das Zittern ihrer Hand.

Er trat hinzu. „Was ist dir, teure Gattin?
Mir scheint, du fieberst ja!" Er zog die Hand ihr
herauf, umspannend ihre weißen Finger.
„Bist du denn krank?" „O nein – ich hab' – ich meine –
ich glaub' – ich hab' die Nacht nur schlecht geschlafen.
Sonst bin ich ganz gesund, sei nur nicht ängstlich!"
Doch Tränen kamen ihr ins dunkle Aug.

„Fehlt etwas bei den Kindern?" „Nein, sie schlafen,
weck sie nicht auf, sie könnten mir sonst weinen –."
Ein Weilchen stand er stumm, ging dann zum Korbe
und lüftete den Schleier ganz behutsam.
Dann stand er starr. Erschrocken barg die Gattin
das Antlitz mit dem Linnen ihres Lagers,
ein stoßweis' Atmen zwang sich aus der Brust.

Und langsam wendet er sich an die Gattin.
„Was ist denn das?" Im Wiegenkörblein lag wohl
die Dolasilla mit dem roten Bändchen,

doch statt Lujanta lag dabei ein kleines,
ganz seidig feines, weißes Murmeltierchen,
schaut ihn erschrocken an mit runden Äuglein
und zeigt zwei weiße lange Nagezähn'.

„Es war – ich weiß nicht, wie das Ding gegangen.
Als morgens ich die Kleinen nehmen wollte,
da war es da. Wie solches nur gekommen?
Ich glaub', ich hab die Nacht doch fest geschlafen,
als es geschah. Ich habe nichts gesehen.
Und als ich früh die Kinder nehmen wollte,
lag statt Lujanta da das Murmelein."

Gar finster sah der König auf die Seite.
„Ich habe sie ja niemals leiden mögen,
die blöden, feigen, faulen Höhlenschlüpfer,
und wo ich zukam, hab ich sie erschlagen.
Mir scheint, nun rächen sich die falschen Katzen.
Sie haben mir mein zweites Kind gestohlen
und gaben mir dafür den Wechselbalg."

Er biß sich auf die Zähne, daß sie knirschten.
„Ich schlag ihn an die Wand, den weißen Maulwurf!"
Da schrie die Gattin auf: „O nein, o laß es,
und tu ihm nichts, dem armen kleinen Dinge!
Wer weiß, am Ende ist es doch Lujanta,
und hat nur Zauber die Gestalt verändert –
o tu ihm nichts, ich bitt' dich, lieber Mann!"

Die heißen Tränen stürzten ihr vom Auge,
sie tat, als wolle sie vom Bette springen.
Der König hielt sie nieder. „Bleibe, bleibe!
Was fällt dir ein?" Er deckte sie mit Sorgfalt.
„Ich tu ja nichts. Und was mit diesem Ding ist,
wir werden alles besser überdenken,
vielleicht löst sich die Sache noch ganz gut."

Er ging, und auf der Steinbank vor dem Schlosse
da saß er lang und dachte nach und dachte:
„Ich muß ja eines doch dem Adler geben,
und wenn ich Glück hab', wählt er sich das Weiße."
Die Gattin aber kniet in ihrem Bette.
„O Herr des Himmels, laß kein Unheil werden
für meinen Mann und mich, für Volk und Reich!"

In Falzares

Den treuesten seiner Knappen
berief der König zu sich.
„Auf keinen andern vertrau ich
so sicher wie auf dich.
Du bist mir nachgegangen
aus unserm Heimatland;
und daß du tust, was ich jetzt sag'
das schwörst du mir in meine Hand!

Einen Korb bekommst du morgen,
den nimmst du auf den Rücken.
Nicht du und nicht ein andrer
soll in den Korb mir blicken!
Mit dem gehst du hinüber
zum Felsen Averal;
du kennst ihn ja, sie nennen ihn
wohl auch den Hohen Nuvolal.

Dort wartest du so lange,
bis daß ein Adler kommt.
Den Vogel laß gewähren,
er tut nur, was uns frommt.
Und hat er aus dem Korbe
genommen, was er will,
dann kehrst du wieder heim zu mir,
und von der Sache schweigst du still."

So stieg am andern Morgen
der Knappe wohl über das Joch.
Von Haiden gen Falzares (16)
ein grauer Nebel kroch.
Dort traf der Mann drei Splutes, (17)
die standen heroben Wacht,
sie hüteten des Königs Jagd
allweg bei Tag und auch bei Nacht.

„Schau, schau, des Königs Schildknecht!
Wo gehst du heute hin?
Hast etwa gar hausieren
mit deinem Korb im Sinn?
„Was ich im Korbe trage,
das weiß ich selber nicht.
Ich trag' ihn hin zum Nuvolal,
weil so der Fanneskönig spricht."

„Ist recht, geh deine Wege,
wie unser König will;
wir bleiben hier auf Posten
und horchen in die Still'.
Und brauchst du eine Hilfe,
pfeif dreimal mit dem Mund,
wie man auf zweien Fingern tut;
das hillert weit im Felsenrund. (18)

Doch tu' dich nicht verpassen,
das Wetter wird nicht gut,
der Averal trug heute
schon einen grauen Hut."
Der Knecht ging über die Böden
bis unter die Felsenwand;
dort setzt' er sich mit seinem Korb,
wo er ein ruhsam Plätzchen fand.

Und Stunde verging nach Stunde,
unwillig wurde der Mann.
Die Wolken sanken tiefer,
es fing zu regnen an.
Da rauschte der Adler hernieder
und setzte sich hinter den Knecht,
der hielt sich still und ließ ihn tun
nach Königswort und Bundesrecht.

Vom Korbe zerrte der Adler
die wollene Decke weg;
da ward ihm lang der Kragen,
die Augen blickten schräg.
Ein rosenrotes Mägdlein,
ein weißes Murmeltier –

das war ein seltsam Zwillingspaar.
Dem Adler kam das Lachen schier.

„Sind so die Fanneszwindlein?
So ungleiche sah ich noch nie.
Doch weil mir der König die Wahl läßt,
so weiß ich wahrlich wie.
Schreikinder hatte ich selber,
doch nie ein Murmelkind –
Ein Spielzeug für die Königin,
wenn ihr die Stunden lange sind!"

Er faßt' es an der Windel
und flog mit ihm hindan.
Das Murmelein im Tuche
fing arg zu zappeln an.
Es windete und wand sich,
es wollt' zu Berge nach Haus.
Den Adler kam die Sorge an,
es fall' ihm aus dem Tuch heraus.

Am Felsen ließ er sich nieder,
er wollt' es besser fassen.
Da schlüpft' es aus der Windel,
er mußt' es fahren lassen.
In einen Felsspalt lief es,
verschwunden und davon!
Und auf dem ganzen Averál
die Murmeltiere pfiffen Hohn.

Spina de mul

Der Abend war heute dunkel
und zeitig kam die Nacht,
drum hatten auch die Splutes
früh Feierabend gemacht.
Sie gingen aus dem Regen
zum Felsenüberhang.
Sie schürten sich ein Feuer an
und ruhten manches Stündchen lang.

Wer kommt denn durch Nacht und Nebel?
Ein junger, fremder Knab'.
Tropfnaß hängt ihm das Schwarzhaar
ins glatte Gesicht herab;
tropfnaß hängt ihm das Schaffell
von der Schulter bis ans Knie;
auch führt er einen Knotenstock:
Solch Rittertracht sah man noch nie.

Die Splutes lachten zusammen.
„Ha Bursch, wo kommst du denn her?
Du schaust ja aus wie einer,
bei dem's nicht richtig wär!"
„Bin aus der Pregajannis, (19)
bin eines Kriegers Sohn.
Ich geh nun auf die Ritterfahrt
und suche mir den Ehrenlohn.

Es ist bei uns Turranern
von altersher der Brauch;
will einer Krieger werden
und Namen tragen auch,
so muß er ohne Rüstung
auf Abenteuer gehn;
da soll er ohne Schwert und Spieß
mit Siege seinen Mann bestehn."

Die Männer lachten wieder.
„Setz dich ans Feuer her!
Dein Haar und auch dein Schaffell
sind ja von Wasser schwer."
Der Knabe neigte sich höflich
und tat nach ihrem Rat,
und als er warm und trocken war,
schön dankend er um Urlaub bat.

Der Regen war vergangen;
der Knabe ging in die Nacht.
Die Splutes haben noch lange
den fremden Jungen belacht.
Da wurden sie plötzlich stille
und lauschten gegen das Tal,
es trug der Wind von unten her
gar einen ungewohnten Schall.

Und immer näher kam er,
der kurze, wilde Schrei;
man weiß nicht, ob er menschlich
und nicht vom Tiere sei.
„Spina de mul!“ Sie löschten
das Feuer mit Rasen und Sand,
daß er sie nicht entdecken soll,
der Leuteschreck vom Bergeland.

Das war ein Hexenmeister
vom Lastojères-Stamm;
und fuhr er seine Straße,
man wich ihm gern vom Damm.
Auf seinen Zauberfahrten,
da ging er nicht als Mann,
da nahm er eine Schreckgestalt
von halbverwestem Maultier an.

Wohl trug die vordere Hälfte
noch Fleisch und Haut und Haar,
jedoch das Hintergestelle
ein kahl' Gerippe war.
Drum hieß er Maulgerippe.
Er trabte rasch dahin
und tat von Zeit zu Zeit den Schrei;
die Fannesmänner kannten ihn.

Ej de net

Nun klang der Schrei schon ferner,
die Splutes waren froh.
„Heut ist er übler Laune,
da schreit er immer so.“
Jetzt sprangen sie von den Sitzen
und griffen nach dem Speer.
Denn dreimal klang ein schriller Pfiff
fern vom Falzarèsjoche her.

Sie rannten in die Richtung,
woher der Hall gekommen.
„Das ist des Königs Schildknecht,
er hat ihn wahrgenommen!“
Das war auch so gewesen.
Der treue Königsmann
von diesem bösen Maulgeripp'
gar schwere Sorg und Not gewann.

Es schnappte nach dem Korbe,
der Knappe drehte sich um,
und Mann und Maultier sprangen
bald rechts, bald links herum.
Das war ein übles Tanzen.
Mit seinem langen Speer
hielt er das böse Tier von sich;
das Spiel gefiel ihm nimmermehr.

Nun hörte er Männer laufen,
die Wächter wohlgetan.
Sie griffen mit ihren Waffen
das böse Maultier an.
Es schlug mit den dürren Beinen
nach allen Seiten um sich,
die Männer kamen nicht heran
mit Hieben nicht und nicht mit Stich.

Den einen traf ein Hufschlag,
der warf ihn an den Stein;
kaum konnt' er sich erheben,
der Atem ward ihm klein.
Dem andern flog die Waffe
von seinen Händen weit,
ein Biß dem dritten in den Arm,
das tat dem treuen Knappen leid.

Was kommt dahergeflogen?
Das war der junge Turran,
der rannte das wütende Maultier
mit seinem Knüttel an.
So kühn der Junge wäre,
so kräftig und gewandt,
es währte eine kurze Zeit,
der Knüttel flog ihm aus der Hand.

Das irrte den kecken Burschen
nicht einen Schnaufer lang.

M. Valazza

Er machte, daß dem Maultier
das Blut von der Nase sprang.
Das kam von einem Steine,
der es gewaltig traf.
Es tat ein wüstes Plärrgeschrei;
da war es zahmer als ein Schaf.

Es machte sich auf die Beine
und rannte durch die Nacht.
Der Junge, nicht zufrieden,
hat sich dahinter gemacht.
Er lief durch Wälder und Graben,
bis er es wieder fand
wohl auf den Wiesen Hinterturn,
sind Penes de Potorr genannt.

Und wieder flog ein Kofel
dem Maulgerippe nach
und traf es an der Schulter,
daß es zu Boden brach.
Das hat mit starken Kräften
ein junger Knabe getan;
der Lastojères-Zaubermann
fing laut um Gnade bitten an.

„So laß mich doch in Ruhe!
Was tat ich dir zuleid?
Soll ich noch heute tot sein
von deiner Tapferkeit?
Ich kenn dich an der Gattung,
du bist wohl ein Turran;
doch hab ich dich noch nie gesehn:
Nun sag mir deinen Namen an!"

„Ich trage keinen Namen,
weil ich nicht Krieger bin.
Man rief mich Kind des Königs,
da hatt' ich Kindersinn;
darnach des Königs Knaben
und dann des Königs Sohn.
Ein Name wird mir erst zuteil,
als eines Heldensieges Lohn."

„Ich geb dir einen Namen,
daß du zufrieden bist.
Nachtauge sollst du heißen,
weil du im Finstern siehst!
Wie konntest du sonst mich finden
in dieser blinden Nacht?
Dein Name, der sei Ej de net:
zum Krieger bist du heut gemacht."

Der Knabe blickte nieder,
wie man beim Denken tut.
„Soll Ej de net ich heißen,
der Name gefällt mir gut."
Dann schleppte sich hinkend weiter
mit Mühe das Maulgeripp'
sein Stöhnen hörte lang nicht auf
in Wiese, Wald und Steingeklipp.

Zerschmettert die linke Schulter,
das Schlüsselbein ist ab;
der Zauberer fluchte wütend
auf den Turranerknab'.
Mit allen seinen Künsten
ward nimmer er gesund,
und hinkend blieb der Zaubermann
sein Leben lang von dieser Stund.

Beim Sturz war ihm entfallen
ein eingewickelt Ding.
Er mußt es liegen lassen,
das grämte ihn nicht gering.
Hätt' er es aufgehoben,
so hätt' es der andre gesehn,
und nähm' es ihm der Bursche weg,
wär's um den größten Schatz geschehn.

Die Rajetta

„Was liegt denn hier am Boden?
Das ist kein Schotterstein!
Durch seine graue Hülle
dringt ein gar lichter Schein."
Und Ej de net ergriff ihn,
zu sehen, was es sei.
Das war fürwahr ein Diamant,
und größer als ein Taubenei.

Er steckt ihn in den Gürtel
und tritt den Rückweg an;
am Joche droben traf er
des Fanneskönigs Mann.
„Wir hatten große Sorgen,
es sei dir was geschehn
von diesem bösen Zaubermann.
Wir wollten just dich suchen gehn."

Der Junge lachte lustig.
„Der läßt uns jetzt in Ruh!
er hinkt mit Müh' von dannen
und winselt immerzu.
Ich gab ihm eben drüben
einen steinernen Abschiedsgruß,
bis er mir winkte Lebewohl
mit seinem linken Vorderfuß."

Die Viere lachten zusammen;
der Knappe wollte nach Haus;
doch plötzlich scholl ein Schreien
aus seinem Korbe heraus.
Die Männer standen verwundert,
das Ding war ihnen neu;
der Junge zog die Decke fort,
zu schauen, was im Korbe sei.

Die Kleine schrie noch lauter,
sie hatte wohl Hunger und Durst.
Das ging ihr sicher näher
als Schwesterleins Verlust.

Die Männer waren ratlos,
man hatte nicht Mus noch Milch;
der Junge fand ein ander Ding:
das holt' er aus dem grauen Zwilch.

„Guck, Mädel, guck!" Er hielt ihr
den Edelstein vors Gesicht;
die Kleine verstummte plötzlich,
ans Essen dachte sie nicht.
Sie machte zwei große Augen
und tat die Händchen auf;
der Knabe steckt' ihn wieder ein;
da nahm das Schreien neuen Lauf.

Die anderen sechs Augen,
die waren größer noch.
„Was hat denn dieser Bursche?
So laß uns sehen doch!
Das ist ja die Rajetta,
der köstliche Strahlenstein!
Ha, soll denn dieser fremde Bursch
der reichste Mann im Lande sein?"

„Der Stein, der lag da drüben,
wo ich das Maultier schlug;
ich hab' ihn aufgehoben,
er schien mir seltsam genug.
War in ein Tüchlein gewickelt;
es ist wohl ein Kristall,
doch schien er mir dafür zu rund,
die andern sah ich länger all."

Die kleine Dolasilla
schrie noch ohn' Unterlaß;
und immer ärger schrie sie,
das war dem Knappen kein Spaß.
„So sei doch still, du Kleine,
so kann ich nicht heimwärts gehn,
sonst weiß das ganze Fannesreich,
was ich soll tragen ungesehn."

Und Ej de net zog wieder
den Strahlenstein heraus,

zeigt ihn dem Kind mit Lächeln,
da war das Schreien aus.
Sie langte mit den Ärmchen;
da gab er ihr den Stein.
„Da, kleiner Schreihals, nimm ihn hin,
doch darfst du nimmer böse sein!"

Die Männer standen staunend,
sie schüttelten das Haupt.
„Daß du so dumm bist, Junge,
das hätt' man nicht geglaubt.
Jetzt hat er die Rajetta
und schenkt sie einem Kind!
Kein Spielzeug ist der Wunderstein,
mit dem man halb die Welt gewinnt!"

Der Knabe lachte fröhlich:
„Jetzt geh' ich wieder heim.
Hab' einen Mann bestanden,
das Sterben ging ihm gleim. (20)
Nun bin ich Krieger worden
nach dem Turranerrecht,
und heißen tu ich Ej de net –
der Name fügt mir gar nicht schlecht."

Der Schildknecht mit dem Korbe
kam morgens früh zum Schloß.
Dem König war schon bange;
nun war die Freude groß.
Das Mägdlein hat er wieder,
das Murmel ist er los –
dazu warf ihm sein gutes Glück
noch die Rajetta in den Schoß.

Der Adlerprinz

Auf die Sennesalpe ritt der Fanneskönig,
flinken Rehen nach und auch den edlen Hirschen.
Nur auf stolzes Wild will stolz der König pirschen,
Dachse, Luchse, Füchse achtet er zuwenig.

Spät am Abend wollt' er von der Alpe wieder,
wollte heimwärts durch Fodara Vedla reiten.
Horch, da rauscht es mächtig von den Geisel-Leiten,
sausend fährt vom Fels der Flammenadler nieder.

Sieh! Was trägt er auf dem breiten braunen Rücken?
Einen jungen Adler, noch erst frisch vom Neste.
Setzt sich auf den Baum; vom dunklen Zirmgeäste
scheint er guten Gruß dem König zuzunicken.

„König, du hast treu den Zwillingsbund gehalten,
und von deinen Kindern gabst du mir das eine.
Hier, von andern zweien bring ich dir das meine,
beide waren Knaben; sollst des einen walten!

Also nimm mein Kind und sieh es an als deines,
und erzieh es dir zu einem wackern Erben.
Nicht soll ohne Mannsproß Fannes' König sterben!
Wisse, männlich Kind bekommst du selber keines."

Und der König nahm den Adlersohn entgegen,
traurig wohl, daß ihm kein eigner sei beschieden,
aber mit dem Tausche war er doch zufrieden,
um in Sohnes Hand sein Zepter einst zu legen.

Unterm rechten Arm hielt er die Adlergabe,
und mit linker Hand sein graues Jagdroß lenkend,
tiefgesenkten Auges an die Zukunft denkend,
gab er wenig acht, wohin das Rößlein trabe.

Steil hinab der Pfad zum Rautalboden führte,
wo in Pederü der Bach aus Schottertrichter
sich entbindet; doch der Zirmwald wurde dichter,
bis den schmalen Pfad man weder sah noch spürte.

Hollaho! Das Roß erschrak, es blieb ihm hangen
im Gewirr der Wurzeln einer seiner Hufe;
stürzte auf die Knie an einer Felsenstufe –
Hei, dem Reiter war sein Sinnen jäh vergangen!

Flink sprang er vom Roß, daß er sich nicht verletze,
gerne ließ er los die Bügel und die Zügel,
doch den Adler auch; der fühlte freie Flügel,
und er war davon wie Spatzen aus dem Netze.

Arg erschrocken sah der König in das Dunkel,
doch er hörte nur mehr ferne Flügelschläge.
Sorg' und Leid begleiten ihn am ganzen Wege,
in den Augen wechselt Scham und Zorngefunkel.

Schon war Mitternacht, als seiner Burg er nahte.
Mit dem Jagdhorn blies er aus dem Schlaf den Wächter.
„Auf ihr faulen Kerle, Murmeltiergeschlechter!
Mein habt ihr zu warten, sei es noch so spate."

Alles schlief im Schloß, die Mägde wie die Knechte,
nur des Königs Gattin saß an ihrem Bette,
schaute auf den Korb mit Augen groß, als hätte
dort sich zugetragen, was kein Weib gedächte.

Denn im Körblein lag ein frischer Knab' im Schlummer,
kräftig und gesund, doch nur mit einem Arme.
Meint die Königin, daß er sich drob erbarme?
Doch sie sah an ihm Erstaunen nicht noch Kummer.

Heiter lacht er auf: „Ach, das ist die Bescherung?
Laß nur sein, wie's ist! Wir brauchen einen Knaben.
Lange war's mein Wunsch. Jetzt, weil wir einen haben,
ist doch auch gesorgt für meines Namens Mehrung.

Diesen zieh ich mir zu einem starken Helden.
Schild bedarf er nicht, und um das Schwert zu führen,
hat er einen Arm. Die Feinde sollen's spüren!
Einarmkönigs Ruhm soll Fannessang noch melden."

Auf die Wappenschilder ließ der Fanneskönig
setzen für das weiße Murmeltier den Adler,
rot auf blauem Grunde. Und das Wort der Tadler
wie der Gattin Bitten kümmerten ihn wenig.

Von der Aurona

Hört die seltsame Kunde vom Wunder des Landes der Aurona,
eh das Gedenken erlischt,
wie es die Alten gewußt.

Wenn Du über Arábba zum grünen Pordòijoch hinansteigst,
zeigt die Sella dir rechts
prahlend ihr weißes Gewänd.
Aber zur Linken geleitet dich rabenschwarzes Gebirge:
dunkel der Leib des Padòn,
dunkel der Mèsola-Kopf.
Rauh durchreißt ihm die Brust in wildem, klammigem Graben,
schüttend das schwarze Geröll
bis in die Wiese, der Bach.
Statt der Spirken des Kalks die Lutterstauden des Ursteins (21)
streifen des Wanderers Kleid,
hemmen des Wanderers Fuß.
Dieses Gebirges Flanken nennt heute man noch die Auronen,
nennt man Aurona das Tal,
auch noch Aurona den Bach.
Seltsame Sagen gehen von dieser Gegend im Land um.
Wen es wundert und freut,
lausche dem alten Bericht.

Das Goldland

Wo der Wildbach Felsen frißt und wiederum ausspeit,
hatte der Berg ein Tor,
schwer von gediegenem Gold.
Dieses ging in ein Land von unterirdischen Hallen,
unermeßlich verzweigt,
denn das Gebirge war hohl.
Niemals drang ein Strahl vom Tag in die dunklen Gewölbe,
schwere Lampen von Gold
hingen an Ketten herab.
Trug auch jede von ihnen ein einzig Licht nur, es wurde
tausendfältig vermehrt
wie durch der Spiegelung Kunst.

Denn vom schwarzen Gesteine des Bodens, der Decke, der Wände
lohte und leuchtete gelb,
gleißend und glänzend das Gold.
Und aus Rissen und Spalten der Decke, der Wände, der Pfeiler
weißen und farbigen Strahl
sprühte das Edelgestein.
Darum hieß die Aurona das Land der Lampen und Lichter.
Späte Kunde nur ward
draußen der Welt von der Pracht.
Drinnen hauste ein König mitsamt einem fleißigen Volke;
nie kam einer hinaus,
niemals ein andrer hinein.
Mit dem Erdgeist hatte den Pakt der König geschlossen:
er mit seinem Geschlecht
hatte das ewige Recht,
Gold und Edelsteine zu heben, die Schätze zu nutzen,
doch in stetem Verzicht
lichten und sonnigen Tags.
Weder Sonne noch Mond noch Sterne sollten sie schauen,
nicht einen einzigen Strahl,
welcher vom Himmel erzählt.
Aber der Sonnengott fügte zum Pakte die ewige Klausel:
Nichts von den Schätzen der Nacht
darf in das Leben des Tags.
Daß den Menschen des Lichtes das Glück nicht werde genommen,
Freud' und Friede gestört,
Eintracht und Liebe geraubt.
Darum war beständig geschlossen die goldene Pforte;
drinnen glühte das Gold,
draußen blühte das Glück.
Einmal aber geschah es, da fiel eine goldene Lampe;
aus dem Gewölbe heraus
riß sich der eiserne Ring.
Und er riß ein Loch in die hohe Decke der Halle,
durch die Öffnung herein
blickte der blendende Tag.
Alles rannte und staunte; man holte die längste der Leitern,
und der älteste Mann
stieg zu der Öffnung hinauf.
„Kinder, Kinder, was seh' ich! Draußen muß auch eine Welt sein,
aber ganz anders ist die,
als es die unsere ist.
Drüben seh' ich ein Haus, von weißem Marmor getürmet,
nein, eine ganze Stadt,

A. Morlang

wie eine Festung gebaut.
Vor der Stadt ein Land mit grünem Smaragde gepflastert
und mit Steinen besät,
schöner als unsere sind.
Rote und gelbe und blaue und weiße und große und kleine –
Menschen spazieren drin um,
aber von entrischer Art.
Haben lange Gesichter und gehen auf Händen und Füßen;
sind in Felle gehüllt,
suchen herum mit dem Mund.
Da fliegt etwas herum wie Flattermäuse mit Federn,
tragen die Nase gar spitz,
geigen und pfeifen zum Tanz.
Aber über dem Ganzen liegt ein gewaltig Gewölbe,
ungeheuer und hoch,
alles ein blauer Saphir.
Und an diesem Gewölbe – Kinder, Kinder, was seh' ich?
Das muß der Herrgott sein,
wenn man ihn irgendwo sieht!
Ach, er ist so hell, ich kann ihm ins Auge nicht schauen,
und er ist so schön,
bringe das Auge nicht weg.
Kinder, ich bin so alt, doch solches sah ich noch niemals.
Daß ich dieses geschaut,
macht mir das Leben erst wert."
Alles umdrängte die Leiter. „Laß uns, laß uns an die Reihe!
Selber wollen wir sehen,
was du von droben erzählst."
Tastend stieg und langsam der Alte von Sprosse zu Sprosse,
bis er den festen Fels
unter den Sohlen empfand.
Und er fuhr mit der zitternden Hand sich über die Augen:
„Weh, was hab ich denn jetzt?
Sehe die Lichter nicht mehr."
Blind war worden der Alte; die anderen wichen in Schrecken.
Stille ward's im Gewölb,
weinen der Alte begann.
Aber der König kam, voll Zorn ersah er das Unheil,
jagte die Leute davon,
trieb sie zum tiefsten Geschächt.
Einer, verhaltenen Auges, mußte die Öffnung verstopfen,
aber die Leiter zuletzt
ließ er in Stücke zerhaun.

Odolges

Dreifach ließ der König die schwere Pforte verrammeln,
daß von seinem Volk
niemand entrinne hinaus.
Lichtsehnsucht war ihnen in der Aurona geblieben,
allem Volke zumal,
aber der Tochter zumeist.
Nacht für Nacht nun träumte von Licht und Glanz Somavida,
träumte von einem Gott,
herrlich in Sonnengestalt.
Tag für Tag saß hinter dem goldenen Tor Somavida,
hörte des Baches Gerausch,
hörte der Vögel Geschall.
Und mit weinendem Aug' und seufzendem Mund Somavida,
lauschte den Glocken des Viehs,
hörte der Hirten Gesang.
Sprach mit ihnen wohl auch, wenn vor dem Tore sie hielten,
und sie erzählten ihr viel,
wie es im Sonnenland sei.
Vor der Pforte die Hirten, vernahmen ihr bitterlich Weinen,
ratlos mußten sie stehn,
tatenlos mußten sie gehn.
Weiter ging die Kunde von einer gefangnen Prinzessin,
ging über Boden und Berg,
kam in das Tal von Kontrin.
Und Odolges, der junge, ein waffenkundiger König,
ritt auf raschem Roß
über das Joch von Pordoi.
Hirten wiesen den Weg ans goldene Tor der Aurona;
mit des Schwertes Griff
pochte Odolges daran.
„Wer sitzt hinter der Pforte und möchte heraus in die Freiheit?"
„Ach, Somavida ist's,
laß Somavida hinaus!"
Und Odolges rüttelte stark an den Flügeln des Tores;
nicht einen Viertelzoll
gaben die Platten ihm nach.
Und Odolges riß mit Kraft an den Angeln der Pfosten;
nicht einen Faden breit
wichen die Kegel im Stein.
Da ergriff er das Schwert, das lange. Mit wuchtigen Schlägen
hieb auf die Platten er ein,

ihm wurde heiß und dem Stahl.
Tag für Tag. Ihn bat jeden Morgen die liebliche Stimme,
jeden Abend auch Dank
sagte sie hinter dem Tor.
Endlich am sechsten Tage, da war die Arbeit vollendet,
eine Platte war los,
mochte sie spannendick sein.
Schwanenweiß eine Hand, sie streckte sich vor aus der Öffnung,
die eine braune ergriff;
aber ein kräftiger Arm
langte hinein und umfing Somadivas schmiegsame Hüfte,
hob sie heraus an den Tag,
stellte sie sanft in das Grün.
Mit der Linken mußte die Augen sie lange beschatten,
bis sie die Sonne ertrug,
schauend des Retters Gesicht.
Staunend strahlte ihr Antlitz, lachte das Aug' und der Mund ihr,
und sie sank in die Knie,
küssend des Herrlichen Hand.
„Edler Mann, hab' Dank! Wie kann ich die Güte dir lohnen?
Nimm zum Danke dir Gold,
nimm Diamanten zum Lohn."
„Nein, ich nehme nicht Gold, nehm nicht Diamanten zum Lohne,
ich behalte die Hand,
welche du selber mir gabst."
Und er hob sie aufs Pferd, sie winkte noch Abschied der Pforte,
blickte noch einmal zurück,
oben am Joche Pordoi.
Doch nicht sie allein, das ganze Volk der Aurona
schlüpfte zum Tore hinaus,
eilte hinaus in das Licht.
Als der Letzte verließ der König die leere Aurona,
volklos ging er davon,
ging ohne Gemmen und Gold.
Zornig lenkte der Erdgeist den Wildbach über den Graben,
daß er zerfresse den Fels,
daß er verschütte das Tor.
Schwarzes Geröll und grünes Gesträuch verdecken die Wunder,
und kein Mensch seitdem
kam in das hohle Gebirg'.
Also lautet die Mär vom Wunder der goldnen Aurona;
viele schon haben gesucht,
keiner mehr hat es gesehn.
Kaum noch glaubt es ein Kind der sagenerzählenden Mutter,

nur der Name noch blieb,
haftend am Berge Padòn.
Aber König Odolges, wenn er im Kampfe sein Schwert schwang,
lohte die Spitze wie Glut,
grell wie der zündende Blitz.
Eingebrannt im Stahl das Gold vom Tor der Aurona –
Feuerschwert, Sabla da fegh,
hieß nun der Held von Kontrin.

Am Silbersee

Feeschön wuchs Dolasilla her,
ihres Vaters und Volkes Lust;
kräftig wurde der Adlerprinz,
Hoffnung des Reichs und Königs.
Dolasilla mit buntem Ball
spielte scherzend im Mädchenkreis,
Adlerknabe im wilden Wald
warf nach dem Vogel den Stein.

Vom Sausunder zum Peitlerkopf,
vom Ritjoch an dem Perèsspitz
riß der König das Land an sich,
raubte den Hirten die Freiheit;
blutigen Kampfes gar ungewohnt,
gab man lieber den Lämmerzins,
gab man lieber zur Steuer hin
Felle von Marder und Fuchs.

Und der König im weiten Schloß
füllte Kammern mit Wehrgehäng',
füllte Kasten mit Überfluß,
schwerem Loden und Pelzwerk.
Niemals wurde sein Auge satt,
denn er wollte der erste sein,
größter König im Felsenland,
reichster im ganzen Gebirg'.

Achtzehn Jahre die Tochter war,
dreizehn zählte der Adlersohn,
als der König im Fannesrat
redete gierige Worte:
„Man erzählte mir schöne Mär,
Reichtum lieg' im Gebirg' Padòn,
goldner Schatz im Auronatal,
Männer, den holen wir heim!"

Doch die Alten vom Fannesrat
sorgend schüttelten sie das Haupt:
„König, laß die Aurona sein,
stifte dem Volke kein Unheil!
Sieh, der Herrscher, der vor dir war,
glücklich hat er das Land gemacht.
König, wecke nicht Gold und Gier,
gönne den Fannes das Glück."

Spöttisch sah sie der König an.
„Bleibt ihr Alten nur still zu Haus.
Ich will in die Aurona gehn,
werde die Schätze mir holen."
Schon am anderen Morgen ritt
keck der König auf Schatzfahrt aus,
mit drei Dutzenden; ungern nur
ritt Dolasilla mit ihm.

Der Silberschatz

Laut ward's bald im Auronatal,
ward lebendig am Berg Padòn;
Fannesleute mit Sucherfleiß
schürften und bohrten am Felsen.
Mochten wühlen im schwarzen Grund,
mochten streifen im grünen Busch,
doch der Eingang blieb unentdeckt,
ungefunden das Tor.

Sprach der König: „Wenn Erdgeists Neid
mir kein Gold von Aurona gönnt,
hol' ich drüben den Silberhort,
kehre nicht leer in die Fannes.
Auf, ihr Männer, ihr geht mit mir,
und wir wollen ins Övas ziehn, (22)
und wir fangen den weißen Fisch
drüben im ‚schimmernden See'."

Hinterm grünen Pordoijoch liegt
eine Talung, die Övas heißt;
jetzo nennt man sie Fassatal –
war eine einsame Öde.

A. Morlang

Denn kein einziges Hüttchen stand
auf dem Boden von Kanazej,
und es breitete dort ein See
flach seine schlafende Flut.

Weiß der schlammige Untergrund,
weißlich schimmernd das Wasser war,
und ein Röhricht von bleichem Schilf
kränzte das feuchte Gestade.
Unreif Silber war all dies Weiß,
darum hieß er der Silbersee;
und vom einstigen Moosgeröhr
nennt man es jetzt Kanazej. (23)

Flöße bauten des Königs Mann,
fuhren forschend am See herum,
suchten alles mit Stangen ab,
aber das Wasser ward trübe.
Eitel war und umsonst ihr Tun,
nichts von Hartem gewahrten sie,
und der König saß mißgestimmt
finstern Blickes am Strand.

Aus dem Lärchach am Sonnenberg
kam gelaufen ein Fannesmann.
„König, was du im Wasser suchst,
fand ich da drüber im Berge.
Oben hinter dem Lärchenwald
liegt verborgen ein Knappenloch,
drinnen schimmert es silberhell,
ist wohl die Foppa d'argent." (24)

Sprang der König begehrlich auf.
„Mann, und so zeige mir, wo das ist!"
Beide stiegen zum Loch hinein,
wahrlich, der König ward fröhlich.
Silberbarren wie Scheiterholz
aufgeschichtet, gediegen, schwer,
sieben Zentner zu hundert Pfund
oder noch etliche mehr.

„Heda Männer, die Säcke her!
Hier ist Silber im Überfluß.
Macht den knochigen Rücken krumm,
alles hinein in die Säcke!"
Doch was schlüpft aus dem Felsenspalt?
Männlein dreie, wie Schiefer grau;
Wehrend streckten die Arme sie,
jämmerlich huben sie an:

„Laß doch, König, was unser ist,
nimm doch unsere Habe nicht –
fünfzig Jahre voll Müh' und Plag',
bis wir gewonnen das Silber!"
Höhnisch lachte der König auf:
„Ei, ihr kriechendes Maulwurfsvolk,
ist doch Silber für euch zu schad',
wär' auch Kupfer noch gut!"

„Ist das Silber für uns zu schad',
und das Kupfer ist uns vergönnt,
laß die kupferne Büchse uns,
König, so sind wir zufrieden."
Unterm Silber verborgen lag
eine kupferne Büchse dort.
Eilig haschte das Zwerglein sie,
klemmte sie ängstlich im Arm.

Rauh entriß sie der König ihm.
„Ha, was ist denn mit diesem Ding?"
und er drehte den Deckel auf,
wühlte herum mit dem Finger.
Erst ein Flecklein von weißem Fell,
dann ein grauer und schwerer Sand,
drunter silberne Plättchen zwölf,
wunderbar glänzend und fein.

Schrieen die Zwergelein alle drei;
„König, gib doch die Büchse her!
Alles Silber, wir lassen dir's,
aber die Büchse bleibt unser!"
„Ho, ist dieses der größte Schatz?
Ist wohl sicher ein Talisman.
Dolasilla, das Ding ist dein,
nimm's und bewahr es dir gut!"

Zögernd nahm Dolasilla sie,
barg sie langsam im weißen Kleid,

und erschrocken ihr großes Aug'
blickte auf Vater und Zwerge.
Denn sie sah einen Feuerblick
aus den Augen der Männlein sprühn,
wie aus schwarzer Gewitternacht
fürchterlich züngelt' der Blitz.

„Vorwärts, Männer!" Sie stiegen aus,
schwer beladen mit Silberlast.
Dolasilla ging zögernd nach,
aber der König als letzter.
Und es ballten drei Fäuste sich
drohend hinter dem König her.
Dolasilla verließ mit Schreck,
Kummer im Herzen, den Ort.

Der Zwergenspruch

Heimzu zogen die Fannesmann
keuchend unter der Silberlast.
Schweren Sinns Dolasilla ritt
wortlos neben dem König.
Wo der Felsen des Col de Ronk
scharf den Pfad an den Wildbach drängt –
heißt im Volk Soddolèda-Weg –
hemmte die Tochter das Pferd.

„Vater, reite nur fürder baß,
und ich bleibe hier kurz zurück;
doch ich komme bald wieder nach,
brauchst nicht meiner zu warten."
Eilig trieb sie das Pferd zurück
bis hinunter zum Lärchenwald.
Sprang vom Zelter. Von Wald und Berg
lautes Gejammer erscholl.

Zagend blieb sie ein Weilchen stehn,
schritt dann mutig dem Laute nach.
„Still ihr Zwergelein, klagt nur nicht,
euer sei wieder die Büchse.
Nein, Geraubtes behalt' ich nicht,
nehmt das kupferne Ding zurück,
denn ich seh' wohl, es ist euch leid
mehr als um alles, um dies."

Staunend schwiegen die Männlein still,
dann erhob sich ein Jubelschrei.
Sprangen jauchzend um sie herum,
küßten ihr dankend die Hände.
„Schönes Mädchen, wie bist du gut,
silbern bis du, dein Herz ist Gold!
Unsere Büchse, wir haben sie –
geb dir der Himmel den Lohn!

Nein, wir brauchen die Büchse nicht,
nur das Pulver, das drinnen ist.
Edles Mädchen, du bist so gut,
tust uns gewiß eine Liebe.
Nimm das Pulver, das graue, her,
streu es uns in den Silbersee –
weißt, wir dürfen es selber nicht,
dir aber ist es erlaubt.

Du bist Jungfrau und silberrein,
lauter Gold ist dein edles Herz.
Streust du uns in den See den Sand,
wollen wir alles verschmerzen.
Dann wird blühen und reifen bald
alles Silber im Silbersee,
und dann werden wir wieder reich,
siebenmal reicher als eh."

Lächelnd schön Dolasilla sprach:
„Ja ihr Kleinen, das tu ich gern."
Und sie gingen zum Wasserrand,
gingen herum um das Röhricht.
Dreimal blieb sie am Ufer stehn,
dreimal nahm sie vom Pulver her,
warf es dreimal aufs Wasser hin,
schwingend die schneeige Hand.

Jubelnd hüpften die Männlein auf,
klatschten fröhlich auf Hand und Knie;
Dolasillas bestaubte Hand
wurde wohl blank von den Küssen.

„Dank dir, Reine, du gute Maid,
und die Büchse behalte du.
Was wir brauchen, das haben wir,
aber das andre sei dein."

Und der Älteste hob die Hand.
„Höre, Jungfrau, was ich dir sag'.
Wahr der Alte vom Berge spricht –
merke den Spruch deiner Zukunft:
Eine Kriegerin wirst du sein,
wie noch keine im Lande war
von der Pregajannis am Meer
bis zu den Bergen von Glas. (25)

Aus dem Stücke des weißen Fells
laß dir machen ein Waffenkleid;
aus dem Silber, das drunter liegt,
laß einen Bogen dir schmieden.
Und du wirst eine Kriegsmaid sein,
unbesiegbar in jedem Kampf,
unverwundbar in jeder Schlacht,
Fannesreichs glänzender Stern.

Von dem Silber, das übrig bleibt,
macht euch sieben Trompeten auch.
Hell wird schallen ihr Siegesklang
über das Land im Gebirge.
Von den gläsernen Bergen an
bis zur Pregajannis am Meer
wird die Ehre des Fannesreichs
klingen aus silbernem Mund.

Aber merke dir zweierlei:
Wenn du dir einen Gatten nimmst,
nicht mehr bist, was du jetzo bist,
ist auch das andre vorüber.
Und wird dunkel dein Waffenkleid,
laß es dir eine Warnung sein!
Dolasilla, geh nicht zum Kampf,
denn dann droht dir der Tod."

Schweigend stand Dolasilla da,
schweigend stieg sie aufs weiße Pferd,
sinnend ritt sie dem Vater nach,
sorgend kam dieser entgegen.
„Ei, wo bist du denn also lang?
Warst du gar bei den Zwergen dort?
Dolasilla, was tatest du,
hast du den Talisman noch?"

„Schau nur, Vater, das Ding ist hier;
warf das Pulver nur in den See,
daß erblühe der Silberschatz,
weil mich die Zwerge gebeten.
Doch die Büchse behielt ich ja,
alles andere ist noch drin.
Von den Zwergen der Älteste
sagte mir folgenden Spruch:

Laß dir machen vom weißen Fell,
laß dir machen ein Waffenkleid;
von dem Silber, das drunter ist,
laß einen Bogen dir schmieden.
Und du wirst eine Kriegerin,
wie noch keine im Lande war,
von der Pregajannis am Meer
bis zu den Bergen von Glas.

Hell wird klingen der Siegesruhm,
groß wird werden das Fannesreich,
siegreich bist du in jeder Schlacht,
unverwundbar im Kampfe.
Würde dunkel das weiße Kleid,
soll ich meiden den Waffengang:
Wollte nehmen ich einen Mann,
wäre das andre vorbei."

Staunend hörte der König zu,
beide ritten den andern nach,
still die Tochter, der Vater stolz,
fröhlich ob Silber und Spruch.

Die Heldin (La Ceduja)

Meister berief er,
tüchtig im Handwerk,
in Kleidergewirk,
in Waffengewirk,
zu einem Kriegskleid,
zu Bogengeschütz –
Dolasilla muß Kriegerin werden!

Kundig in Künsten
holte man Männer
aus Haidens Gefild,
Andrinergeschlecht. (26)
Sie hörten das Wort,
bedachten das Werk,
und sie nahmen zu Handen die Arbeit.

Weiß Hermelinfell,
wie es das Harmlein
im Winter bekommt,
zwei Hände nur breit –
auf zweieinhalb Klafter
ward es gereckt,
für den Waffenrock reichlich genügend.

Dünner als Seide, fester als Stahlwerk,
demantengehärtet
für Stoß und für Schlag;
es deckte den Leib ihr,
sitzend am Pferd,
von den Schultern bis unter die Füße.

Silberne Plättchen
hammergeschmiedet,
sie wurden gekrümmt
wie Steinbockgehörn.
Von Seide die Sehne;
des Bogens Gewalt,
sie verspritzte die Pfeile wie Blitze.

Waren auch zwölf nur
Plättchen des Silbers,
es lagen am Amboß
immer genug.
Noch sieben Trompeten
wurden daraus,
und erst dann war das Silber zu Ende.

Freudig der König
rief Dolasilla:
„Hier hast du den Bogen,
das Waffengewand.
Nun lerne mir schießen,
senden den Pfeil,
Dolasilla muß Kriegerin werden!“

Spitzige Pfeile schoß Dolasilla
in Schloßhof und Wald,
auf Wand und Gehölz.
Doch traf sie den Vogel
hoch im Gezweig,
in das Auge die Tränen ihr traten.

Lachte der König:
„Sei mir nicht kindisch!
Gewöhnen mußt du,
zu senden den Tod.
Nun schieß mir den Hasen,
töte das Reh –
mit der Zeit wirst du treffen die Feinde.“

In der Versammlung
unten am Lim-See,
da wo man den alten
König verbrannt,
da zeigte der neue
all seinem Volk
seine Tochter im Waffengewande.

Die niefehlenden Pfeile

Aber nach Jahrfrist
sagte der König:
„Wir reiten hinüber
über Pordoi.
Nun ist ja wohl reif
das Silber im See.
Dolasilla, du wirst mich begleiten!"

„Vater, ach laß
den Zwergen das Silber,
du hast ja schon viel
von ihnen geholt.
Ich will dir verhelfen
zu anderem Schatz,
doch den Zwergelein läßt du ihr Letztes."

Aber der König
lächelte spöttisch:
„Bereite dich vor
auf morgen zum Ritt."
Am anderen Tage
ritten sie hin,
und es gingen mit ihnen wohl sechzig.

Weißer noch war
geworden das Wasser;
es schwammen am Spiegel
seerosengleich
viel silberne Blumen,
wunderlich zart,
und sie wiegten sich schimmernd im Wasser.

Und sie begannen
Blumen zu fischen,
doch alle die Blumen
wurden zu Schaum;
der Schatz war im Blühen,
aber nicht reif,
und vergeblich war ihnen die Mühe.

Doch das Geschilf
am Rande des Wassers
war Silber geworden,
klingend und hart.
Da nahm Dolasilla
eines davon
und versuchte den Pfeil für den Bogen.

Zischend das Rohr
erreichte den Baumstamm,
es bohrte hindurch
und fuhr auf den Stein,
zerspaltete diesen
wetterstrahlscharf,
und es wurde nicht stumpfer die Spitze.

Wieder denselben
holte die Schützin,
sie sandte ihn nach
dem Hasen im Wald.
Und lief er zickzack,
ihm folgte der Pfeil,
denn er suchte das Ziel sich auch selber.

Hohes Erstaunen
faßte den König,
vor Freude erglänzte
rot sein Gesicht.
„Nun haben wir Pfeile,
recht für den Ernst,
Dolasillas unfehlbare Blitze!"

Doch Dolasilla
schauderte fröstelnd,
im Schilfe begann
ein Klagegetön;
es röchelte dumpf
wie Sterbender Laut
und als wimmerten Frauen und Kinder.

„Holla, ihr Mannen",
rief nun der König,
jetzt schneidet mir Schilf,
soviel dessen ist,
und bindet in Bündel,
was ihr ertragt,
Dolasillas niefehlende Pfeile.

Der erste Kampf

Her von Falzares
meldeten Splutes:
„Andrinische Männer
kamen bei Nacht –
ein Großhundert waren's –
jagten uns fort,
und sie wollen Falzares behaupten."

Zornigen Mutes
sprang er vom Sessel,
der König der Fannes,
schlug auf den Tisch.
„Hellauf in die Waffen,
Krieger, sofort,
und wir reiten noch heute hinüber.

Du, Dolasilla,
richte dein Rüstzeug,
das Waffengewand,
den Bogen dazu.
Andrinische Arbeit
prüfen wir heut',
und das Kunstwerk soll loben den Meister."

„Vater, du meinst,
die Tochter soll kämpfen,
soll Männer erschlagen,
ist doch kein Mann!"
„Ei Tochter, es ist
ja Zwergenverspruch,
Dolasilla wird Kriegerin werden."

Hangenden Hauptes
ritt Dolasilla
zur Linken des Königs
über das Joch.
Der Krieger von Fannes
war nur ein Schock,
sie berannten mit Mut die Andriner.

Lachte der König,
lustig vom Pferde:
„Zehn Dutzende seien's?
Sind es nicht halb.
Hinab in die Klamme,
Räubergesind!
Meine Hasenjagd ist in Falzares."

Doch die Andriner
wichen nur scheinbar,
sie lockten den Feind
hinein in das Loch.
Da brach aus dem Wald
die doppelte Zahl,
überfielen die Fannes von rückwärts.

Starr Dolasilla.
Blutige Sporen
der König dem Roß gab,
raste hinab.
Da stürzte das Pferd;
der König im Schwung,
vor die Füße hin fiel er den Feinden.

„Vater, o Vater!"
Riß an die Wange
die Sehne des Bogens–
zischend der Pfeil
wie Blitz in den Haufen;
wildes Geschrei,
ihrer fünfe schon lagen erschossen.

„Laßt ihr den Vater?"
Sechse und sieben
der Pfeile verspritzten.
Röcheln und Schrein.
Und Lanze und Schwert
der Fannes tat mit,
was noch konnte, entfloh mit Entsetzen.

Der Stern von Fannes

Dreißig Andriner
lagen gefangen,
darunter auch drei
der Goldschmiedezunft.
Der König gab diesen
Auftrag und Dienst:
Dolasilla bekommt einen Stirnschmuck.

Hei, wie die Meister
zogen und bogen
an Silber und Gold
mit Edelgestein!
Ein Edelweißstern
aus Perlen gefügt,
und der Strahlenstein kommt in die Mitte.

Kupferne Scheibe,
tanzend im Kreise,
polierte den Stein
im eigenen Staub.
Es blitzten der Flächen
vierzig und acht
wie der Sterne Gefunkel im Winter.

Golden gefaßt
der helle Demantstein
als Edelweißstern,
der Stirne zum Schmuck;
und beiderseits Blatt-
und Stengelgewirk
bis zurück an die Spangen der Schläfen.

Fein Filigran
aus Silber- und Golddraht
mit Adergenetz,
smaragdenbesät;
in Bergblumenart
dazwischengestreut
Amethyste, Saphire, Rubine.

Sonne, steh auf
im Lande des Morgens
und senke dich müd
in Abendmeers Bett!
Vom Pole zum Pol,
so weit du auch siehst,
solch Geschmeide erblickest du nimmer.

Herrlich der König
ritt durch das Rautal,
die Tochter mit ihm
in Kriegergewand;
die Männer von Fannes
hallenden Tritts,
auf den Kronplatz marschierte die Heerschar.

Schlichtengebirge
war es geheißen,
es trägt auf dem Rücken
breites Gefild.
Versammelt das Heer
in mächtigem Kreis,
Dolasilla und er in der Mitte.

Stattlich der Tochter
schneeige Stute,
hochragend des Vaters
kohliger Hengst;
da zeigte dem Volk
das Sterndiadem
aus dem eschenen Trühlein der König.

„Sehet ihr Mannen,
Krieger von Fannes,
das ist meiner Tochter
strahlender Stern,
es ist der Rajetta
Prachtdiadem,
einer Königin Stirne zu zieren.

Du, Dolasilla,
bist meine Freude,
die Hoffnung des Reiches,
Heldenjungfrau!

A. Frenes

Zur Führerin wirst du
heute gekrönt –,
Dolasilla, empfang die Rajetta!"

Und Dolasilla
neigte die Stirne,
ums lockige Haupt
den Stirnschmuck er schlang.
Ihr glühte die Wange,
strahlte das Aug',
und das Fannesheer jubelte Beifall.

Aber der König,
stehend im Bügel,
er streckte den Arm aus,
zeigend im Kreis.
„Ihr Männer von Fannes,
höret mein Wort,
euer König verkündet den Willen.

Dort von den Bergen
mitternachtragend,
auf welchen im Sommer
Winter noch wohnt,
bis hinter die Felsen
mittaggestellt,
wo im Winter der Sommer sein Heim hat,

dort wo am Morgen
aufwacht die Sonne,
bis wo sie am Abend
schlafen sich legt,
mein Reich soll es werden,
Großfannesreich –
Dolasilla, du wirst es uns schaffen!

Eisberg und Meer
und Felsen und Flachland
wird hallen vom Ruhm
der sieghaften Maid,
und meine Gewalt
geht hinter ihr her,
unermeßlich wird werden mein Kronschatz.

Männer von Fannes,
hört meinen Willen!
Zuerst die Gebirge,
die ihr schon kennt,
die nehmen wir uns,
wie weit sie erschaut
mit beherrschendem Blick Marmoleda.

Streitbare Krieger
wohnen dort hinten,
behend wie das Krummhorn, (27)
scharf wie der Wolf,
doch lützel die Zahl, (28)
die Stämme nicht eins,
und wir werfen sie einzeln zu Boden.

Sind wir dann stark
und mächtig und zahlreich,
dann geht es hinaus,
wo Gadra verfließt (29)
und nehmen das Tal,
das langhin sich dehnt
bis zur Marke der früheren Heimat.

Schauet hinab
ins weite Gefilde,
zum Rande des Himmels,
morgenwärts blickt!
Gar reich ist das Tal
an Feld und an Vieh,
und behäbig an Dörfern und Höfen.

Obenhin wohnen flinke Pedojer,
Sebater jedoch
im unteren Gau,
hartholzen Geschlecht,
bedächtig genug,
aber kräftig und zäh wie die Bären.

Blicket hinab,
da dehnt sich die Hauptstadt, (30)
beschirmt von vier Hügeln,
burgengekrönt.

Bin einst ich gealtert,
dort sei mein Sitz,
und euch allen verteil' ich die Häuser."

Freudengeschrei
und jubelnder Zuruf;
auf eisernem Schilde
dröhnte der Speer.
Sie zogen nach Haus
mit Schlachtengesang,
Dolasilla nur folgte wie träumend.

König von Fannes
setzt' in den Heerschild
den strahlenden Stern
ins Feld von Azur
zu Häupten des Adlers.
Ehre und Heil!
Es erstrahle das Wappen von Fannes.

Kriegsfahrten

Den Königsruf bliesen die Silbertrompeten von Fannes
vom Schloß herab hallte der siebenfach schmetternde Klang;
doch neunfachen Widerhall gaben die Felsen im Umkreis,
Varella, Parejes und dreimal der Dreispitz von Fannes,
und Furka da fer und Nainores und Zehner und Roßhaut,
sie füllten die Gegend mit Donner und Elfengesang;

als stünden der Türme wohl neun auf dem Ringwall des Reiches
mit herrlichem Spiele der Glocken und alle zugleich,
die großen und kleineren Glocken, und läuteten alle
ihr festlich Geläute. So bliesen die Silbertrompeten
auf Konturines am Schlosse die Weise des Königs.
Der König ritt aus, denn es war ihm zu enge sein Reich.

Zur Linken des kohlschwarzen Hengstes der schneeweiße Zelter,
und weiß wie ein Schwan Dolasilla. Am Sattelknopf hing
der Köcher, gespickt mit den unfehlbar treffenden Pfeilen;
jedoch an der Stirne, da gleiste und glastete blitzend
der Edelweißstern der Rajetta. Es jauchzten die Krieger,
und hallenden Trittes der Zug durch das Fannestal ging.

„Zuerst die Andriner, das Räubergesind von Falzares!
Ich glaube, sie haben dort unten noch besseres Land
auf herrlicher Heide am Fuße des kristallenen Berges, (31)
und haben auch Häuser, und wirken dadrinnen Geschmeide
von Silber und Gold und Gesteinen in künstlicher Arbeit.
Das will ich besehn und betasten mit eigener Hand."

Man ritt durch die Bulpiglaja schon über die Landmark,
und über Progoito zum Boden der Wölfin hinaus (32)
ergoß sich die Schar. Da schallten andrinische Hörner,
da rannten andrinische Männer, dem Feinde zu wehren,
wie Wölfe mit lellender Zunge, gar scharf und behende; (33)
doch was sie da sahen, es packte sie lähmender Graus.

„Hier ist sie, die furchtbare Jungfrau mit silbernem Bogen!
Statt schwarz wie der Teufel ist sie wie ein Engel so licht.
Du schreckliche Maid von Falzares, du weich aus dem Lande,
das unsere Väter gewonnen, die Mütter bevölkert.
Laß stecken die gräßlichen Pfeile, die Blitze der Hölle!
Wir lassen dir Felder und Häuser, doch töte uns nicht."

Da hoben die Hände sie hoch und ergaben sich willig.
Zwei Speer' in den Boden und einen darüber – die Mann,
am Rücken die Hände gebunden, so mußten sie durchgehen,
von Kriegern der Fannes mit haselnen Ruten getrieben.
Vom Rosse herab sah mit traurigem Blick Dolasilla
den Sieg, den ein Mädchen so leicht über Männer gewann.

Vom Pomaganjón bis zum Pelmo, unschätzbare Schätze –
drei Gaden im Schlosse von Fannes, die wurden wohl voll. (34)
Es hallte von Silbertrompeten das Siegesgeschmetter.
Mit leuchtenden Augen beschaute der König die Truhen.
Der Freiheit beraubt, zinspflichtig das Volk der Andriner;
in all ihren Häusern blieb nichts mehr als Armut und Groll.

An Kleinod und Kleidung das Schönste bekam Dolasilla,
der Stolz ihres Vaters, des Fannesreichs Ehre und Stern.
Doch ihrer Rajetta war nichts zu vergleichen von allem,
so wie auch ihr selber war niemand von allen vergleichbar,
nicht Mann und nicht Weib und nicht Knapp' und nicht Ritter von Fannes,
auch Adlerprinz nicht. Aber ihr war die Freude gar fern.

Mit Sorgen im Herzen betrachtete eine die zweie.
Die Königin war es, die Mutter, die stille, im Schloß.
Sie dachte des Königs, es wuchs ihm der Stolz und die Habsucht;
sie dachte der Tochter, der einzigen, die doch ein Weib war,
muß tun wie ein Mann, und sie bleibt doch im Herzen ein Mädchen,
muß führen statt Jungfrauenreigen den blutigen Troß.

Was kümmert den Vater der Kummer der sorgenden Mutter?
Er ist doch der König, nicht Vater im blutigen Schlachtfeld.
Die Tochter ist Kriegerin, Spinnerin nicht in der Stube!
Das Herz hat zu schweigen, die Hand hat zu führen den Streich.

Je größer die Habe, je größer die Augen; der Hunger
erwacht mit dem Essen und wird mit dem Essen nicht still.
Er ging in Kadubriens Gau zu den Räubern der Alpen;
der Räuber beraubte die Räuber und stahl das Gestohlne.
Ihr Vieh trieb der König auf Sennes und Krippes und Stua,
es scholl auf Ursèr und Störes das Rindergebrüll. (35)

Zum Könige der Pelegeten im Mittagsgebirge
kam osther gegangen der Zauberer Spina de mul.
„Mach Bund mit dem Volk der Lastojer auf Leben und Sterben!
Der König der Fannes wird kommen und uns überfallen,

A. Morlang

so wie er Andrinern getan und Kadubriens Männern,
will stellen als Herrscher auf unsere Köpfe den Stuhl."

Geschnitten war Roggen und Weizen im Boden von Fannes,
da kamen die dritten daran, zu verkosten den Stahl.
„Halloh, Pelegeten, und habt ihr nicht etwas zum Handeln?
Ich höre, gar schöne Gefäße kajutischer Arbeit
besitzt ihr durch Tausch oder Raub, und ich möchte sie kaufen.
Wir kommen und halten den Markt im Kordévoletal."

Es lagen am See Pelegeten in steinernen Schanzen;
da führte der Feldherr der Fannes die Seinen zum Sturm.
Gehindert von Wasser und Steinwall war denen von Fannes
vergeblich der Mut und die Kraft und vergeblich der sieben
Trompeten Geschalle, vergeblich der silberne Kampfruf;
da hallte des Königs Befehl wie die Glocke vom Turm.

„Wohlan Dolasilla, sie wollen es billig nicht geben,
auf Biete nicht lassen, sie wollen das Geld auf die Hand. (36)
So zahle sie bar und bezahle mit silbernen Stäbchen,
und knausere nicht, denn ein König von Fannes hat Silber.
Fünf Mann um ein Stäbchen – ich wette, so sind sie zufrieden
und geben noch drein das Geschirr aus kajutischem Land."

Es pfiffen die silbernen Pfeile vom silbernen Bogen,
wohl sieben, wohl neune hinein in die steinerne Wehr.
Es barsten die Blöcke des Walles, es stoben die Splitter,
es sanken viel tapfere Männer erschossen, erschlagen,
es stürmten die Krieger von Fannes mit Spießen und Schwertern –
da rannte von rückwärts ein wütender Haufen daher.

Der Spina de mul! Und er trabte mit wüstem Geplärre,
er führte die Schar der Lastojer vom Berge herab.
Der König von Fannes erschrak, denn er sah sich umzingelt,
geklemmt zwischen Wasser und Felsen und beiderseits Feinde.
Nun rette den Vater und rette das Volk, Dolasilla,
durch alle die Wundergewalt, die der Zwergenspruch gab!

In Quere den Zelter gestellt und im Sattel sich wendend,
die Sehne des Bogens, sie sang, und es sprühte der Strahl.
Wie fuhr ihre Hand, ihre weiße, vom Köcher zum Bogen,
wie zuckten die Augen, die braunen, nach hüben und drüben!
Vom Haar die Rajetta warf Blitze aus dräuender Wolke.
Wie Halme beim Schnitte, so sanken die Männer zutal.

Doch Spina de mul, hei wie das Gerippe in Schwung kam!
Er flüchtete heim in das Loch am Gebirge Formín.
„Die schreckliche Schützin – und trug sie nicht gar die Rajetta,
mein Eigentum, das ich verloren vor zweien Jahrzehnten?
Wie schön sie gefaßt ist in Gold mit Gesteinen und Perlen!
Die muß mir zurücke, so wahr ich ein Zauberer bin."

Der Ritter mit den Mohnblumen

Wo keine Gebirge mehr stehen im Lande des Mittags,
da wohnte mit zahllosen Männern ein fleißig Geschlecht,
vorzeiten von Norden gekommen aus kühleren Landen,
gar tapfer im Kriege, geschickt in den Künsten des Friedens,
in Werken des Feldes und Berges und Hauses und Marktes –
sie hießen Kajútes und lebten nach keltischem Recht.

Es standen die Berge gehüllt in die Wolle des Winters,
da kam zum kajutischen König ein hinkender Mann.
„Ich bin von Lastoj, und ich komme, den König zu warnen.
Mein Volk ist zersprengt, Pelegeten zu Boden geworfen
am See des Kordèvoletales vom König der Fannes.
Er hat es geschworen, im Sommer kommt deines daran."

Es standen die Berge geschmückt mit dem Sammet des Lenzes,
da kam zum kajutischen Prinzen ein schielendes Weib.
„Ich bin von Migòjn, und ich komme dem Prinzen zu raten.
Du fährst in die Berge; da hol' dir Prinzeß Dolasilla.
Und steckst du den Strauß der Zikuta der Stolzen ans Mieder,
sie wird sich als Braut dir ergeben mit Sinn und mit Leib."

Vielfarbige Blumen verstreute der Frühling im Maien;
am Felde von Agordo blühten sie heuer so rot.
Kajutische Männer, die stehen im Streite wie Stämme;
kajutische Männer, die machen die Schritte nicht rückwärts;
kajutische Männer, die geben sich niemals gefangen.
Am Agordofelde, da lagen sie allesamt tot.

Am Abend ritt Dolasilla wohl über die Walstatt,
ihr hingen die Arme herunter, der Köcher war leer.
Da bäumt sich ihr Pferd vor dem glühenden Leuchten am Boden;
vergoldet der Schild und der Helm und vergoldet der Panzer,

den silbernen Pfeil durch den Schild und den Harnisch im Herzen –
und tot lag der Ritter im Gras zwischen Langschwert und Speer.

Da stieg Dolasilla vom Pferde mit traurigem Blicke.
Das war ja der junge blauäugige Krieger, der kühn
und todesverachtend im Kampfe sich wollte ihr nähern;
und siebenmal war sie ihm schonend vom Wege gewichen,
weil friedlich sein Schwert und sein Speer schien und friedlich das Auge.
Da fand ihn ein Pfeil. Dolasilla sah traurig auf ihn.

Das Auge gebrochen. Was hat er am goldenen Helme?
Von feuerrot leuchtenden Blüten des Mohns einen Strauß.
Ihn nahm von dem Helme mit zuckendem Aug' Dolasilla
in Wehmut, und steckte den Strauß an den wogenden Busen.
Sie stand eine Weile und wandte sich stille zum Pferde,
und hängenden Hauptes, so ritt Dolasilla nach Haus.

„Ach Mutter, o Mutter, wie bin ich so müde, so müde!
Die Schläfen sind stumpf und die Lider der Augen sind schwer."
„So raste doch einmal, mein Kind, du mein armes, und schlafe!
Bald Krieg und bald Jagd, man vergönnt dir ja nie eine Ruhe.
Ei Tochter, was trägst du denn heute? Von Blumen ein Sträußlein?"
„O laß es mir, Mutter, es lag beim erschlagenen Heer."

Aufs Lager gesunken entschlief wie betäubt Dolasilla,
erwachte drei Nächte, drei Tage lang nicht einen Blick.
Die Mutter ging sorgend zum Vater, der Vater zur Tochter.
Da stand er und wiegte den Kopf und beschaute die Blumen;
dann nahm er das Sträußlein und warf es unwillig durchs Fenster,
und mählich auch kehrte das wache Bewußtsein zurück.

Die nußbraunen Augen, sie schauten erst groß und dann sinnend.
„Wo war ich? Mir träumte, ich ging über Prelongjè.
Dort standen die Kofel, die sieben, doch waren sie dunkel, (38)
nicht helle wie sonst. Und da kam auch ein goldener Ritter,
von feurigen Blumen des Mohns einen Strauß in den Händen,
und gab mir den Strauß. Doch wo ist denn mein Sträußlein? – O weh!"

„Ich warf es durchs Fenster", antwortete lächelnd der König.
„Schon waren die Blüten gefallen, die Köpfchen nur dran,
die grünen, die giftigen, weißt du – die machten dich schlafen
in schwerer Betäubung. Sie haben den Sinn dir genommen,
drum warf ich sie fort, denn ich laß mir die Tochter nicht rauben.
Nun bist du ja wach. Doch was war mit dem goldenen Mann?"

„Der goldene Ritter, er gab mir das blühende Sträußlein
und blickte so traurig und sagte das düstere Wort:
‚Wer edel von Sinn und Geburt ist, geht offene Wege
und nicht mit Geheimnis und Lüppe und zaubrischen Dingen. (39)
Laß ab, Dolasilla, laß ab von den silbernen Pfeilen!
Wer zauberisch mordet, wird enden durch zaubrischen Mord.'"

Der König ward zornig. „Was soll denn das dumme Gerede?
Uns kümmert das wachende Handeln, nicht schlafend Gespinst.
Nicht Träume zu spinnen, du hast mir die Schlachten zu schlagen,
den Bogen am Arme, nicht Sträußlein am Busen zu tragen;
nicht sinnende Augen, die blitzenden Pfeile nur sind es,
womit du dir Ehre und Glück, Dolasilla, gewinnst."

Die Verschwörung

Gar selten im währenden Sommer sah Rauch man entsteigen
der Höhle des Spina de mul auf dem Berge Formìn.
Der Zauberer humpelte grimmingen Blickes die Wege
von Stamme zu Stamm und von Volke zu Volk in der Runde.
Andriner und auch Kadubrener, dazu Pelegeten –
er schürte und schmiedete Bündnis mit listigem Sinn.

Und wochenweis ging er die Straßen durchs waldige Flachland,
bis wo der kajutische König auf Brixia saß. (40)
Auf goldenem Herrscherstuhl saß er, die düstere Stirne
gestützt auf die knochige Hand und gedachte des Sohnes,
des einzigen, den ihm der Mai in die blutigen Blumen
gelegt auf der Heide, daß er das Erwachen vergaß.

„Ei König, ich warnte dich sorglich im vorigen Winter.
Dem König von Fannes entgegen schickt Kinder man nicht!
Erträgst du den Schaden des Hauses, die Schande des Volkes?
Wo hast du die alten Kajuten, die eisernen Männer?
Wo hast du die eigene Faust mit der stählernen Keule,
die Steine zertrümmert und Helme wie Scherben zerbricht?"

Der König sprang auf. Mit der knöchernen Linken das Tischeck,
das schlug er hinab, und die Kralle der Rechten in Wut,
riß her aus dem Winkel die Keule und schwang sie im Kreise
ums grauende Haupt, und der Zauberer zuckte zusammen,

A. Rott

als gälte das ihm. Doch es galt einem anderen König;
der dachte an Gold. Der kajutische dachte an Blut.

„Ach spare die Kräfte und sammle dein Heer auf den Maien;
da jährt sich der Tag und du feierst die Klage dem Sohn.
Ich wandere weiter und geh' in das Land Pregajannis.
Dort kenn' ich den Prinzen der schlachtengewohnten Turraner.
Muß reden ein Wörtlein mit ihm für das kommende Frühjahr,
und König, du gibst mir dafür wohl noch Dank und auch Lohn."

Es waltete wohl zwischen dem langen Gebirg' und dem Meere,
den alternden Vater ersetzend, der Prinz Ej de net.
Kam Spina zum Prinzen ins Schloß und verneigte sich höflich.
„Es bietet dem tapferen Nachbar der Herr der Kajuten
freundnachbarlich Gruß und die Hand zu gemeinsamem Bunde
mit ihm und Andrin und Kadobèr, Lastòj, Pelegèt.

Sie ziehen mit Rossen und Waffen mitsammen zum Kampfe
dem König von Fannes entgegen im kommenden Mai.
Er hat uns geworfen, geschlagen, beraubt und geknechtet,
dem Prinzen von Brixia nahm er das blühende Leben;
nun will er auch über ein Jahr Pregajannis erobern.

Wir ziehen auf Abwehr und Rache, und du bist dabei."
„Auf Rache zu ziehen? Es hat doch der König von Fannes
dem Land und dem Volk der Turraner noch wenig getan!
Und will Pregajannis er haben, so soll er nur kommen,
wir werden ihn droben im langen Gebirge begrüßen
und reden mit ihm auf turranisch – er wird es verstehen.
Was andern geschehen, was geht es den Ej de net an?"

„Und was es dich angeht? Wir sind doch von alters her Freunde,
der Prinz der Kajuten, der war ja dein lieber Gesell."
„Ihr seid ja schon fünfe, und fünf gegen einen, das reicht doch!"
„Jawohl gegen einen tät's reichen, doch nicht gegen eine,
nicht gegen die Tochter, die furchtbare Maid Dolasilla,
den Schrecken der Männer!" Da lachte Prinz Ej de net hell.

„Ein Mädchen, ein Mädchen – ihr Tapferen fürchtet ein Mädchen?
So nehmet doch Rocken und Spindel und laßt ihr das Schwert.
Und Ej de net wird euch die Türe der Kammer behüten,
und Ej de net wird euch die Lanze als Kunkel aufstecken, (41)
und Ej de net schützt mit dem Schilde den Flachs vor dem Luftzug.
Was tragt ihr denn Bärte? Ihr seid ja den Spiegel nicht wert!"

„So lache nur lustig und spotte! Und würdest du sehen
die Weiße mit silbernem Bogen und silbernem Pfeil,
dir würde das Lachen vergehn und die Rede verstummen,
gebannt von den feurigen Augen, vom Strahl der Rajetta,
die ihr von der Stirne verschleudert die lähmenden Blitze,
du knietest um Gnade sie an oder flöhest in Eil'."

„Ein kämpfendes Mädchen? Und könnt' ich ihr einmal begegnen
im Streite der Männer, ich ließe das Schwert und den Speer,
ich nähm' mit der Rechten den Zaum, mit der Linken den Bügel
und führte sie lächelnd heraus aus dem Männergewirre
ins blühende Feld, und da gäb' ich ihr höflich ein Sträußlein,
als wenn es im Maien ein heimliches Stelldichein wär'."

„Die Sprüche, die kenn' ich", versetzte der Zauberer listig,
„die nämlichen hört' ich im Maien vom Brixiaprinz
vom Sträußlein und Brautritt zur Tochter des Königs von Fannes.
Ihm sind sie vergangen auf Agordos blühender Heide.
Ich rate dir, Ej de net, bleibe mit Vorsicht zu Hause –
Kajut und Turraner, die nämlichen Spruchmacher sind's!"

Der Zauberer lachte. Es knirschten dem Prinzen die Zähne.
„Geht hin! und dem König von Brixia biet' ich die Hand.
Doch jenem von Fannes vermelde mein Kommen zum Maitanz.
Dem meinigen sag' ich, er sollte die Hochzeit mir rüsten.
Die Fünfe vom Bunde, die will ich dann selber noch laden
zu meiner Vermählung. Wir fahren ins Mitternachtland."

Der Tag von Flemmes (42)

Verstummt ist die flötende Amsel, die schwegelnde Zittel,
die fiedelnde Meise, die trillernde Lerche davon!
Entflogen die fröhlichen Sänger schon mitten im Maien?
Geflüchtet der Rehbock im Walde, das Krummhorn im Felsen,
erschreckt vom Gebrause der Stimmen, dem Dröhnen der Waffen
im Boden von Flemmes zu Füßen des Pomaganjòn.

Von drüben erklingt eine wunderbar seltsame Weise.
Das sind die Trompeten von Fannes. Nun helfe uns Gott!
Sie stürmen schon vor auf den äußersten Flügel der Schlachtreih';
Andriner, Lastojer, Kadubrier und Pelegeten,

sie werden geworfen vom plötzlichen Anprall der Fannes.
Da lachte der König, der stolze und rief ihnen Spott.

Jedoch in der Mitte, das Viereck der zähen Kajuten –
da prallten sie ab – der lebendige Felsen hielt stand.
Ob dreimal und viermal zum Angriff die Stimme des Feldherrn,
ob dreimal und viermal zum Sturme der Mund der Trompeten,
ob dreimal und viermal der zornige Zuruf des Königs
die Fannes auch hetzte, nicht wankte die eiserne Wand.

Der Adlerprinz neben dem König – er durfte ja heute
das erstemal mit in die Mannschlacht – ihm zuckte der Arm,
ihm zuckten die Beine, doch hielt mit der Faust ihn der König.
„Mein Junge, nur langsam! Und schliefst du denn ein, Dolasilla?
Schaff Gasse dem Bruder, nicht lange mehr halt ich den Adler,
und wird er uns flügge, dann ist er auch mitten im Schwarm."

„Ach Vater, ich dachte des Traumes – ja Vater ich folg' schon!
Lieb' Bruder, laß Zeit für die Schwester, du bist ja so jung."
Und Pfeil hinter Pfeil in das Viereck riß Lücke um Lücke,
und wenn man sie füllte, so klaffte daneben die neue.
Zum fünftenmal stürmten die Fannes; sie brachen die Mitte,
der Adlerprinz allen voran in gewaltigem Sprung.

Am anderen Flügel, da standen die kühnen Turraner
in Ej de nets Führung, gedeckt hinter Fichtengehölz.
Der Zauberer neben dem Prinzen, mit Bogen bewaffnet,
und Bogen und Pfeile, sie waren von festem Karnellholz, (43)
die Spitzen gehärtet in Glut und gebeizt in Phiole
durch Kunst der Zikuta und raunenden Spruches Gewalt.

Und Ej de net hörte das Hilfegeschrei der Kajuten;
da hob er die Hände zur Sonne anbetend empor.
„Wie dort ich gebeten, als wir Pregajannis verließen,
auf Amariana, dem heiligen Berge der Heimat –
nun blende die Augen der Feinde und leuchte den unsern,
allmächtiger Herrscher des Himmels, nun eröffne dein Ohr!"

„Turraner, wohlauf, und ihr faßt mir den Feind von der Seite!"
Er sprang auf den Steinblock und leitete rufend den Kampf.
Zur Linken gewendet ließ schreiten das Pferd Dolasilla
und mähte turranische Helme mit blitzender Sichel.
Ob strahlte die Sonne, noch blendender strahlte der Glanzstern.
Es stieg von den Füßen der Staub und vom Blute der Dampf.

„Jetzt kommt sie, da kommt sie!“ Der Zauberer schrie vor Entsetzen.
Doch Ej de net atmete hoch und er hüpfte vom Stein;
er stieß in die Erde die Spitze des Schildes und Speeres,
er stieß in die lederne Scheide die Spitze des Schwertes.
„Die anderen halt mir vom Leibe, ich hole das Mädchen!“
Und sprang aus dem Walde. „Hei, herrliche Maid, du bist mein!“

Sie stellte den Zelter und zückte den silbernen Bogen;
schon saß an der seidenen Sehne der silberne Pfeil.
Da hob sie die Augen, da senkte sie langsam die Waffe,
und langsam verschwand aus den Zügen die männliche Härte.
Wie staunend Erinnern umflog es die strahlende Stirne –
sie blickte versonnen, vergaß der Turraner Geheul.

Auch Ej de net starrte; ihn bannte die hehre Erscheinung,
hochragend auf schneeigem Pferde im schneeigen Kleid;
die Haare zum Knoten gewunden, im blassen Gesichte
die Augen – wo hat er nur einmal die Augen gesehen?
Und kannt' er denn noch die Rajetta vom Joche Falzares?
Ihm brannten die Wangen, es wurden die Augen ihm weit.

Das war sie, die herrliche Heldin, die sieghafte Herrin
der blutigen Felder, der Fannes hochglänzender Stern.
Wie strahlte die Stolze, wie strahlte der köstliche Stirnschmuck!
Doch schöner die sinnenden Augen im schmalen Gesichte.
Und grüßend erhob er die Rechte und neigte das Haupt ihr
zu höfischer Ehrung. Wie war ihm der Kampfesmut fern!

So stehen die beiden. Da zuckt die Prinzessin zusammen;
ihr steckt in der Schulter, der rechten, ein hölzerner Pfeil.
„Wer hat auf das Mädchen geschossen?“ Der Zauberer brüllte:
„Ihr Mannen, darauf! Die Gefährliche kann nimmer schießen.
Und reißt sie vom Rosse, Turraner, Kajuten, erschlagt sie!
Hinab in die Boite die Fannes! Nun hat sie ihr Teil.“

In gräulicher Maultiergestalt mit Geplärr und Gestampfe,
so tobte der Mann, doch es tobte der andere auch.
„Abscheuliche Bestie du, du verfluchte, dich kenn' ich!“
Und wütend ergreift er das Tier, und er schleudert es rückwärts
und schleudert es hin an den Baumstamm! Da sank es zu Boden
mit Ächzen und Stöhnen; es krachten die Rippen dem Gauch.

Der Adlerprinz aber lief eilends der Schwester zu Hilfe,
er zog vom Gewühle den Zelter zum Könige hin.
Der König war rasend; er sprengt in den Haufen der Feinde,
Turraner, Kajuten! Die Fannesmann schlugen wie wütend.
Kein Halten mehr gab es; sie stoben hinauf in die Berge,
und Ej de net stieg in die Felsen mit düsterem Sinn.

Verhallt das Getöse, verklungen das Siegesgeschmetter,
es senkte auf Flemmes den Mantel die schweigende Nacht.
Die flüchtigen Reste, sie fanden sich zwischen den Felsen,
auch Ej de net kam. Da begann ein erbitterter Wortstreit.
Der Zauberer schimpfte: „Du, Ej de net, hast es verdorben,
die Fremden zu Siegern, die eigenen sieglos gemacht.

Du möchtest schon auch deine Kräfte zu Besserm verwenden,
als grob an den Baumstamm zu werfen den hinkenden Mann."
„Nur schade, daß dir nicht der Schädel zerborsten, Betrüger,
du schlechter heimtückischer Schurke, du hast sie verwundet,
gebrochen das Wort und den Sieg mir vertan und die Jungfrau,
die mein wär' gewesen." So ging er mit Ingrimm hindan.

Im Gebirge Migòjn

Nicht zurück zur Pregajannis
in die frohen Palmengärten,
in das goldne Haus des Vaters
will der düstre Ej de net.
Moos des Waldes ist sein Bett;
der Aurona dunkle Wangen,
der Megones dunkle Köpfe
und die Augen des Turraners
blicken finster um die Wett'.

Saß am Kosteànabache
manche glockenlose Stunde
hoffend, daß ihm dort Anguana (44)
weisheitkündend bald erschein'.
Halb im Mittagschlummer drein –
horch, was raschelt im Gebüsche?
Und aus schmaler Felsenspalte
schlüpft ein menschlich Schlangenwesen.
Das muß wohl Anguana sein.

Plötzlich steht vor ihm die Hulde,
freundlich blicken schwarze Äuglein,
und ihr Körper schlangenschmeidig
wiegt wie Gerte hin und her.
„Ritter, was ist dein Begehr?"
Doch damit man ihr beim Sprechen
nicht das schwarze Zünglein sehe,
hält sie sich die dünnen Finger
vor den Mund behutsam sehr.

„Du, Anguana, sollst mir sagen,
wie es steht um Dolasilla.
Wird sie von der Wunde sterben?
Meine Sorge ist wohl nur Wahn?
Was ihr jener Schuft getan –
Wird sie wieder bald gesunden,
wieder reiten auf dem Zelter,
Waffenkleid und Bogen führen?
Sage mir die Wahrheit an!"

„Zwar verzaubert und vergiftet
war der Pfeil des Hexenmeisters,
und er ist ihr tief gegangen;
dennoch, Ritter, tröste dich.
Denn ich sag' dir sicherlich:
Nicht wird Dolasilla sterben,
wird im Sattel wieder sitzen,
Waffenkleid und Bogen führen
wie vor dieser Schlange Stich.

Trotzdem wird zu Neige gehen
aller Glanz des Fannesreiches,
denn es ist zu hoch gestiegen,
und der Weg wird abwärts gehn.
Aber willst du Zukunft sehn,
geh hinauf zum Vegl de Velme; (45)
der weiß mehr als andre Menschen,
kann in ferne Zeiten lauschen;
wenn du willst, so frage den."

„Vegl de Velme? Und wo ist er?"
„Oben auf den schwarzen Bergen.
Sitzt er aber in der Scharte
zwischen beiden Forfeshörnern,
dann, o Ritter, stör' ihn nicht.
Schaut ihm Güte vom Gesicht,
sitzend bei den grünen Büschen
drunt in der Auronawiese –
ist er doch der Luttern-Alte –
kannst du hoffen, daß er spricht.

Steht auch oft im Rund' Aurona
lauschend, was die Wellen reden –
er versteht des Wassers Sprache –
darum weiß er auch so viel.
Ritter, kommst du gut zu Ziel,
sag' den Menschen doch, Anguana
ist ja keine böse Schlange
und sie brauchen nicht zu fliehen.
Auch Anguana hat Gefühl."

A. Morlang

Höfisch neigte Ej de net sich,
ihr mit feinen Worten dankend,
küßt' ihr auch das graue Händchen,
und sie lächelte verschämt.
Halb getröstet, halb vergrämt,
durch die breiten dunklen Leiten
ging er zur Auronawiese,
wo der Luttern grün Gesträuche
Weide, Tal und Hang verbrämt.

Vegl de Velme

Nicht fand er den Staudenalten,
und er stieg zum Felsentobel
der Aurona, ob er etwa
droben in den Forfes wär'.
Ja, sein Suchen war nicht leer.
Sieh, ein altes kahles Männlein
stand im Bach mit nackten Füßen,
daß der Bart ihm hing ins Wasser;
tiefgebückt, als hör' er schwer.

„Du bist wohl der Vegl de Velme?"
„Ja, so nennen mich die Leute.
Hatt' auch einen bessern Titel,
als ich in Aurona war.
Bin schon mehr als hundert Jahr,
letzter Fürst im Land der Lampen,
hab' auch Sonnenland gesehen,
weiß, was außen ist und innen –
Doch was willst du? Frage klar."

„Neulich auf dem Flemmesboden
ward verwundet Dolasilla,
Fanneskönigs einz'ge Tochter,
und das Mädchen dauert mich.
Weiser Mann, nun frag' ich dich,
wie komm ich in ihr Gefolge,
denn ich bin ein fremder Krieger
und ich möchte sie beschützen.
Gib mir deinen Rat und sprich."

Und der Alte sagte sinnend:
„Ja, ich weiß von diesem Mädchen,
weiß noch mehr von ihrem Vater,
um die Tochter sorg' ich auch.
Vater ist ein stolzer Gauch,
er ist unersättlich geizig.
Und der Große wird der Kleine,
und der Geizhals erntet Steine,
das ist Gottes alter Brauch.

Und du hast dir's vorgenommen,
und du willst zur Tochter kommen;
wird euch beiden wenig frommen,
rettest Mädchen nicht noch Reich.
Denn ihr Vater bleibt sich gleich.
Und du willst ihr Leben schützen,
doch du kannst ihr wenig nützen,
denn mit seinen Aberwitzen,
da verdirbt er sich und euch."

Traurig sank das Haupt dem Ritter
„Deine Worte sind gar bitter,
und dein Trost ist schwach und schütter (46),
gib mir dennoch einen Rat!
Was ihr jener Pfeilschuß tat –
sag', wie kann ich's künftig wehren,
wie den Tod von dannen kehren?
Tu' mich deine Weisheit lehren,
weil ich dich schon zweimal bat."

Schüttelte den Kopf der Alte.
„Leider kann ich da nichts machen,
denn mit bösen Zaubersachen
geb' ich mich mitnichten ab,
weil ich's Gott versprochen hab'.
Willst du dich an solches wagen,
mußt du die Zikuta fragen.
Diese kann dir Künste sagen,
die ihr wohl der Teufel gab."

„Und wo find' ich die Zikuta?"
„Steig durch diesen Felsentobel
auf des Berges andre Seite,
dort steht der Megón pavé. (47)

Kommst du nur in seine Näh',
siehst du auf dem schwarzen Scheitel
feurigrote Blumen leuchten;
dort kannst du Zikuta treffen.
Wenn du's also wagst, so geh.

Doch ich muß zur Vorsicht raten,
ist sie doch gar übelnehmend
und sie haßt den Fanneskönig
wie den Tod – man weiß, warum.
Weißt, ihr Bruder, der geht krumm,
ward von einem Stein getroffen,
Ej de net, und ich will hoffen,
du bist klug und sagst nicht offen
wer du bist, sonst sieh dich um!"

An des Berges Sonnenseite
zum Migòjn stieg Ej de net nun
zwischen schwarze Felsenköpfe
oberm Peturinatal.
Wie verbrannt vom Sonnenstrahl
schien der Felsen, schien der Rasen,
und er fand nicht eine Blume,
keine feurigrote Mohnblüh,
und das Suchen ward ihm Qual.

Krötsha (48)

Saß auf einem Zirbenstumpfe
eine arg zerzauste Krötsha,
und sie nickte mit dem Kopfe,
wenn er in die Nähe kam.
Wenn er aber Wendung nahm
und die Schritte wegwärts kehrte,
schlug sie mit den schwarzen Flügeln,
kreischte auch mit heisrer Stimme,
gleich, als wäre sie ihm gram.

Und er faßt sie fest ins Auge.
„Ei, was willst du, dummer Vogel?
Ei, was suchst denn, dummer Mensch, du
in den Felsen hier herum?"
„Krötsha, nenne mich nur dumm!
Soll hier einen Kofel finden,
der Megòn pavé soll heißen,
und nun such ich schon zwei Tage,
find ihn nicht. Weißt du darum?"

„Freilich kenn ich ihn. Du bist schon
oft an ihm vorbeigelaufen,
konntest ihn nur nicht erkennen,
denn vorläufig blüht er nicht.
Wenn so heiß die Sonne sticht,
kann der Mohn ja nicht erblühen,
kann die Hitze schlecht vertragen,
blüht nur, wenn die schwarze Wolke
frißt der Sonne sengend Licht.

Willst du denn die Hexenblumen?"
„Nein, ich will die Hexe selber,
die Zikuta, und man sagt mir,
daß sie dort zu treffen sei."
„Die Zikuta? Ei ei ei!
Ej de net, gefährlich ist sie,
und du wärest nicht der erste
Königssohn, den sie verdorben;
sie verdarb schon deren zwei."

„Ach, was weißt du!" „Ich weiß alles.
War bei ihr fünf Jahr' im Dienste,
und ich habe sie verlassen,
denn sie trieb es mir zu bunt.
Plagte mich wie einen Hund,
jagte mich in alle Winde,
ihr die Botschaft herzutragen,
und sie hat mich gar geschlagen,
bin noch heute nicht gesund."

Ej de net, er mußte lachen,
doch die Krötsha wurde unwirsch.
„Ja, du wärest nicht der erste
Königssohn, den sie verdarb.
Der von den Kajuten starb
fern auf Agordos Gefilde,
wo er mit den Hexenblumen

der Zikuta um die schöne
stolze Dolasilla warb.

Und auch Dolasilla selber,
weil sie von dem Helm den Strauß nahm
und an ihren Busen steckte,
war beim Sterben nahe dran.
Ja, die Hexe hat's getan."
„Was, du kennst die Dolasilla?"
„Alle kenn' ich! Ihre Mutter
und der Mutter alten Vater –
aber hör' das andre an.

Der nun auf dem Felde tot liegt,
der war nicht einmal der echte
Sohn des Königs der Kajuten;
das war auch Zikutastück!
Hexe mit dem scheelen Blick
stahl den rechten aus den Windeln,
und sie schob den falschen unter,
und der echte wurde Schafhirt,
starb in Övas ohne Glück.

Lachst du noch?" Und sinnend fragt
Ej de net: „Was ist die Ursach',
daß sie dem Kajutenkönig
also schlimme Streiche tat?"
„Ja – das kam von einem Rat,
den er seinem alten Freunde,
Fannesreiches erstem König,
nach dem Tode der Moltina
nachbarlich gegeben hat.

Als dem seine Frau gestorben,
hoffte nämlich die Zikuta
seine andere zu werden;
der Kajute warnte ihn.
Seitdem haßt die Zauberin,
haßte bös den Fanneskönig,
und sie haßt noch seine Tochter,
und so ich die Hexe kenne,
haßt sie auch die Enkelin."

Ej de net stand lange sinnend.
„Habe Dank, erfahrne Krötsha,
wahrlich, bist ein kluger Vogel,
ich muß zur Zikuta gehn."
„Geh und grüße sie mir schön!
Ja, du bist ein hübscher Ritter,
und du wirst ihr wohlgefallen.
Wünsch euch Glück zur neuen Liebschaft –
Auf ein frohes Wiedersehn!"

Zikuta

Ej de net sah sieben Morgen
schon den Firn der Marmoleda
goldig leuchten, sieben Abend
die Zivetta kupferrot.
Doch am achten Morgen bot
kühlern Kuß die bleiche Sonne,
und zu Mittag war es düster,
aber kaum drei Stunden später
war der Tag schon schwarz und tot.

Hinterm Kamm der Marmoleda
huschte fahles Wetterleuchten,
und die Wolken sanken tiefer,
saßen auf dem Berge schier.
Wie ein dräuend Drachentier
lauerte der Gudagipfel,
und es schien die Welt zu enden
an den Schrofen der Serrauta;
Donner grollte für und für.

Schweigend wie auf Totenbette
lag die Bergwelt. Nicht ein Vogel,
keine Grille war zu hören,
alles hatte sich versteckt.
Aber plötzlich aufgeweckt
zuckte Ej de net zusammen;
denn es schlug ein greller Blitzstrahl
krachend in den Gudagipfel,
dieser bebte toderschreckt.

Und als hätt' der Strahl gezündet
bis herüber auf den Felskopf,
brannten feuerrote Blumen
auf dem Steine lichterloh.
Ej de net, wie war er froh!
Denn nun ist er ja gefunden,
der Megòn pavé, der Mohnkopf.
Und es stand vor ihm Zikuta,
keine andre schielte so.

Gräulich ihre grauen Augen,
graue Schlangen ihre Strähne,
spitz das Kinn und spitz die Nase,
Blatternarben ohne Zahl.
Bleiche Lippen, straff und schmal,
Lücken mehr als gelbe Zähne,
und sie krümmt die dürren Finger,
Nägel dran wie Geierkrallen,
schlaff die Haut und lederfahl.

Stechend sah sie auf den Ritter;
mählich zog ein geiles Grinsen
über ihre schlaffen Züge,
freundlich winkt sie ihn herzu.
„Ej de net, was wünschest du?
Folgst du mir in meine Höhle?
Denn es wird zu regnen kommen,
und du scheinst mir wirklich müde,
du bedarfst wohl sanfter Ruh'."

„Danke schön, ich bin nicht müde,
und ich fürchte nicht den Regen.
Doch du sollst mir Weisheit sagen,
weil ich dir allein vertrau.
Eine schwere Wunde, schau,
unser zwei hat sie getroffen,
Ej de net und eine andre,
sie am Arm und mich im Herzen –,
Rate mir, du kluge Frau!"

Es erstarrten ihre Züge.
„Ah, du meinst wohl Dolasilla,
jenes stolze Fannesmädchen
dort am Flemmesboden – he?
Wie ich jetzo leider seh',
wünschest du, daß ich ihr helfe
Nachbarvölker weiter morden,
wie sie tat den Lastojères
drunten zwischen Berg und See."

„Ach, sie zwang ihr stolzer Vater,
und auf Flemmes haben andre
mit den Fannes Krieg begonnen
und auch mich hineingehetzt.
Dich, Zikuta, bitt' ich jetzt,
rate mir, wie soll ich's machen,
daß ich komm' in ihr Gefolge;
denn ich möchte sie behüten,
daß sie keiner mehr verletzt."

Spöttisch grinste die Zikuta.
„Willst vielleicht ihr Roßknecht werden,
halten ihrem Fuß den Bügel,
Pregajannis' Königssohn?
Kriegst wohl einen Blick zum Lohn.
Manche haben bessre Wünsche,
bist mit wenigem zufrieden,
dir scheint Staub von ihren Sohlen
besser als die goldne Kron'!

Zwar die Tochter schert mich wenig,
aber ihrer Mutter Vater,
ja, den kannt' ich, und der Apfel
fällt zumeist nicht weit vom Stamm.
Und es reimt sich gut zusamm:
sie ist ihres Vaters Puppe,
die er schiebt, wie's ihm ins Hirn kommt,
und du rennst dem dummen Wesen
hinterdrein als wie ein Lamm."

Gröhlend lacht die alte Hexe;
Ej de net bezwang sich mühsam.
„Wärst du nicht der Frauen klügste,
käm ich wahrlich nicht zu dir.
Weise Frau, nun rate mir,
was ich eben dich gebeten.
Von der fernen Pregajannis

A. Frenes

wohl bis an die Munts da vedro
wird dir Ehre nach Gebühr."

Die Zikuta wurde freundlich.
„Ja, ich tu' dir den Gefallen,
hast mir einen auch erwiesen
dort in Flemmes bei dem Baum.
Meinst du wohl, ich red' im Traum?
Hast dem Spina, meinem Bruder,
einen Liebestatsch gegeben,
daß ihm alle Rippen krachten –
hahaha, der spuckte Schaum!

Und nun hör, was ich dir sage:
Geh hinüber zu den Zwergen,
die da schmieden im Gewände
auf dem Berge Latemar.
Red mit ihnen kurz und klar
und befiehl, der Schild muß werden
also schwer, daß ihn kein andrer
als nur du vermag zu tragen.
Sag, daß ich dein Ratgeb war.

Nun, dann wirst du, was du wünschest,
wirst ein feiner Schildknecht werden,
wie noch keine Puppe hatte,
und sie wird zufrieden sein.
Zwar dein Lohn wird ziemlich klein,
denn sie wird dir viel versprechen,
wird ihr Wort dann wieder brechen,
wie den Feigen tun die Frechen –
Denk nicht viel, doch denke mein."

Große kalte Tropfen fielen,
scharfer Sturmstoß stob vom Berge,
Hagelschloßen schossen prasselnd,
Regenschauer rauschte wild.
Hinter Felsens Wetterschild
in die Höhle floh Zikuta;
und des Mohnes liebesrote
Blüten sanken jäh zusammen,
nichts mehr als ein Häuflein Asche –
War dies wohl der Zukunft Bild?

Der Zauberschild

Durchs grüne Tal von Fassa
ging Ej de net.
Er stieg hinan zum Joche,
wo ragend steht
die breite Urweltfestung,
der Latemar,
vor ihr als Riesentorturm,
der Limidar.

Es klingen helle Stimmen
vom Rosengarten.
Sind's König Laurins Töchter,
die seiner warten?
Es sind die schönen Gannes, (49)
die silbern singen,
daß Wort und Weise lockend
das Herz durchdringen.

„So komm, du schöner Ritter,
ach komm doch her.
Wir harrten dein schon lange,
wir warten schwer.
So komm in unsern Garten,
du Ritter schön,
wir wollen in den Rosen
lustwandeln gehn.

Die Pregajannisgärten
sind nicht so blühend,
die Pregajannisherzen
sind nicht so glühend.
Bei euch die Blumen duften
nicht halb so süße,
bei uns, o Ritter, weile
im Paradiese."

Singt nur, ihr falschen Gannes,
und ruft und lockt,
es bleibt für eure Weisen
sein Herz verstockt.

Schon hört er andre Laute,
sind nicht so fein,
die dringen ihm viel tiefer
ins Herz hinein.

Von Latemars Geplänke
die Hämmer klingen,
den Schmieden auf dem Amboß
die Platten singen.
Nun eile, Prinz, den Schmieden
es anzusagen,
sie müssen sich am Schilde
noch stärker plagen!

„Ihr Meister, gute Meister,
was macht ihr da?
Das wird der Schild von Fannes,
ich kenn' es ja.
Ihn hat der reiche König
für sich bestellt,
er gibt euch Gold und Silber
zu Schmiedegeld.

Durch mich laßt euch Zikuta
den Auftrag sagen,
ihr sollt zu diesem Schilde
mehr Eisen schlagen;
so groß sollt ihr ihn machen,
daß er dem Pferde
samt jenem, der es reitet,
zur Schutzwand werde."

Altmeister stützt die Arme
auf Hammers Stiel.
„Ho, Bote der Zikuta,
du forderst viel!
Soll also groß er werden,
er wird so schwer,
daß er auf einem Wagen
zu führen wär'.

Wir müssen in das Eisen
auch Zauber weben;
so wird der Schild noch schwerer,
wer kann ihn heben?
Wir müssen in das Eisen
auch Sprüche schlagen;
so wird der Schild noch schwerer,
wer kann ihn tragen?"

„So schwer sollt ihr ihn machen,
daß ihn kein Mann,
mich einen ausgenommen,
betreuen kann."
„Dich einen ausgenommen?
Nein, dies Gewicht,
dich einen ausgenommen,
kennt keiner nicht.

Du mußt schon Probe zeigen
und Muster legen,
was du mit deiner Linken
vermagst zu wägen –
meinthalb in beiden Händen,
dieweil ich meine,
die kämpfen soll, die Rechte,
ist doch nicht deine."

Wie schwer er dürfe werden,
das wird bald kund.
Der Bote der Zikuta
riß aus dem Grund
den Ambos samt dem Steine,
auf dem er stand.
Das tat der junge Recke
mit linker Hand.

„Ich hab genug gesehen",
so sprach der Alte,
„daß ich des Schildes Schwere
im Kopf behalte.
Vermelde der Zikuta
von uns die Grüße!
Der Schild wird bald erdröhnen
auf roter Wiese."

Die Ganna

Als Ej de net am Rückweg
vom Berge war
im dichten Fichtenwalde
des Joches Kar,
vernahm er halblaut Weinen
im Walde drin;
der Klage nachzuforschen,
war bald sein Sinn.

Saß eine schöne Fraue
im weichen Moose,
die schluchzende Betrübnis
schien eine große.
Ihr quollen aus den Augen
die heißen Zähren,
die weißen Finger konnten
dem Quell nicht wehren.

„Was ist dir, armes Wesen,
betrübte Frau?
Den Kummer deines Herzens
mir anvertrau.
Und tat dir etwa Leides
ein arger Mann,
so sag es mir, damit ich
ihn strafen kann."

Da blitzte durch die Finger
ein heißes Auge;
nicht schmerzlich schien zu brennen
der Tränen Lauge.
Ein heimlich Leuchten huschte
um Mund und Wangen,
als wär ein stolzer Falke
schon eingefangen.

„Ja freilich tut mir Leides
ein böser Mann,
und leider ist's mein eigner,
der Bregostan. (50)
Er ist ein wilder Waldmensch

und ist so grob,
er gibt mir immer Schelte
und niemals Lob.

Vom Rosengarten droben
nennt er sich König;
von königlichen Sitten
besitzt er wenig.
Er gibt mir keine Liebe,
mein Herz muß darben,
mir schwinden von den Wangen
die Rosenfarben."

Sie tat von ihren Augen
die Hände fort.
Noch etwas außer Tränen
erglänzte dort.
Sie schaut ihn an so sehend,
als würd' ihr heiß
das Herz im Frauenbusen,
und seufzte leis'.

„Ach setze dich ein wenig,
laß dir erzählen
von harten Herzensnöten,
die bös mich quälen.
Ich dürste so nach Liebe
und finde keine,
so sitz' ich hier im Walde
und weine, weine.

Ach hätt' ich einen Ritter,
wie du es bist!
Ich wäre wohl getröstet
zu jeder Frist.
Wie selig wär' bei Tag ich
und erst – gib acht!
hat etwas nicht dort drüben
Geräusch gemacht?

So setze dich mir näher
und säum' nicht lange,
mir scheint, was dort geraschelt,
war eine Schlange.

Du mußt zu mir herüber
ganz nahe rücken,
sonst kann ich ja nicht deutlich
hinüberblicken!"

Da schien dem Prinz verschwunden,
als wär's ein Traum,
von ihm zu Dolasilla
der weite Raum.
Es träumten seine Augen
wohl in die Fern'
er sah auf seinem Schilde
den Fannesstern.

Um seinen Nacken schlangen
sich weiche Arme,
an seinem Antlitz streifte
ihr Hauch, der warme;
zwei rote Lippen suchten
die braune Wange –
jawohl, was da geraschelt,
war eine Schlange.

Und wie vom Traum erwachend,
sah er sie an,
und schnell war ihm entschwunden
der süße Wahn.
Sein Haupt fuhr in die Höhe,
er schaute streng –
Wie war ihm jetzt auf einmal
der Platz zu eng!

Er wollte sich entwinden,
sie nicht ihn lassen,
sie wollt' ihn mit den Armen
noch enger fassen.
Da riß er sich vom Weibe
mit jähem Rucke,
enteilte durch des Waldes
braungrüne Lucke.

Da wurden weiche Hände
zur harten Faust.
Wie rasch in Frauenherzen

die Gunst verrauscht!
Wie rasch auf Frauenstirnen
sich Furchen ziehn!
Der Frauen Liebesflüstern,
wie rasch dahin!

„Geh nur, geh nur, du Stolzer
mit Eis im Herzen!
Es sollen dich begleiten
all meine Schmerzen.
Und die du trägst im Sinne,
die soll verderben,
und die du einstens freiest,
sie soll dir sterben."

Der Schildträger

„Hält hier ein König Heerschau
und Volkes Rate,
daß er die Männer alle
berufen hat?
Was steht dort in der Mitte,
das herrlich blinkt,
wie wenn von Konturines
die Sonne winkt?"

So frug der junge Krieger
aus fremden Landen
die alten Fannesmänner,
die drunten standen,
allwo der kalte Bergbach
aus Valparola
betritt das gründe Weidland
Armentarola.

„Was drüben glänzt so prächtig,
ein Schild soll's sein;
der wär' für Roß und Reiter
wohl nicht zu klein.
Der König hält nicht Volksrat
und Heerschau nicht,
er sucht nur einen Träger
für solch Gewicht.

Was dachten dann die Schmiede,
die diesen schlugen?
Zwar ist er gut genietet
an Rand und Fugen,
doch einen Riesen braucht es,
um sein zu walten,
kein andrer ist imstande,
den Schild zu halten."

„Und kann den Schild nicht tragen
ein Fannesmann,
so will ich wohl versuchen,
ob ich es kann.
Führt mich zu eurem König,
dann soll er sehn,
wie anderswo die Männer
mit Schilde gehn."

„Da steht ein junger Krieger –
betracht ihn, König!
Gar breit sind ihm die Schultern,
die Arme sehnig.
Ist übers Joch gekommen;
er will probieren,
ob er imstande wäre,
den Schild zu führen."

Der König maß den Fremden
mit schiefem Blick.
„Du magst ja wohl versuchen
am Schild dein Glück,
du hergelaufner Bursche,
doch gib nur acht,
daß du nicht von den Weibern
wirst ausgelacht."

Der andre trat zum Schilde.
Mit beiden Händen
hob er ihn in die Höhe
und tat ihn wenden,
als ob er nur aus Brettern

M. Valazza

der Linde wäre,
und nicht aus festem Eisen
mit Zauberschwere.

Er warf ihn in die Lüfte
in flinkem Lauf,
und vor er kam zur Erde,
fing er ihn auf.
Dann steckt' er durch die Ringe
die linke Faust,
und blitzschnell war die andere
mit ihr vertauscht.

Er schwang den Schild zur Linken
und dann zur Rechten,
wie mit dem leichten Stabe
die Knaben fechten.
Er schwang ihn übers Haupt sich
wie Pfauenwedel,
und wie das Tüchlein schwenket
ein spielend Mädel.

Der König schaute staunend –
„Wie geht das zu?
Wohl dreier Männer Kräfte
besitzest du.
Und willst du diesem Schilde
ein Träger sein,
so wird es meine Tochter
von Herzen freun.

So komm doch, Dolasilla,
und sieh den Knappen!
Der soll dir fürder tragen
das Fanneswappen.
Und mußt du künftig wieder
zu Felde reiten,
soll er an deiner Seite
als Schildknecht schreiten."

Vor Dolasilla neigte
der Fremde sich.
„Des Königs Wunsch erfülle
ich sicherlich.
Wenn nicht die Berge stürzen
ins Tal herein,
so sollst du hinterm Schilde
geborgen sein."

Ej de net und Dolasilla

Höher stieg im Glanz der Fannesstern,
weiter flog im Blau der rote Adler,
ritt im Grün die hohe weiße Jungfrau,
neben ihr der Knappe mit dem Schild.
Wo vom Kronplatz einst gezeigt des Königs Finger,
dorthin streckte sich nun seine Räuberhand.
Immer reicher ward des Königs Kronschatz,
doch des Königs Hunger ward nicht still.

Ins Pustertal

Zweimal badet sich im klaren See (51)
und beschaut im Spiegel sich die Pirra, (52)
eh sie sich getraut hinauszutreten
in die offne Au von Littamum. (53)
Ihr zur Seite zog hinaus der stolze König,
hinter ihm mit schwerem Tritt das Fannesheer,
durch des tiefen Felsentales Enge,
zu bekriegen das Pedojervolk.

Friedlich waren sie, ein Hirtenstamm,
und sie flohen in das Hochgebirge,
wollten diesem Feind zur Beute lassen
lieber ihre Herden als sich selbst.
„Laßt sie, laßt sie laufen“, lachte laut der König,
„sind wir doch auf Kriegsfahrt, nicht auf Hasenjagd.
Wenn sie später wieder etwas haben,
nehmen wir es ihnen wieder ab.“

Nächstes Jahr zog man in neuen Krieg;
zog durchs felsenwandgesäumte Rautal,
trank in Tamers aus dem Sonnwendbrunnen, (54)
jeder einen Schluck aus hohler Hand.
Dann hinan zum Joch, vorbei am Piz da Peres
ging es durch die Furkel in das Bergfalltal.
Dolasilla warf der Quellennymphe
fromm ein Goldstück in den nassen Schoß. (55)

Plötzlich weitet sich das enge Tal,
und granitne Berge eisgepanzert
blicken aus dem Norden in das breite
grüne Bachgefild von Olagun. (56)
Hei, wie dröhnten aufgeschreckter Pferde Hufe,
hei, wie hallte kühn berittner Krieger Ruf,
hei, wie krachten lange Eschenspeere
auf der Fannesmannen Eisenschild!

Silberpfeile machten manches Roß
leer und ledig seines flinken Reiters;
und sie zogen sich zurück ins weite
wüste Sumpfgebiet von Ràsina. (57)
„Nicht hinein ins Bodenlose", rief der König,
„wo das Moor den unerfahrnen Mann verschluckt!
Uns genügen ihre Pferdeherden,
mit den Fröschen führen wir nicht Krieg."

Wieder kam ein Sommer, wieder ging
Fannes König in das Tal Pustrissa, (58)
durch die Val Medetsh, den Wald von Plajes
an den grünen Hang von Enneberg.
Tief die Gader unten rauscht – da zog man oben,
wo das Bächlein market im geklobnen Stein, (59)
zog hinaus ins weite Fruchtgefilde
gen die herrliche Sebàterstadt. (60)

Auf dem Felsenkopf der Mauerwall, (61)
Vorwerk war er nur; man ließ ihn stehen;
drängte weiter, wo sich Häuser streuten,
immer dichter, breit und fest gebaut.
Zähe Mannen stellten sich zu zähem Nahkampf,
vierfach, sechsfach in geschlossner Schlachtenreih'.
Abgeprallt der Sturm der Fanneskrieger,
dreimal, viermal an der Männerwand.

„Dolasilla vor!" Es drängte sich
flink ihr weißes Pferd durch Männerreihen,
flink der Knappe mit dem großen Schilde
sprang ihr bei und fing den Lanzenstoß.
Knurrend wie die Bären in der Speere Jungwald
langsam, langsam wichen die gebrochnen Reihn,
immer lichter werdend, in die Felsburg,
übern Fluß die andern ins Kastell. (62)

„Laßt sie brummen hinter ihrem Wall!
Unser ist die Habe in den Häusern;
aber spart das Feuer, schont die Dächer,
brecht die Mauern nicht, laßt sein das Schloß.
Noch bin ich zu jung, noch bleib' ich im Gebirge;
aber wenn mir einst das müde Alter naht,
haus' ich hier im Schloß, und euer bleiben
diese Häuser in der schönen Stadt."

Unermeßlich war des Königs Raub.
Kleider und Gefäße, Bronze, Erz und Kupfer,
Schmuck aus Gold und Silber, Truhen, Werkzeug,
reiche Speicher voll des schönsten Korns.
Hochbepackt mit Säcken und mit schweren Schreinen
keuchte manch ein Saumtier durch das Tal zurück.
Reich ward jeder Mann; doch Dolasilla
schaute kaum die Seidentücher an.

„Wann wird endlich dieses Raubens End'?
Ach, mir ekelt vor den steten Kriegen!
Kann ich friedlich nie mein Leben führen?
Vater, gönn' mir endlich eine Ruh'!
Will ja rasten nicht und rosten nicht im Hause,
will ja ziehen auf der Waldestiere Jagd,
doch nicht immer, immer nur auf Menschen!
Schrecklich sind die Zauberpfeile mir."

Und ihr Vater blieb den Winter still,
seine Beute musternd, wohl im Schlosse,
und das Königsschloß auf Konturines,
nimmer bot es Raum für allen Schatz.
Auch der Adlerprinz, dem Vater treu zur Seite,
wühlte in den Schätzen, spielte Waffenspiel
mit den jungen Kriegern. Dolasilla
tanzte nicht mehr mit im Mädchenreih'n.

Sinnend saß sie dort im Fraungemach,
sinnend stickte sie an Seidendecken,
dachte sinnend, aber was sie dachte
stickte sie auch in die Decke nicht.
„Tochter mein, was blickt dir aus den braunen Augen?
Tochter sag, was sitzt dir denn im Herzen drin?"
„Mutter ach, ich glaub', die träge Ruhe
macht mir schwer den Kopf und schwer den Sinn."

A. Morlang

In Spessa

Frühling war, es rann der Schnee am Berge,
Soldanellen nickten auf den Wiesen;
weiß und gelb die frohen Anemonen
läuteten den jugen Maien ein.
Dolasilla ritt allein durch Armentara,
trabte durch die Reste weißen Winterschnees.
Dolasilla sah verwundert Tritte.
„Ging ein Mann hier heute schon so früh?"

Spessa nennt man es; ein Dickicht war's,
wo des Roßhautkofels Wände fallen
mitternachtgeneigt auf breite Flächen,
wo der Wald mit Wiese sich vermischt.
Zelter, ei was stellst du steil die weißen Ohren,
und was schnaubst du mit erhobnen Nüstern so?
Und was hemmst du deine leichten Füße
und gehorchst du deiner Herrin nicht?

Zweige knacken, das Gestrüppe wankt,
rückwärts weicht das Pferd mit bangem Beben.
Aus dem Dickicht tritt auf breiten Sohlen
weh! – des Hochwalds Herr, der braune Bär.
Mürrisch war der Bursch, vom Winterschlafe mager,
brummend grüßt er diesen seltenen Besuch.
Rasch erhob den Jagdspeer Dolasilla,
zu erwidern seinen rauhen Gruß.

Der erschrockne Zelter hält nicht still,
und des Speeres Spitze streift den Braunen,
reißt im Rücken eine lange Furche,
wütend hebt sich das gereizte Tier.
Arme Dolasilla, waffenloses Mädchen,
übel wird dir dieses Manns Umarmung tun!
Vor es ihr gelang, vom Roß zu springen,
hob der Bär die breiten Pranken schon.

Doch was fährt herab den steilen Hang
aus dem Zirbenwald? Es ist der Schildknapp',
und er rennt dem Bären in die Schulter
ihren Spieß wohl gut zwei Spannen tief.
Brüllend fällt der Bär auf alle viere, brüllend

steigt er wieder auf, nicht gegen Ej de net,
gegen Dolasilla hebt der Starke
seines Leibes Wucht, der Tatzen Kraft.

Ej de net, der unbewehrte Mann,
wie er schnell gewann der Jugend Waffe!
Einen Steinklotz reißt er her und schlägt ihn
in des Bären klaffendes Gebiß.
Blut springt aus der Nase und die Zähne krachen,
rücklings taumelt er; jedoch der wackre Knapp'
schlägt gewaltig auf den braunen Riesen;
härter als der Schädel war der Stein.

„Knapp', wie kommst du her? O habe Dank,
denn du hast das Leben mir gerettet."
Und sie stieg herab vom weißen Pferde,
reichte dankend ihm die schmale Hand.
Doch er sank vor ihr aufs linke Knie und küßte
ihre feine, weiße, unberingte Hand.
„Laß dich, Königstochter, etwas bitten,
reit' alleine nicht mehr auf die Jagd.

Siehst du wohl, ich zittre ja für dich,
und es trieb mich heut, dir nachzugehen,
als ich dich vom Schlosse sah so einsam
reiten in den fernen wilden Tann.
Geh' nicht mehr allein, es lauern ja Gefahren
nicht im Felde nur, nein auch in Berg und Wald;
und dein Vater hat dich mir empfohlen,
deines Lebens Schützer muß ich sein."

Dolasilla schaut ihn lange an.
„Habe Dank, du treuer edler Knappe!
Deine Sorgfalt rührt mich tief im Herzen,
deine Treue merk' ich lange schon.
Oft schon blickte mir ins eigne Herz mein Auge,
und ich fragte mich, wo hab ich dich gesehn?
Denn von Anfang an schienst du nicht fremd mir –
Knappe, sag mir endlich, wer du bist."

„Wer ich bin? Dein Schildknecht bin ich doch,
und du sollst mich nicht um andres fragen.
Fern ist meine Heimat, fern dem Herzen,
nicht dem Auge bloß – mein Herz ist da.

L. Irsara

Komm, ich hilf dir in den hohen Sattel steigen,
Gönne meinem Arm die süße leichte Last.
Komm, ich führe dir das tieferschrockne
Roß, daß dir nichts Schlimmes widerfährt."

Und er führt das Pferd. Denn diesem ging
immer noch ein Zucken durch die Glieder.
Dolasilla sah herab vom Sattel
sinnend auf den edlen, stolzen Mann.
Sieh, wie stramm die Haltung, wie sein Gang so edel,
stark der Nacken, männlich schön sein Angesicht!
Wenn er umsah, ihre Blicke fühlend,
schaute sie zur andern Seite hin.

In Fosses

Blaugrün huschten Echsen im Geröll,
grau die kleinen an des Schlosses Mauern,
Trauben brütete die Sommersonne
auf den Weingartstölen unterm Schloß.
„Knappe, willst du mich auf einem Ritt begleiten?
In die Fossesalpe möcht' ich heute gehn.
Doch das Jagdgewaffen laß zu Hause.
Friede sei den Tieren, Friede mir."

Schweigend geht der Knappe neben ihr,
schweigend reitet sie durch grüne Weiden,
schaut hinüber auf den Sass dla Porta,
und herüber grüßt der Kokodain.
Niederwärts auch oftmals schweift ihr sinnend Auge,
mit Verwundrung schauen groß zu ihr hinauf
lichter Alpenblumen Kinderaugen,
doch nicht ihnen gilt der stille Blick.

Und sie streift mit ihrer schlanken Hand
über die gedankenvolle Stirne
immer wieder, und es will nicht kommen,
was sie drinnen lange schon gesucht.
Dolasilla, streif nur weg den Nebelschleier
vom Gedächtnis, den des Zauberpfeiles Gift
dir gezogen übern Tag von Flemmes,
und das Seelenauge wird dir klar!

Heil'ge Stille du des Gottesdoms!
Nicht ein Laut von Menschen und von Tieren,
selbst der Höhenwind ist eingeschlafen,
selbst das Felsenbächlein rauscht nicht mehr.
Auch verstummt der schrille Schrei der Felsendohle
und des Jochrotschwänzchens klagendes Wehweh.
Kaum ein Hall auf weichem Alpenrasen
von des Pferdes Huf, des Mannes Tritt.

Alles stille, nur zwei Herzen nicht.
Und es fliegen hin und her die Fragen,
doch es wagt kein Mund ein Wort zu sprechen –
hören sich die beiden Herzen doch?
Und zwei Augenpaare blicken in die Weite,
was die beiden suchen, ist ja doch so nah.
Und sie suchen, was sie nicht verloren,
und was da ist, nehmen sie nicht wahr.

Plötzlich ein vielstimmig schriller Schrei.
Beide schrecken zuckend jäh zusammen.
Unversehens aus dem Steingerölle
flattert kreischend auf des Steinhuhns Schwarm.
Jäh erschrocken bäumt sich hoch der weiße Zelter,
springt zur Seite mit gewalt'gem Satz,
schleudert aus dem Sattel die Prinzessin,
und der Bügel flog empor zum Hals.

Kurzer Schreckensruf entrang sich ihr;
doch der Knappe mit gewalt'gem Sprunge
stand im Augenblick an ihrer Seite
und er fing sie mit den Armen auf.
Nicht ein Fuß streift ihr das zarte Gras des Bodens,
beide Arme schlingen sich um seinen Hals;
Wie ein Lärchenbaum steht er. Hochaufatmend
hält er Dolasilla fest an sich.

„Ach!" – Ein schwerer Atemzug entwand
ihrem Busen sich, ein kurzes Stöhnen.
Und sie lehnt zurück die bleichen Wangen,
öffnet scheu das halbgeschlossne Aug'.
Ihre weißen Arme halten noch den Nacken,
kurz geht ihr der Atem, leise spricht ihr Hauch:
„O mein Gott, wie sehr bin ich erschrocken!"
An die Schulter lehnt sie müd ihr Haupt.

„Dank, o Dank, wie bist du gut zu mir."
Immer hing sie noch an seinem Halse,
und nicht löste sie die weichen Arme,
und nicht suchten ihre Füße Stand.
Ihre Augen blickten tief, so tief in seine,
und da neigte langsam er zu ihr den Mund,
küßte schüchtern ihre weiße Stirne,
ihre blassen Wangen wurden rot.

Sieh, ein seligsüßes Lächeln zieht
um den feinen Mund ihr leise, leise,
und die roten Lippen halb geöffnet
schweigen noch, es spricht das Herz allein.
Ej de net, verstehst du nicht die stumme Rede,
Lippen ungesprochnes Herzenswort?
Und sie hebt wie suchend ihre Lider,
wie verlangend ihren Rosenmund.

Heiß fuhr es dem Knappen in die Stirn,
fester schlang er seine starken Arme,
langsam senkte sich sein Mund zu ihrem,
lange kam die Lippe nicht mehr los.
Endlich löst sie sich von ihm mit Zögern,
und nun stellt er sie sanftsorgend in das Gras;
innig hält er ihre schmalen Hände,
sinkt ins Knie: „Und bist du mir nicht bös?"

„Nein, ich bin nicht bös, ich bin dir gut,
und ich war dir gut schon lange, lange."
Faßt mit beiden Händen seine Wangen,
lächelnd holt sie sich den zweiten Kuß.
Keine Worte findet mehr der stolze Knappe,
selig zieht er sie an seine breite Brust,
fest und innig hält er sie umfangen,
lächelnd windet sie sich endlich los.

Beide setzten in die Blumen sich.
„Und ich hab' dir in das Aug gesehen,
und mir ist Erinnerung gekommen,
lang hab' ich gesucht – nun hab' ich sie.
Denkst du nicht mehr an den blut'gen Tag von Flemmes?
Und du warst es ja, kein andrer war's als du,
der mir ohne Waffen trat entgegen,
dessen Aug' mich waffenlos gemacht.

Bist du's nicht?" Er lächelte nur still.
„Dolasilla hatte mich vergessen,
doch ich konnte Dolasilla niemals
je vergessen, keine Stunde mehr.
Glücklich war ich, als es endlich mir gelungen,
Schützer dir zu werden durch den großen Schild.
Und drei Jahre war ich so zufrieden,
aber selig bin ich doch erst heut."

Und sie schlang um ihn den weißen Arm.
„Lieber – doch wie soll ich dich nur nennen?
Darf nun wohl um deinen Namen fragen?
Lieber – sag' mir doch, wie heißest du?"
„Ja, nun darfst du mich um alles, alles fragen,
Liebe – bist doch meine Dolasilla jetzt?
Und wenn wir allein sind ohne Lauscher,
Dolasilla, nenn mich Ej de net."

„Ej de net, der weitgerühmte Held,
reicher Königssohn der Pregajannis?
Und du dientest mir als armer Schildknecht?
Ej de net, wie hattest du mich lieb!"
„Ja, und niemals durft' ich's einem offenbaren,
nie bis heute. Braves Rößlein, warte nur!
Laß das Grasen, komm, ich will dich fangen,
heut bekommst du einen Kuß von mir!"

Und es trug die Herrin wieder heim.
Ej de net, er führt es sanft am Zügel,
und sie zogen durch die stille Bergwelt
schweigend unterm weiten Himmelsdom.
Hohe heil'ge Stille du des Hochgebirges!
Wind und Wasser, stört der beiden Andacht nicht.
Schweigend auch der Mund der beiden Menschen,
doch zwei frohe Herzen sprechen stumm.

Die Werbung

Sind die Sommertage gar zu schön,
lacht die Sonne wie der Mund des Glückes,
schimmert hell wie Goldbrokat der Weizen,
glänzt in Seligkeit der Blumen Aug' –
Fürchte, Herz, nicht lange wird die Freude währen!
Fahl, zerfetzt hängt im Nordwesten ein Gewölk,
und der Orko in den Felsenschlüffen
grollt schon neidisch her vom Geisterberg.

Bleischwer liegt die Ruhe überm Land.
Jetzt vom Himmel fahnengraue Streifen,
und vom Berghang heult ein dumpfes Brausen,
da und dort ein Klatschen auf dem Stein.
Und da kommt es schon mit wildem Wutgerassel,
prasselnd haut im Hoffnungsfeld der Hagelschlag
alles klein. Aus grauem Schloßenhaufen
lugt der Nelke rotgeweintes Aug.

Vor den König trat der Schildknecht hin.
„Herr, ich diene dir nun schon drei Jahre,
und du hast mir keinen Sold gegeben;
Herr, ich komme jetzt um meinen Lohn."
Scheel und unwirsch schaut der König auf vom Sessel,
„Schon drei Jahre sind's? Wie schnell die Zeit vergeht!
Sag, was forderst du? Ich werde geben
dir den Lohn, der einem Knecht gebührt."

Stille lächelte der stolze Mann.
„Fürchte nicht, daß ich dich überfordre.
Nicht um Geldessold, ich dient' um andres,
und ich will nur eine Gunst von dir.
Darum bin ich aus dem fernen Land gekommen,
darum trug ich der Prinzessin Wunderschild:
Gib mir zur Gemahlin deine Tochter,
hab' gedient um Dolasillas Hand."

Von dem Sessel sprang der König jäh.
„Mensch, was fällt dir ein? Bist du von Sinnen?"
Höhnisch lacht er auf. Wie Hagelwolke
schaute düsterdrohend sein Gesicht.
„Nicht von Sinnen bin ich", sprach der Knappe ruhig,

„ich verlange nichts als meinen Manneslohn.
König, gib zur Frau mir deine Tochter,
denn ich dient' um Dolasillas Hand."

Blaß der König, und er schäumt vor Wut.
„Hätt' ich nur mein Schwert zur Hand, du Frecher,
und ich wollte dir die Antwort geben,
dir bezahlen, was dir wohl gebührt."
„König, ja, dein Schwert, ich will es schnell dir bringen,
doch erlaub', ich nehme mir auch meines mit.
Und mit bloßer Brust und bloßem Haupte
machen wir dann unsern Handel aus."

In die Zähne biß der König hart,
daß sie knirschten; doch er setzt sich wieder,
und mit Augen wie zwei Mörderdolche
sieht demn Knappen er ins Angesicht.
„Und du scheust dich nicht, du ausgeschämter Frechling,
zu entehren einer Königstochter Ruf?
Zorn und Scham wird meiner Tochter werden,
wenn sie eines Sklaven Werbung hört."

„Eines Sklaven? Bin ein freier Mann
und ich werb' bei dir um deine Tochter.
König, du bist Vater. Von der Tochter
hab ich schon das volle freie Ja."
„Was, du hast ihr Ja, du Schurke? Schmach und Schande!
Und du hast mir meine Tochter schon betört?
Und du hast mich also schon betrogen?
Pfui der Dolasilla, pfui auch dir!

Welche Schande für mein ganzes Haus,
für mein Volk, fürs stolze Reich von Fannes!
Meine Tochter eines Knechtes Gattin!
Nein, für solchen Eidam dank ich sehr.
Geh, nun geh! Und mit dem Mädchen will ich reden,
und ich richt' ihr noch den dummen Kopf zurecht.
Morgen sollst du meine Antwort haben
fest und gut, so wahr ich König bin!"

Dolasilla rief er bald zu sich.
„Kind, dein Schildknecht ist bei mir gewesen,
und was meinst du wohl, was er da wollte?
Dolasilla, hör, was meinst du wohl?"

Fanes

A. Morlang

„Vater, was er von dir wollte, weiß ich wirklich.
Selber bat ich ihn' er sollt' es endlich tun.
Und er hat um meine Hand gebeten,
und du gibst mich ihm, ich bitte dich!"

Und sie sank vor ihm auf beide Knie,
wollte seine braune Hand ergreifen;
seine Hand entriß er wild der ihren
und drei Schritte trat er streng zurück.
„So! Du, Dolasilla, solche Dinge treibst du?
Schämst dich nicht, wirfst einem Knecht dich an den Hals?
Dolasilla, du, die Königstochter,
Stolz des Volkes und des Reiches Stern!"

„Vater, glaube mir, er ist kein Knecht.
Immer war er edel, immer vornehm;
nein, er ist kein Knecht! Von Fürstenblute
nur ist möglich solcher Edelsinn.
Hast du ihn doch selbst hier jahrelang gesehen!
Keines Königs Sohn hat edlern Rittersinn.
Und hier steh' ich bittend um dein Jawort,
denn das meine, Vater, hat er schon."

Wütend tritt der König auf sie zu.
„Was, mißratnes Kind? Und wär's ein König,
dreimal mächtiger, als ich will werden,
keinem geb ich meine Tochter hin.
Meinst du wohl, ich will die Kriegerin verlieren,
die mir meine Schlachten schlägt, die Feinde wirft?
Hast du denn der Zwerge Spruch vergessen;
Nimmst du einen Mann, ist alles weg."

„Vater, und ich bitt' zum drittenmal:
Gib dein Jawort, denn ich will ihn nehmen.
Nimmer, nimmer kann ich von ihm lassen,
das ist meines Lebens Schicksalsspruch."
„Undankbar Geschöpf! Ich hab dir doch gegeben
aller meiner Schätze allerbesten Teil.
Nicht die reichste Königin auf Erden
trug je solchen Schmuck, wie du ihn hast.

Nein, nun schweig, kein einzig' Wort mehr sprich!
Sollst mir nie mehr vor die Augen treten!
Wenn du nicht gehorchest meinem Willen,

sollst du nicht mehr meine Tochter sein!"
Dolasilla ging mit tiefgesenktem Haupte,
schwere Tränen fielen auf die bange Brust.
Und sie sank in ihrer Kemenate
schluchzend auf den harten Estrich hin.

Wie die sternenlose Neumondnacht,
also finster war des Königs Miene,
als an jenem Ungewittertage
er am Abend trat ins Schlafgemach.
Schweigend fragten ihn der Gattin treue Augen,
ohne Worte saß er lang im Lederstuhl,
düster vor sich brütend. Dann mit Grollen
löste langsam sich der Zunge Band.

„Um mein Jawort kam die Tochter heut'
und den fremden Schildknecht will sie haben;
und der hergelaufne Bursche selber
fordert frech von mir der Tochter Hand.
Ha, was meint denn dieses unvernüft'ge Mädchen?
Weiß sie sich denn keinen bessern Eh'gemahl?
Und was denkt sie überhaupt an Heirat?
Nicht das Wiegen, Kampf ist ihr Beruf."

Leise schüttelte die Frau das Haupt.
„Lieber Mann, du solltest doch bedenken,
Dolasilla ist ein weiblich Wesen,
nicht als Knaben hast du sie gezeugt.
Und sie kann nicht ewig Männerhandwerk treiben,
dir zuliebe tat sie's nun ja lange schon.
Doch nicht Leben nehmen – Leben geben
ist von Gott ihr richtiger Beruf."

„Frau, du redest so, du bist ein Weib."
„Ja, ich bin ein Weib, und sie soll's werden.
Also spricht ihr Herz wie auch das meine,
allzulange lebte sie als Mann.
Lang schon sah ichs traurig ihr vom Auge blicken,
und ich schaute forschend oft ihr schon ins Herz.
Vater, was sie schwieg, das will ich sagen:
Bring's ins Unglück nicht dein einzig Kind."

A. Morlang

„Und mein Haus, mein Volk, mein ganzes Reich?
Wer soll fürder meine Schlachten schlagen,
wer soll fürder meinen Feinden wehren,
wenn es Dolasilla nicht mehr tut?"
„Hast ja Heer und Feldherr, hast den Adlerprinzen,
und du selber bist im Kampf der kühnste Held.
Sollt' es einmal Wunderkräfte brauchen,
wird es machen Dolasillas Mann."

Böse lacht er auf: „Ein fremder Knecht
soll des Fannesreiches Retter werden?"
„König, sprich nicht so von diesem Manne,
eines Königssohns ist seine Art."
„So hat die Verliebte heute auch geredet!
Und ich werf' ihn noch ins dunkelste Verließ
oder laß ihn aus dem Lande peitschen,
wenn er noch der Tochter Kopf verdreht."

„Vater, laß dies Wort, ich bitte dich!
Ist er nicht mehr, ihr den Schild zu tragen,
hast du deine Tochter nicht mehr lange,
und die nächste Schlacht bringt ihr den Tod.
Hinter allen unsern rachegierigen Feinden
steckt der Lastojeres böser Zaubermann.
Einst auf Flemmes ging's ihr nah ans Leben,
und sein nächster Pfeil bringt ihr den Tod."

Doch der Fanneskönig sprach nicht mehr;
wenig schliefen diese Nacht die beiden.
Auch zwei andre floh der milde Schlummer,
und ihr Kummer schloß die Lider nicht.
Dunklen Wollenmantel nahm sich Dolasilla,
ging auf weichen Sohlen übern Schloßhof hin.
In der Rebenlaub' des Zwingergärtleins
kühlte sie am Steintisch ihre Stirn.

Wie hervorgewachsen aus dem Grund
stand vor ihr der Mann mit schwarzen Locken,
Ej de net – und dunkle Traueraugen
suchten ihre trüben braunen stumm.
„Ej de net!" „Ja Dolasilla, armes Herzlieb!
Und beim Vater warst auch du, wie ich es war.
Dolasilla, kannst du heut nicht schlafen?
Ach, er sprach zu dir wohl wie zu mir."

Stöhnend bog die Jungfrau sich zurück.
Stürmisch schlang um ihn sie beide Arme.
„Ej de net, ich kann dich nimmer lassen,
nein ich kann, ich will nicht, nimmermehr!
Ist's zum Leben nicht, so sei es denn zum Sterben,
Ej de net, ich bleib' für immer, immer dein.
Und verstößt mich auch im Zorn der Vater,
Ej de net, ich bleib' dir ewig treu."

„Dolasilla, armes, armes Lieb!
Gegen dich, nein, ist er nicht so grausam.
Hat auf morgen Antwort mir versprochen,
deine Mutter redet auch für dich.
Nein, es darf, es darf dir Übles nicht geschehen!
Und was mir geschieht, ich trotze dem Geschick.
Muß ich aber wirklich von dir gehen,
Dolasilla, so versprich mir eins:

Wenn ich nicht mehr da bin dir zum Schutz,
geh nicht in den Krieg, geh nicht aufs Kampffeld!
Oh, es könnt ein Unheil dir begegnen,
wenn dein Schild nicht ist und meine Brust.
Du, mein Bräutchen, ach, ich müßte ja verzweifeln,
wüßt' ich ohne meinen Schutz dich in Gefahr.
Dolasilla, gib mir dein Versprechen,
ohne mich geh' niemals in die Schlacht."

Und sie schlang den Arm um seinen Hals.
„Ej de net, mein Wort hat keine Worte,
mein Versprechen hat ein heilig Siegel" –
und sie gab ihm einen langen Kuß.
„Weh, wir dürfen länger nicht im Garten bleiben,
Ej de net, nun laß mich gehn und sei getrost.
Komm', was kommen will – in Glück und Unglück,
Dolasilla hat dich ewig lieb."

Übern Schloßhof ging der König früh.
Dolasilla kam herab die Stiege,
kam in einfach schlichtem Mädchenkleide,
bot dem Vater ihren Morgengruß.
Drei, vier Schritte trat zurück der stolze König.
„Will das etwa Fannes' Königstochter sein?
Kleidet sich als Stallmagd die Prinzessin?
Geh sofort und schmücke dich wie sonst."

„Vater, mir gebührt kein Königsschmuck,
bin doch nur die Braut des fremden Knechtes.
Dolasilla wird ihr Wort nicht brechen,
und ich kleide mich dem Stand gemäß."
Steinern stand der König, wie zu Eis gefroren.
Dolasilla ging mit Gruß an ihm vorbei.
Fanneskönig, tu' nicht so verwundert,
Deine Tochter hat den Kopf von dir!

Finster steht der König vor der Burg,
finster blickt er in die weite Runde,
schaut von Nord nach Morgen, Mittag, Abend,
schweren Sinnes schüttelt er das Haupt.
„Heldin Dolasilla ist für mich verloren,
ob ich sie dem Knappen gebe oder nicht.
Wird sie Frau, ist ihre Kraft zu Ende,
wird sie's nicht – sie kämpft nicht oder stirbt.

Und vorüber ist mein Siegeslauf,
neues Land kann nimmer ich gewinnen,
werde kaum das alte halten können,
alle meine Feinde werden wach.
Ach was liegt mir viel an diesem Königreiche,
wenn ich meine Schätze nur behalten kann!
Könnt' ich meinen Reichtum noch vermehren –
Ja fürwahr, nun weiß ich, was ich tu'!"

Des Königs Verrat

Der König berief den Knappen zu sich
am anderen Tage.
„War gestern ungerecht gegen dich;
nun reut es mich.
So hör' den Willen, den ich im Herzen trage.

Es hat mich in der vergangenen Nacht
geflohen der Schlummer,
dieweil ich gestern unbedacht
euch hab' gemacht,
der Tochter und dir, vergeblichen Herzenskummer.

Vernimm' was heute der König spricht:
Laß Zorn begraben!
Ich weigere dir Dolasilla nicht.
Mit Recht und Pflicht
sollst du sie zu deiner Ehegemahlin haben.

Doch jetzt geduldet noch kurze Zeit,
es drohen uns Feinde.
Und wenn geschlagen der Männerstreit,
dann wird gefreit
vor König und Fannesrat und Volksgemeinde."

Und Ej de net ward vor Freude rot.
„Das hör' ich gern!
Dein Wort ist aller Feinde Tod
wie meiner Not,
ich hilf zu Sonnenglanz dem Fannessterne."

Es stand nur wenige Wochen an,
da kam vom Lande
Sebatervolk. Sie wollten dran
mit rotem Hahn
zu zahlen Schaden von dazumal und Schande.

Es standen schon breit im Felde von Ras (63)
die ehernen Scharen.
Durch Waffen zu färben das grüne Gras

mit rotem Naß,
die einen so gerne bereit wie die anderen waren.

Vom Rautal kam das Fannesheer,
an der Spitze der König.
Es rannte der Wolf wohl an den Bär,
doch Schwert und Speer,
an Sebaterschilden vermochten sie beide wenig.

Was stürmt herunter vom Riedjoch
durch die Langen Wiesen?
Wie flink das weiße Harmlein kroch!
Nicht lange noch –
Sebater, ihr müßt wohl eure Keckheit büßen.

Dolasilla ist's mit Ej de net,
dazu zwölf Mannen.
Wenn Silberhagel vom Rücken weht,
dann ist zu spät
das Fliehen; es kam der Feinde nicht einer von dannen.

Mit Lachen zog der König nach Haus,
mit frohem Hoffen
die beiden! Sahen die Blumen nicht aus
wie Hochzeitstrauß?
Ihr Glückstor sahen die zwei schon nah und offen.

Doch der König machte die Freude klein.
„Ho, nicht so schnelle!
Das war erst einer von den drei'n,
der Fried' ist Schein,
noch drohen zwei andere Kriege von anderer Stelle.

Die wilden Reiter von Olagun,
die werden's nicht lassen.
Die anderen werden auch nicht ruhn.
So wartet nun,
die Hochzeit werdet ihr sicherlich nicht verpassen."

Verkauftes Reich

Zum König der Kajuten kam
ein fahrender Sänger.
„Vom Fanneskönig den Brief ich nahm,
er wird jetzt zahm,
zum Feinde haben will er dich nicht länger."

„Was hier im Brief geschrieben steht,
das werd' ich glauben,
wenn einst die Sonne rückwärts geht,
der Berg sich dreht,
und wenn aus Lämmergeiern werden Tauben.

Er bietet mir die Freundeshand,
will Frieden machen;
er bietet mir sein Volk und Land
zu Knechtesstand –
dein Spaß, du fremder Mann, der macht mich lachen."

Doch dumpf der fahrende Sänger spricht:
„Kajutenkönig,
der Fanneskönig macht Späße nicht.
Sein Angesicht,
bewies wohl Ernstes viel und Lachens wenig.

Lies weiter nur! Er bietet dir
nicht zum Geschenke
sein Reich. Ein Handel ist ja zwier;
es steht wohl hier,
daß er als Gegendienst sich etwas denke.

Du sollst ihm siebentausend Mann
zur Arbeit leihen,
zu brechen der Aurona Bann,
damit er kann
dort am versunknen Goldschatz sich erfreuen."

„Ich kenn' den Fanneskönig stolz
und ländergierig.
Zwar ist er gierig auch des Golds,
doch solchem Holz
vertrauen dünkt mich wirklich dreifach schwierig."

„Der König ist des Krieges satt,
will nicht mehr Gaue.
Und wenn er erst Aurona hat,
die goldne Stadt,
so kümmert er sich wenig um das Blaue.

Dann will er in den hohlen Stein
für immer ziehen,
nur an den Schätzen sich erfreun,
und dir soll sein
sein jetzig Land und Volk und Reich verliehen."

„Man schickt doch keinen fremden Mann
zu solchem Handel.
Was bietet er zu Treuhand an,
damit ich kann
mich wahren vor der Worte falschem Wandel?"

Da warf der Sänger den Mantel ab.
Aus Purpurkleide
zog er heraus den goldnen Stab,
und Zeugnis gab
vom Herrschertum sein Siegel und Geschmeide.

„Der Fanneskönig steht vor dir,
Herr der Kajutes!
Mit Königsworten beschließen wir
den Handel hier
in Kraft des Gutes, Mutes und auch Blutes."

Gar lange dachte der andere nach
in tiefem Sinnen.
Zum Fanneskönig er zögernd sprach:
„Mir ist nicht gach, (64)
ein stolzes Volk durch Handel zu gewinnen.

Mit dem wird niemand zufrieden sein,
was wir zwei schaffen."
Da sprach der Fanneskönig: „Nein!
Doch nimm dir's ein
durch Heerfahrt und durch Sieg mit deinen Waffen."

Da fluchte der andere: „Höll und Tod!
Du willst noch spotten?

A. Rott

Vor Dolasilla schirm uns Gott,
die hat uns Not
genug gebracht mit ihren Räuberrotten!"

„Vor dem Mädchen sollt ihr sicher sein,
das werd' ich fügen.
Sie tritt in keinen Kampf mehr ein
in den Fannesreihn;
Mein Wort drauf! Das lasse dir genügen."

Auf stand der König von seinem Thron.
„Und willst du's machen,
und bleibt nur sie vom Kampf davon,
dann König, schon!
Der anderen werden wir Kajuten lachen."

Mit Handgelübde schloß man den Vertrag
zur selbigen Stunde.
Der Sänger ging. Am anderen Tag
mit dröhnendem Schlag
der Heerschild der Kajuten machte die Runde.

Die Verstoßung

Und Ej de net vor den König trat.
„Wir mißten dich bange.
Was uns dein Mund versprochen hat,
wie ich dich bat –
du ziehst dein Wort hinaus schon allzulange.

Nun ist ein halbes Jahr schon Ruh'
von jeder Seite.
Was uns ist zugesagt, das tu'
nun, König, du,
und laß mir Dolasilla jetzt zur Freite."

Doch scheel schaute ihn der König an.
„Ihr könnt noch warten.
Noch hast du weiter nichts getan,
als nur in Wahn
den Kopf verdreht dem Mädchen, dem vernarrten.

Laß gehen noch der Kriege zwei
mit Sieg vorüber;
dann hoff' ich, daß vergessen sei
die Narretei
bei dir und ihr. Nicht lange währt ein Fieber."

Da fährt der stolze Knappe auf
in jähem Zorne.
Die Faust fährt an des Schwertes Knauf –
nun König, lauf'
sonst gleichst du bald dem Heuschreck auf dem Dorne!

„Du falscher, verlogener Schurke du!
und wirst du halten
dein Wort? Ansonsten siehe zu
wie dir im Nu
dein ränkevoller Schädel wird gespalten."

Der König rannte zur Tür hinaus
mit großem Schreien.
„Ein Mörder ist mir gedrungen ins Haus!
Nun peitscht ihn aus
von meinem Land, ihr Wächter, für sein Dräuen."

Da rief der Knappe: „Rührt mich nicht an!
Ich geh' von hinnen,
verlaß' das Land als freier Mann;
der König kann
sich wohl noch eines Bessern bald besinnen."

Und nicht mehr sah er die süße Braut.
Sie steht an der Zinne –.
Wie streckt sie die Arme,
wie starr sie schaut!
Und ohne Laut
sinkt langsam sie zusammen. Ihr schwanden die Sinne.

Land in Not

Im Königsschloß auf Konturines,
da rannten die Knechte. Beim Prinzen stand
mit sorgendem Blicke der alte Feldherr.
„Wo ist der König? Es naht der Feind.

Sie stehen schon drüben am Col de Lana,
Kajuten sind es, ein zahllos Heer,
der König ihr Führer; man sah noch niemals
der Feinde so viele im Fannesland."

„Wo ist der König?" der Adlerprinz rief es.
Die Knechte rannten in Garten und Hof.
Die Königin kam mit bekümmerter Miene.
„Ich suche den König schon lange umsonst.

Als aus dem Schlaf ich morgens erwachte,
war leer das Bett, der König war fort.
Er war gegangen, daß nichts ich merkte,
in heimlicher Stille, in schweigender Nacht."

Man schickte Knechte, den König zu suchen,
man sandte Boten, zu rufen zum Rat.
„Schon morgen können die Feinde hier sein!
Man sammele das Heer, es drängt uns der Tag."

Es rannten die Knechte, zu suchen den König,
sie suchten im Berg, sie suchten im Tal;
sie suchten wohl nahe, sie suchten wohl ferne,
vom Könige sahen und hörten sie nicht.

Der saß verborgen in felsigen Schlüffen
am Dohlenberge, am Lagatshò.
Es spähte sein Aug' über Berg und Boden
vom Roßhautkofel zum Averal.

Der Heermeister sprach im versammelten Kriegsrat:
„Der König ist fort, wir finden ihn nicht.
Es sitze der Prinz auf des Königs Stuhle!
Ein Mann ist der König, der andere auch.

Du Prinz hast die Jahre, wir haben die Waffen,
den Heerschild trag' ich, den Herrscherstab du.
Und wer uns führt, das ist Dolasilla,
wir kämpfen mit Gottes und eigener Kraft."

Der Adlerprinz sagte mit Kummer im Auge:
„Seit fort ist der Knappe, der Träger des Schilds,
Dolasilla sitzt und weint in der Kammer,
sie schläft nicht und ißt nicht und redet kein Wort."

„Was redest du, Prinz? Wir müssen sie haben!
Der König ist fort – und wär' er auch da,
wir können nicht kämpfen ohne die Kriegsmaid!
Nun Prinz, geh hinauf und ruf sie herbei."

„O komm, Dolasilla, wir müssen beraten;
es drohen Kajuten, ein zahllos Heer.
Dich bittet der Feldherr, du solltest ihm kommen,
der Rat ist versammelt, der Vater nicht da."

„Der Vater nicht da? Ein andrer auch nicht!
Geh, Bruder, und sage dem Feldherrn und Rat,
nicht ziehen wird zum Kampf Dolasilla
ohn' ihren Knappen, es geh' wie es will!"

Es rannten die Knechte, den Knappen zu suchen
in Wäldern und Wiesen, und fanden ihn nicht.
Durchs Grünwaldtal war dieser gegangen,
nun sitzt er am Torsee und starrt in die Flut. (65)

Es brachten Kunde die treuen Splutes
vom Auslug auf dem Hexenstein.
„Noch immer neue Völker kommen
und stoßen zum Kajutenheer.

Andriner sind es und Pelegeten
und die von Kadòber und die von Lastoj.
Sie kommen im Zorne, sie schnauben Rache,
sie wollen bezahlen, was früher geschah."

Die Felsen rings um die Mulden von Fannes,
wie sie erhallen vom Waffengeklirr!
Doch schweren Herzens gingen die Männer,
und mutige Rufe vernahm man nicht.

Stumm gingen die Krieger, die Frauen schauten
mit traurigen Augen ihnen nach.
Nicht kämpfen will diesmal Dolasilla,
denn ohne den Knappen tut sie es nicht.

Ein neuer Kriegsrat ward gehalten
auf Konturines in der Burg.
Es stand beim Prinzen inmitten der Männer
die sorgenvolle Königin.

Laut rief der Prinz: „Wohlauf ihr Krieger,
wir nutzen noch schnell den heutigen Tag.
Und ehe die Feinde das Joch ersteigen,
in der kommenden Nacht überfallen wir sie."

Da schüttelt den grauen Kopf der Feldherr.
„Ohne die Heldin können wir nicht.
Die Männer haben den Mut verloren,
weil Dolasilla verweigert den Kampf.

*Wenn sie nicht mit den silbernen Pfeilen
das Heer der Feinde niederwirft,
dann sind wir Fannes alle verloren,
und auch die Krone sinkt dahin." (*66)

Die Königin ging hinauf in die Kammer,
wo ihre Tochter trauernd saß.
„O Dolasilla, laß dich bitten!
Sie wollen dich sehen und hören dein Wort."

„Kampfwalter und Führer des Fannesvolkes,
was wollt von einem Mädchen ihr?
Ich hab' schon einem mein Wort gegeben,
nicht kämpfen werd' ich ohne ihn.

Seid ihr nicht Männer, habt wackere Krieger,
in Schlachten erprobt, im Kampfe gestählt?
So tut das Eure, verteidigt die Heimat
nach Männerpflicht. Ich bin ein Weib."

*„Wohl haben wir Krieger, gestählt im Kampfe,
von Löwenmut, doch nur durch euch.
Wenn ihr nicht seid, so zagen sie alle,
geht ihr voran, ist unser der Sieg.

L. Irsara

*Wenn ihr auf eurem weißen Zelter,
die schimmernden Waffen angetan,
mit Panzerkleid und Köcher am Sattel
in Silber und in Hermelin –

*wenn ihr in eurem leuchtenden Glanze
dem Heer vorangeht in die Schlacht,
dann sind die Feinde alle zusammen
besiegt, eh' noch der Kampf beginnt.

*Denn alle fürchten die weißen Geschosse,
die Silberpfeile von eurer Hand:
sie fallen vor euch auf beide Knie,
o bogenkundige Kriegerin."

„Weh mir, daß ich die silbernen Pfeile
genommen aus dem Zaubersee!
Weh mir, daß ich verwegenen Sinnes
dem Vater nachging in den Krieg!

Zur Erde bin ich als Weib gekommen,
doch leben muß ich wie ein Mann,
muß in die Schlachten mit blinkenden Waffen,
muß Menschen morden Jahr um Jahr!"

Da trat zur Tochter mit Tränen im Auge
die sorgenvolle Königin.
Sie faßte des Mädchens beide Hände,
die Mutter lag vor dem Kind am Knie.

„Du darfst, du darfst uns nicht verlassen,
du mußt uns helfen, nur diesmal noch.
Was kann dafür dein schuldloser Bruder,
wenn Kummer dir das Herz bedrückt?

Dein Bruder und die Treuen alle,
sie fallen elend in der Schlacht,
wenn du nicht, unbesiegbar wie immer,
vorangehst in das Kampfgewühl.

Du bist der Fannes Heil und Hoffnung,
und dir vertraut das ganze Volk.
O meine Tochter, hör' meine Bitte,
laß uns nicht elend untergehn.

Und läßt du deine treue Mutter
zur Beute diesem schrecklichen Feind,
zur Sklavin werden sie mich machen,
den Leib zertreten, der dich trug."

So sprach zu ihr mit Tränen im Auge
die sorgenvolle Königin.
Es ahnte ihre bange Seele
des Reiches nahen Untergang.

„O Mutter, Mutter!" Die Tochter stöhnte.
„Verzweifeln muß ich, ich kann nicht aus.
So muß ich – ja, ich werde kämpfen,
der Mutter laß ich nichts geschehn!

So hört mich Männer! Ich werde kämpfen,
ich opfere meines Lebens Glück.
Weh mir, weh mir, nun ist gebrochen
das Wort, das ich dem Liebsten gab."

Nicht hörten die Männer den Ruf des Jammers,
sie sprangen mit Jubel begeistert auf.
„Heil unserer Heldin, heil Dolasilla,
dem Stern von Fannes, des Volkes Hort!"

Beim Salvang

Ob Rumustlùngs am Ru de Ganna, (67)
da irrte der düstere Ej de net.
Er traf die Krötsha, die er wohl kannte
seit vierthalb Jahr vom Berge Migòjn.

„Hoi, Ej de net, dies Wiedersehen
ist nicht so fröhlich, wie dort ich gewünscht.
Was suchst du denn hier im wilden Graben?
Die Hexe wohl nicht mehr – wen willst du denn heut?"

„Ich suche den Mann, der sonst hier wohnte,
den altersgrauen weisen Salvang.
Zerfallen seh' ich die Rindenhütte.
Kannst du mir sagen, wo er jetzt haust?"

„Der sitzt im Steinbau unter Nainores
und träumt auf der Kosta de Mezzanèt.
Du willst wohl etwa den Alten befragen?
Der weiß ja selber das Wichtigste nicht.

Heut haben die Fannes Kriegsrat gehalten,
denn drüben liegt ein Kajutenheer.
Jetzt soll Dolasilla wiederum helfen,
sie wollen verloren sein ohne die Maid."

„Dolasilla? Aber sie wird nicht kämpfen!"
„Dolasilla wird kämpfen, sie sagte zu."
„Was redest du da, verlogener Vogel?
Niemals ohne mich, sie gab mir das Wort."

„Sie gab dir das Wort und kann es nicht halten.
Dolasilla wird kämpfen, ich weiß es gewiß.
Es rüsten die Fannes, es jubeln die Krieger,
Dolasilla kämpft morgen auf Prelonghjè."

Und bleich wie der Stein und starr wie der Felsen
stand Ej de net; dann riß er sich auf.
„So geh' ich hinüber, die Braut zu beschützen,
noch einmal führ' ich den mächtigen Schild."

Da lachte die Krötsha und reckte den Kragen,
sie schlug die Schwingen und flog einen Kreis.
Sie schaute herunter vom Lärchenaste.
„So bist du denn von der Zikuta behext?

Der Königssohn der Pregajannis,
man trieb ihn fort wie einen Hund.
Jetzt kriecht er wieder dem König zu Füßen
und leckt die Hand, die gestern ihn schlug!

So laß ihn, und laß sie die Schlacht verlieren,
dann kommt der König als Bettler zu dir.
Am gleichen Tage noch hast du zur Gattin
das herrliche Mädchen, damit du ihm hilfst."

„Er gibt mir die Tochter – und wenn ihr im Kampfe
vielleicht ein Unheil widerfährt,
wenn niemand sie schirmt mit dem großen Schilde
vor zaubrischen Waffen? Ich bange für sie."

„Ach Unsinn!" krächzte die alte Krötsha,
„sie weiß es ja selber. Denn droht ihr der Tod,
so müßte sich erst ihr Kleide verfärben,
dann ist sie gewarnt und meidet den Kampf."

Da flog die Krötsha hinauf in die Felsen,
und Ej de net stieg zum Mitternachtseck.
Dort saß der alte Salvang vor der Hütte
und ließ sich erzählen, wie alles kam.

Der Alte neigte das Haupt, das kahle,
„So ist es gekommen, wie lang' ich gedacht.
Du redest recht und die Krötsha nicht unrecht,
doch was draus wird, das weiß ich nicht."

„Und hat Dolasilla das Wort gebrochen
und geht sie aufs Schlachtfeld ohne mich,
so hat sie wohl gar auf mich verzichtet –
dann freut mich kein Tag meines Lebens mehr!"

„Dolasilla will nicht auf dich verzichten,
sie liebt dich treu, ich weiß es gewiß!
Und wenn sie kämpft, so kann sie nicht anders,
doch was das wird – ich weiß es nicht.

Wenn du die Zukunft willst erfragen,
es ist ja heute Neumondnacht –
so geh hinüber zum Lek de Lunèdes
und rufe die Mjanìnes auf. (68)

Erweck sie mit der Tjatarùla, (69)
sie sehen zurück, sie sehen voraus.
Zwei Fragen darfst du ihnen stellen,
jedoch die dritte hören sie nicht."

Im Walde hinter der wilden Tofana
da liegt verborgen der Kesselsee; (70)
sie nannten ihn früher Lek de Lunèdes,
den See der Erscheinung. Wie heißt er wohl heut? (71)

Und stehst du im Osten, so blickt aus dem Spiegel
das Felsengewirr der Tofana herauf.
Und stehst du im Westen, so blickt aus dem Spiegel
der mächtige Gipfel des Pomaganjòn.

Auf Umwegen schlich er herum um die Fannen,
ging über die Travenanzesbrück'.
Er stieg hinauf durch den finsteren Hochwald,
am Kesselsee saß er um Mitternacht.

Den Gabelzweig vom Haselstrauche,
den schnitt er mit dem Schwerte herab.
Er rührte im Wasser, er lispelte Worte,
da hob sich ein Nebel aus der Flut.

Drei zarte Gestalten wie Spinnweb schimmernd,
wenn Morgentau im Netze liegt,
sie hielten einander die Hände und gingen
auf Wasser wie auf Spiegeleis.

„Was störst du trauriger Mann uns den Schlummer
in dieser dunklen Neumondnacht?
Und bist du gekommen, um uns zu fragen,
so frag', und laß uns schlafen gehn."

„Ich bin gekommen, um euch zu fragen,
und laß euch wieder schlafen gehn.
Liebt mich die Braut oder liebt sie mich nimmer?
Das, Mjanìnes, sagt mir zuerst."

„Dich liebt Dolasilla, wie stets sie dich liebte,
und lieben wird sie dich ewiglich.
Und hast du noch etwas zu fragen, so frage,
und laß uns wieder schlafen gehn."

„Und liebt sie mich, warum, o sagt mir,
bricht sie das Wort, das sie mir gab,
nicht ohne mich zum Kampf zu gehen,
und hält nicht, was ihr Mund versprach."

„Es gibt wohl auch Versprechen, die man
beim besten Willen nicht halten kann.
Die Mutter kniete vor der Tochter –.
Nun laß uns wieder schlafen gehn."

„O weh, und wird sie beim Kampf nicht fallen,
und wird ihr nahen nicht der Tod?"
Doch nichts mehr hörten die Mjanìnes,
sie sanken mählich in die Flut.

Die dreizehn Pfeile

Grüngolden leuchten die Schnittlauchwiesen,
rotgolden die Wände des Riesendoms.
Dolasilla ritt über die Armentara
in der Herbstsonne goldigem Abendschein.

Doch überm Tal auf Gardenatsha
lag dunkler Abendschatten schon.
So dunkel war's in der Reiterin Herzen,
kreuzkofelschwer lag drauf das Leid.

Du braves Rößlein und weißt du selber,
wohin die achtlose Reiterin will?
Es keucht vom Fuße der Nainores
hinauf zur Kosta de Mezzanet.

„Du weiser Salvang, du kannst mir wohl sagen,
wo find' ich meinen und deinen Freund?"
„Bei mir hier war er am heutigen Mittag,
du betrübte Prinzessin, den du wohl meinst."

„Und war er bei dir und ist fortgegangen,
wo ging er denn hin, und nicht zu mir?
So denkt er wohl nicht mehr an meine Liebe,
und seine Liebe zu mir ist tot."

„Nicht hat er deine Liebe vergessen,
und seine Liebe trieb ihn her.
Und würdest seiner du vergessen,
ihn freute kein Tag des Lebens mehr.

Und weit von hier, weit würde er gehen,
und wollte zurück sein Lebetag nicht."
„O weh, wo ist er dem hingegangen?
Ich reit' ihm nach, was mein Pferd vermag."

„Hinüber ging er zum Lec de Lunedes,
zu fragen die Mjanìnes um dich."
„Mein Gott, so weit kann ich heute nicht reiten,
im Schlosse warten sie bange auf mich.

Doch kommt er zurück, dann sollst du ihm sagen,
es wartet Dolasilla auf ihn
bis morgen früh. Fort ist der Vater,
nun komme er wieder, ich harre sein."

Die Sonne erlosch am Nainoresgipfel,
in Trauer ritt Dolasilla zurück.
Ihr Herz war dunkel wie Gardenatsha,
kreuzkofelschwer lag drauf das Leid.

Es ruhte des Herbstes große Stille
auf Bergen und Weiden; der Sommer dahin,
das Vieh schon fort und vom Felsen nur selten
das schrille Geschrei der Agatshus. (72)

Die Reiterin brachte das Pferd zum Stehen,
sah forschend in das Gewände hinauf.
„Dort oben sind wohl verstiegene Ziegen,
mich dünkt, ich höre ihr Schellengeläut."

Und zwischen den Wänden herab durch die Runsen,
da huschen Schatten – was kann das sein?
Schon stehen sie um den scheuenden Zelter.
Woher denn diese Kinderschar?

Zerlumpt und schmutzig, die hageren Händchen
recken sich alle bittend auf.
„Du schöne Prinzessin, du reiche Prinzessin,
schenkst du den armen Kindern nichts?"

„Ihr armen Kinder, ich gäb' euch gerne,
doch hab' ich heute nichts bei mir,
nicht Brot und nicht Geld und nicht Kleider und Sachen,
ihr armen Kleinen, wie tut es mir leid!"

„Und hast du nicht Brot und nicht Geld und nicht Kleider
schenk' uns die weißen Stäbchen da!
Sie glänzen so schön im langem Kumpfe, (73)
o gib sie uns zum Spielen doch!"

„Nein, Kinderlein, die könnt ihr nicht brauchen,
sie sind so spitzig, ihr tätet euch weh!"
„O nein, o nein, ach schenk' uns die Dinger,
goldherzige Silberprinzessin du!"

A. Rott

Da lächelte trübe Dolasilla.
„So nehmt sie halt hin, hab deren zuviel.“
Gab dreizehn Pfeile den dreizehn Kindern,
auf jedes kam einer. Da lachten sie froh.

„Hab Dank, du schöne, du arme Prinzessin,
hast viele daheim und brauchst sie nicht lang.“
Sie huschten davon; mißtönend erklangen
die blechernen Schellen an ihrem Hals.

In Sinnen ritt Dolasilla weiter,
beim Heiligtume stieg sie ab,
stand tiefgebeugt mit nassen Augen
vor ihrer Muttereltern Grab.

„Großvater, Großmutter, könnt ihr mich hören?
Habt ihr noch Platz für die Enkelin?
Mir ist die Sonne untergegangen –
ich komme, geht sie mir morgen nicht auf.“

Im Königsschloß der Prinz und der Feldherr
vertauschten manchen besorgten Blick.
„Nun ist auch Dolasilla verschwunden –
weh' uns, wenn sie bis morgen nicht kommt.“

Schwarz lag die Nacht auf Konturines,
im Schloßhof flackerte Fackelschein.
Da ritt die traurige Dolasilla
wohl über die hangende Brücke hinein.

Das Verhängnis

Mondlos war die Nacht,
sternenarm der Himmel.
Wartend auf dem Turme
Dolasilla saß.
Ihre Augen floh der Schlummer,
denn an ihrem kranken Herzen
nagten Schmerzen,
und ein bittrer Sehnsuchtskummer
gleich dem Wurme
ihre Seelenfreude fraß.

Heißen Auges sah
Dolasilla in die Ferne,
suchend nach dem lichten Sterne,
der ihr früher war so nah.
Ängstlich ihre Ohren lauschten,
ob nicht feste Tritte kämen;
nichts vernehmen
konnte sie – nur Bächlein rauschten.
Und von ihrem lichten Sterne,
der gestrahlt so herrlich immer,
nicht der allerkleinste Schimmer,
denn er war zu ferne.

Feuer sah sie glühen
drüben über Valparola,
bis in die Armentarola
Fackelstreifen ziehn.
Und der König der Kajuten
hielt am Joche droben Rat
mit den Führern seines Heeres.
„Zaubermann der Lastojeres,
du? Was willst du noch so spat?
Alles ist gemacht
ohne deine Mühe.
Morgen in der Frühe
schlagen wir die Schlacht."

„Halt, Kajutenkönig!
Bist du Sieger schon?
Doch gedulde dich ein wenig.
Sind dir auch viel tausend Mannen
samt den Fürsten untertänig –
wenn sie kommt, der Schlachten Schrecken,
unterm Rasen euch zu bannen,
König, deine kühnen Recken,
alle werden sich verstecken,
alle laufen dir davon!"

„Nein, sie wird nicht kommen
mit dem Silberbogen,
mit den Zauberpfeilen,
und die andern werden eilen,
kommt mein Speer geflogen.
Hab' zu unserm Frommen
ihres Vaters heiliges Versprechen:
Nicht mehr kämpfen wird die Tochter,
dieses wird er fügen,
und er wird sein Wort nicht brechen,
denn ein König darf nicht lügen."

Doch der Zaubrer lacht mit Hohne:
„Heil der Krone!
Wer verraten
kann sein Volk wie dieser König
samt dem Lande,
tut auch andre Missetaten
aller Schande.
Wird auch dir sein Wort nicht halten.
Laß doch walten
auch Verstand und nicht nur Waffen.
Seid ihr Laffen?
Aber ich, ich handle mit Verstand.

Ich und meine Schwester! –
Dreizehn Pfeile hab' ich
heut von Dolasilla
zum Geschenk bekommen –
Die Zikuta hat den Streich gemacht,
hat sie ihr durch Blendwerk abgenommen.

Ha, das hat sie herrlich ausgedacht!
Ohne Lug –
diesmal wird der Dolasilla frommen
nichts ihr silberweißes Panzerhemde
ohne ihren Schild; denn in die Fremde
fuhr der Knappe, der ihn immer trug.
Ihrem eignen Pfeil muß sie erliegen,
König, du wirst siegen,
aber nur durch meine Kunst.
Jetzt will ich befehlen, mit Vergunst!
Stelle mir die dreizehn besten Schützen,
die du hast bei allen deinen Leuten.
Jedem geb' ich einen Silberpfeil.
Diese Schützen da und dort verteil,
und trag ihnen auf bei Leib und Leben,
daß der Schütze diesen
nirgends darf verschießen,
als nur auf die Kriegerin, die weiße.
Bringen diese wir zu Falle,
fallen auch die andern alle.
König, und was gibst du mir zu Lohn und Preise?"

Der Ausritt

Dolasilla saß
wartend auf dem Turme,
und im Schmerzenssturme
ward ihr Aug' nicht naß.
Konnte nicht erspähen
ihren Hoffnungsstern,
hörte den nicht gehen,
den sie hörte gern.

„Ach des Morgens erster Schimmer
färbt die Marmoledaspitze,
und ich sitze hier und sitze –
Ej de net, und kommst du nimmer?
Hast du deine Braut vergessen?
Bange sehnend harrt' ich dein.
Lebe wohl, und meines Lebens
wird wohl bald ein Ende sein."

Blaß der Morgenstern,
Felsenspitzen blinken,
Rosenwölklein winken
aus dem Osten fern.
Vor dem Schloß versammelt
harrt das Fannesheer;
Adlerprinz und Feldherr
halten hoch den Speer.
Silbern die Trompeten singen
ihre wundersame Weise,
und die Felsen rings im Kreise
kampfesfreudig widerklingen.
Denn die Heldin naht, die hohe,
tretend in des Schlosses Tor.
Wie aus dunkler Wolk' hervor
strahlend bricht des Blitzes Lohe,
blitzt ihr die Rajetta von der Stirn,
und ihr Panzerkleid von Harmelein
blendend wie der Marmoledafirn,
wenn er liegt im Mittagssonnenschein.

Fröhlich wiehernd schaut der Zelter
nach der schönen Herrin um.
Jubelnd ruft das Heer der Fannes,
aber plötzlich wird es stumm.
Denn kaum hat sie auf den Bügel
hingestellt den linken Fuß,
reißt das Pferd erschreckt am Zügel
scheuen Blickes. Seiner Herrin
schneeig weißes Hermelinkleid
färbt sich dunkel, immer dunkler,
wie bestaubt von Ruß.

Dolasilla blickt hernieder,
und sie schüttelt kalter Schauer;
bleich wie eine Marmormauer
ihr Gesicht.
Doch sie reißt sich wieder
in die Höhe,
strafft den Körper und die Glieder.
Starre Augen
schauen stolz herum die weite Runde,
und mit trotzig aufgeworfnem Munde
laut sie zur erstaunten Menge spricht:

„Männer, ei was schaut ihr so verwundert?
Wohlbedacht
hab' ich mir ein dunkles Hemd genommen,
daß die Feinde Kunde nicht bekommen,
wo ich steh' in wirrer Männerschlacht.
Auf und dran! Und in der Valparola
fragen wir den Feind, was er da will."
Und die Männer gingen still.
Schweigend Dolasilla ritt
durch die Lodsha gen Armentarola;
froh die ganze Heerschar trabte mit.
Stumm die Maid – ihr sank die Stirne tief,
drinnen eine alte Stimme rief:
Färbt sich dunkel einst dein Kleid,
Jugfrau, dann geh' nicht zum Kampfe,
denn dann droht dir – mag der Dunkle kommen,
denn mir ist der Lichte fortgenommen.
Oh, was liegt mir noch am öden Leben?
Ohne ihn ist es ja doch schon tot!"

Die Schlacht auf Prelonghjè

Silbern Trompeten bliesen
schmetternd ihren Königsruf;
Eisenschilde dröhnend stießen,
und auf braunen Alpenwiesen
hallte dumpf der Rosse Huf
auf dem Plan Armentarola.
Doch die Feinde – bald zurück
wichen sie zur Valparola;
bessres Glück
suchten sie, wo die Laìnes
von den Seiten niedergehen.
An der Spitze des Kajutenheeres
Pelegeten und Andriner stehen,
Kadubrener auch und Lastojeres
auf des Valparolatales Grunde.
Wie die Hunde
in der Schafe dichtgedrängte Scharen
bellend fahren,
sie in alle Wälder sprengen –
also jagten in dem engen
Tal die Fanneskrieger ihre Mengen
rechts und links in wildem Drängen
zu den Hängen.

Aber drin auf den gestreckten Wiesen,
auf der langen Flur von Prelonghjè
standen zäh
die Kajuten mutiger als je,
und an Eisenwand die Fannes stießen,
und zum Stehen kam die wilde Schlacht.
Wie auf Eisenhelmen, Eisenschilden
beiderseits von Männerfäusten wilden
Schwert und Speer und Morgenstern erkracht!

Grimmig lachte schon der Zaubersmann,
schielend um des Steinblocks sichre Ecke:
„Ha, heut geht es gut! Wie ich entdecke,
liegt die Fanneshexe heut im Bann.
Hat der Alte richtig Wort gehalten?
Viel Gestalten
seh' ich ragen aus dem Fannesheer,
doch die Weiße nimmermehr.

Teufel, was ist los? Sie stehen nicht!
Die Kajuten, was, sie wollen weichen?
Knien zitternd vor den Fannesstreichen!
König, ha, so stehen deine Eichen?
Memmen hast du oder was dergleichen!
Sieh, sie lassen
offen ganze Gassen,
und man wird sie von der Seite fassen.
Höllgericht,
solch Wurmgezücht!
Wie das Viereck schon zusammenbricht!"

Und er flüchtete zum Joch hinauf,
wo die sieben großen Köfel stehen. (74)
„Ha, Kajutenkönig, kannst du sehen,
wie die Fannes deine Krieger mähen?
Aufwärts flutet schon der ganze Hauf,
und die Schreckliche ist gar nicht da!"

Schwarz wie eine Wetterwolke,
Tod und Not und Unheil dräuend,

hin und her im Sturmwind treibend,
Feuer speiend,
Blitze streuend,
starker Krieger Kraft zerreibend,
fuhr in fremdem Männervolke
Dolasilla grimmig drein.
Wahrlich klein
ward die Freude dem Kajutenkönig.
Auch dem Zauberer behagte wenig,
was er sehen mußt' in Prelonghjè.
„Fliehe, König, flieh, o weh!
Schau, sie kommen schon in unsre Näh'!
Weh, ein Fannesschwarm,
und der Junge mit dem einen Arm
wie ein Teufel – daß sich unser Gott erbarm'!
Schützen mit den Silberpfeilen,
müßt euch eilen,
nicht mehr sparen!
Schießet in die Feindesscharen,
macht sie in die Hölle fahren,
eh' sie euren König oder mich erreichen."
Neuer Schrecken machte ihn erbleichen.
„Ha, fürwahr,
kommt jetzt noch der schwarze Orko gar
auf dem weißen Roß? Vom wirren Haar
blitzt ihm ja der Hundestern. (75)
Schrecklich, schrecklich, haltet ihn mir fern!
Nein, o nein, das ist die – es ist meine
eigene Rajetta– ha!
Dolasilla, sie ist da.
Haltet, Schützen!
Besser nützen
müßt ihr jetzt die Zauberpfeile.
Schießt mit Eile
auf die schwarze Hexe los.
Falsches Zeichen
gab ich nächtens mit der Weißen –
ja sie ist es wirklich, dunkel ist sie bloß,
die dort auf dem weißen Roß.
Auf die Schwarze richtet das Geschoß!

Sechs der Pfeile waren schon verschossen,
jetzt ging's auf das neue Ziel.
Zauberschloßen,
Silberhagel fiel
auf des Mädchens schwarze Brünne.
Sechse steckten schon darinne,
und der siebente Pfeil ward ihr zu viel.
Rot rann auf den weißen Zelter nieder,
doch sie biß hinunter ihre Schmerzen;
aufrecht hielt sie trotzig noch die Glieder,
doch der siebte kam zu nah dem Herzen.

Langsam, langsam gleitet sie vom Pferd,
ihrem Aug' des Tages Licht vergeht.
Adlerprinz und Feldherr eilen ihr zur Seite,
halten sie mit ihren starken Armen,
hören sie noch hauchen: „Ej de net,
daß du mir nicht bist zum Schutz gekommen?
O du hättest mir den Tod erwehrt."

Ihr Gefolge in der Feinde Hauf
stürzt wildwütend, sie zu rächen.
Schilde krachen, Speere brechen,
und mit Steinen kämpfen noch die Recken,
den Verwundeten den Leib zu decken.

Abwärts an den Bach
trugen sanft die zwei die teure Bürde,
und die andern folgten kämpfend nach.
Nicht verletzen soll der Jungfrau Würde
eines Feindes Hand.
Nah' dem Walde stand
eine Ütja; auf dem Rindendach (76)
lagen dicht die dürren Lärchenzweige,
moosgestopft die braunen Rundholzwände.
Geht zu Ende
schon der Jungfrau Leben?
Ihre Lider beben,
Schmerz umzuckt den blassen Mund.
Und sie legen in die Hirtenhütte
ihre Heldin mit der Herzenswund'.
Sterben nur ist ihrer Augen Bitte.

Draußen wildes Kampfgewirre,
Feinde drängen nach,
Steine krachen an die Türe,
Steine auf das Dach.

Wütend wie ein Leu
kämpft ein jeder der Getreuen,
und sie lassen nicht entweihen
ihres Reiches reinen Stern.
Adlerprinz und Feldherr
stürzen aus der Hütte,
in der Feinde Mitte
springen sie mit Wut.
Hochauf spritzt das Blut
wie die Tropfen, wenn es wettert.
Doch ein Keulenschlag zerschmettert
jäh des Feldherrn eine Schulter,
und der Schild entfällt der Linken,
und er läßt die Rechte sinken,
springt zur Hüttentür hinein.
Ihrem Munde naht sein Ohr,
horchend ob noch Atem gehe.
Einmal noch die großen Augen,
einmal noch die bleichen Lippen
öffnet sterbend Dolasilla:
„Grüßt mir Ej de net!"
Dieses war ihr letzter, letzter
fast unhörbar leiser Hauch,
und ihr Herz verstummte auch.

Starrend stand
der greise Feldherr,
riß den Brand
vom Hüttenherde,
warf das Scheitholz auf die Erde,
steckte drein den Brand.
Und mit Fuß und Hand
alles Holzwerk drauf geschwinde,
daß das Feuer Nahrung finde;
gierig leckt es an die Wand,
stiebt ans Holz des niedern Daches.
Froh des Prasselns und Gekraches
jetzt der Mann ins Freie tritt.
Vor der Türe kaum ein Schritt
trifft ihn mitten ins Gesicht
ein Kajutenspeer,
daß der Held vom Fannesheer
tot zusammenbricht.
Über seinen Leichnam Feinde springen,
wollen in die Flammenesse dringen,
aber fauchend fährt aus offner Türe
flammenstich ein klafterlanges Stück.
Weh, schon stürzt das Dachgerüst!
Funken sprühend
fährt die hohe
heiße Lohe
in die herbstvergilbten Lärchenäste,
knisternd sie die Zweige frißt.
Aus der Ütia Wänden lecken
Flammenzungen, und mit Schrecken
weichen die Kajuten stumm zurück.

Die Nacht

Oben jenen ganzen Tag
saß der falsche Fanneskönig,
spähte in die Valparola,
hörte von den Sieben Köfeln
widerhallen Stoß und Schlag.

Endlich, endlich war es still geworden,
mählich senkte sich der Abend nieder.
Von dem Berge stieg der König wieder,
als die Nacht herabkam aus dem Norden.

Aber auch ein andrer
schlich sich durch die Velme,
weichend gleich dem Schelme
aus dem Weg dem Wandrer.
Schlich sich hin zur abgebrannten Baita,
Maulgerippe, ei was willst du dort?
Sorglich schaut er um in Wald und Wiese –
Tot liegt alles; was noch lebt, ist fort.

Aus der Brandstatt kräuselt Rauch,
Gahne stieben unterm Tritte. (77)
Aus dem Grab die tote Hütte
atmet heißen Hauch.

Der Helme liegen viel umher,
dürchel waren sie alle. (78)
Füllt er sie am Schwalle,
hält Wasser keiner mehr.
Wasser mit der Ledertasche
schöpft der Mann, die Glut zu kühlen.
Suchend fängt er an zu wühlen
in den Kohlen, in der Asche.

Nun ein Schrei!
Rief ihn Schrecken, rief ihn Freude?
Beide, beide!
Gleiche Sprache sprechen diese zwei.
Die Freude zuckt ihm kitzelnd durch die Finger,
da unversehrt er die Rajetta spürt.
Der Schrecken zuckt ihm stechend durch die Finger,
da er das weißgebrannte Haupt berührt.

Und der andre trat
nächtlich zum Kajutenkönig.
„Fannes ist dir untertänig,
Land und Burg, sie stehn dir offen.
Und jetzt tust du, will ich hoffen,
was dein Mund versprochen hat.
Siebentausend Mann
gib mir deiner besten Leute,
aufzuschließen die Aurona,
daß ich mir das Gold erbeute.“

„Meiner besten Leute
siebentausend liegen unten
tot auf Prelonghjè.
War das Wort gehalten heute?
Wütender als je
kämpfte deine Hexentochter.
Lügenkönig, kannst du's leugnen?
Hätten wir nicht ihre eignen
Zauberpfeile, läg' ich selber
tot hier unterm Siebenstein.
Ja, dein Land und Volk ist mein.
Doch für dich schneid' ich vom Felber
mit dem Schwerte
eine schön rotgoldne Gerte
winde dir sie um den Kragen
wie dem staupekranken Hund. (79)
Und mein Stallknecht soll dich jagen
lästerlich aus meinem Hause.
Geh nun, geh, daß du die grause
Schande nicht noch heut bekommst zu tragen!“

Und der Fanneskönig finster ging
er davon wohl in die finstre Nacht.
Falsch gedacht,
falsch gemacht
war die Rechnung seines Judasgeizes.
Reich und Schloß und Schätze,
alles, alles hin!
Alles, was das Auge letze,
alles, was das Herz ergötze,
ihm erfreu' den Sinn.
Und das Leben war ihm bar des Reizes.

Zu der Ütja ging er trauernd,
vor der Brandstatt stand er schaudernd.
Von der herrlichen, der lieben
Dolasilla, die du selber
grausam in den Tod getrieben,
was ist, Vater, dir geblieben?

Mit den Händen wühlte
er im Schutt der Flammen,
legte stumm zusammen,
was er Hartes fühlte.
Dieses Häuflein kleine
trockene Gebeine,
Vater, das ist deine
schöne stolze einz'ge Tochter.
Setz dich auf den Stein und weine, weine.

Und aus starren Totenfingern
zog er einen Fannesspeer.
Mit der Spitze, mit den Händen
eine Grube wühlte er.

Dreier Toten Helme müssen
statt der Urne dienen;
seines Lieblings letzte Reste
von des Todes Hochzeitsfeste

A. Frenes

barg er still in ihnen.
Blutend seine Finger scharrten
ihr den Hügel, und die harten
düstergrauen Augen starrten
trocknen Blickes auf das Grab.
Müde, müde ging er ab.
Stieg hinauf zum Berge wieder,
müde setzt er dort sich nieder
auf dem Kleinen Lagatshò.
Nimmer ward der König froh,
und noch immer sitzt er so.

Und zu kaltem Stein erstarrte
jetzt vor Leide, den die harte
Habsucht schnöd um alles, alles narrte.
Und noch heute sitzt er so
droben mit der Zackenkrone
lebensohne
auf dem hohen Felsenthrone
auf dem Kleinen Lagatshò.
Breit hernieder hängt der weiße Bart,
seine langen Flechten steinehart;
steinern auch des Hauptes Haare.
Um des Königs Kopf die Felsendohlen,
schwarz wie Kohlen,
flatternd spotten sie mit schrillem Schrei.
Über grauen Rosses Rücken
blindgewordne Augen blicken
starr hinunter auf Falzares,
und auf Prelonghjè und Fannes auch.
Selbstbetrogner Gauch!
Alles, alles ist vorbei.

„Und der Große wird der Kleine,
und der Geizhals erntet Steine,
das ist Gottes alter Brauch."

II. MURMENTEN UND ADLER

Verlorene Heimat

Weh des dunklen Tags von Prelonghjè!
Morgens vor dem Königsschloß ein kleines schwarzes Wölklein,
mittags schwere schwarze Wolken überm Feindesheer,
abends schwarze Nacht auf Land und Volk von Fannes,
sternenlos und mondlos – weh, o weh!
Fannes' Stern gesunken, Fannes' Thron gefallen,
Asche Dolasilla und der König Stein –
Königin, du kinderlose Witwe –
Weh der schwarzen Nacht von Prelonghjè!

Auf dem Schloßturm stand die Königin,
jenen ganzen langen Tag treusorgend Ausschau haltend,
sah hinüber in das braune Valparolatal;
sah die Waffen blitzen, hörte Kampfgetöse,
Feinde wanken, weichen, aufwärts fliehn.
An der Marmoleda stand bereits die Sonne,
da ward blaß ihr Antlitz, größer ward ihr Aug.
In die Fannes sah sie Wirrung fahren,
flüchten ihre Reihn zum Talgrund hin.

Sprengt nicht dort ein Reiter aus dem Tann?
Schäumend keucht sein Roß, die Flocken fliegen von den Nüstern,
unten steht die Königin schon vor dem Tor der Burg.
Auf der Brücke stampft der harte Huf des Hengstes.
„Kommst du aus der Schlacht? Wie steht es, Mann?"
Und er reißt am Zügel, reißt zurück den Renner,
daß die Flanken zucken, zitternd steht das Roß.
Dreimal, viermal muß er Atem holen,
bis er nur ein Wort erwidern kann.

„Übel steht es, übel, Königin!
Unsre Leute weichen, und es geht die Schlacht verloren,
und der Feldherr schickt mich, Königin, zu sagen dir:
Ruf das Volk herein und laß die Burg verwahren!
Raub und Mord ist der Kajuten Sinn."
„Also steht es?" ruft die Königin erschrocken.
„Aber Dolasilla? Kämpft sie heute nicht?
Mann, die Wahrheit rede! Dolasilla,
kämpft sie nicht, ist unser Glück dahin."

„Unsre Heldin, unsres Reiches Hort,
siebenfach getroffen von den eignen Silberpfeilen

sah ich selbst mit eignen Augen sinken von dem Pferd,
und man hat sie aus dem Kampfgewühl getragen,
Prinz und Feldherr – und dann ritt ich fort."
„Dolasilla, meine liebe, liebe Tochter!"
Schwankend hielt die Mutter sich am Tore fest,
nur für Augenblicke. Dann im Schloßhof
hallte mannhaft ihr befehlend Wort.

„Alle Leute an die Arbeit jetzt!
Knechte, Mägde, eilt hinab und ruft in alle Häuser,
Frauen, Kinder, Alte sollen flüchten in das Schloß;
tragen sollen sie den Notbedarf des Lebens.
Männer, in die Waffen und besetzt
Tore, Türme und ringsum des Schlosses Mauer.
Kübel stellt bereit und Wasser für das Dach,
Steine auf den Wehrgang für die Stürmer,
siedend Öl und Pech, das sie verätzt!"

Flüchtend kam der Krieger eine Schar,
wieder eine, eine dritte, vierte, müd und blutend,
mutlos und entsetzt, der Niederlage ungewohnt.
Ihnen trat die Königin am Tor entgegen.
„Was, die Schlacht verloren? Ist es wahr?
Wo ist Dolasilla, wo der Prinz, der Feldherr?"
„Dolasilla fiel vom Roß, wir sahn es selbst.
Uns zersprengte man, doch Prinz und Feldherr
standen da, wo Dolasilla war."

Schreckensbleich ein junger Krieger kam
hergerannt; von Blut und Schweiße war sein blondes Kraushaar
steif und wirr verklebt, und rote Tropfen rannen ihm
von der Stirne auf die offne Brust herunter,
als er seinen Helm vom Haupte nahm.
„Heda, Knappe, weißt du mir von Dolasilla
und vom Prinzen und vom Feldherrn sichres Wort?
Und ich will die ganze Wahrheit wissen!
Flohst du auch, doch rede ohne Scham."

„Herrin, deine Tochter, die ist tot.
Tot ist auch der Feldherr und die andern Tapfern alle.
Doch der Prinz, wie einen Löwen sah ich kämpfen ihn,
und er deckt mit Kraft den Rückzug unsres Heeres.
Und ich lief, weil er es mir gebot.
Die Kajuten sind uns wütend auf den Fersen,

schließen sollst du schnell das Tor der Königsburg!
Rette, was schon drin ist, laß das andre –
helf' der Himmel uns in dieser Not!"

„Mensch, was redest du? Hast du's gesehen?"
„Ja, ich war dabei. Und drüben in der Hirtenhütte
starb die Heldenjungfrau, unberührt von Feindeshand.
Und der Feldherr steckt' in Brand die Tambra, (80)
und ich sah sie noch in Flammen stehn."
Heller Schrei – und stöhnend sank sie auf die Knie,
Jammerrufe schollen aus der Frauen Schar.
Mit verbißnen Zähnen stumm die Krieger,
und in manchen Graubart fiel die Trän'.

Sprach ein Alter: „Königin, steh auf!
Deine Tochter ist den schönsten Heldentod gestorben,
deiner Tochter ward der Helden bestes Ehrengrab.
Unentweiht in reine, lichte Himmelshöhen
trug die reine Flamme sie hinauf."
„Ja, so ist es", sprachen auch die Krieger alle.
„Zu den Sternen stieg der weiße Fannesstern.
Ehrenvoll ist unsrer Heldin Heimgang,
und vollendet war ihr Siegeslauf."

Die Belagerung

Von der Lodsha wildes Kampfgeschrei.
Die Kajuten drängen stürmisch in die Fannesleiten
hinterm letzten Häuflein müder Fanneskrieger her.
Diese tragen sorglich einen in der Mitte,
halten sich mit Müh' den Rücken frei.
„Brücke in die Höhe!" schrie der blonde Krieger.
Winden knarren, und das Lärchenholzwerk stöhnt.
Aus dem Burgtor auf das Brückenende
springt die Königin am Mann vorbei.

„Brücke nieder! Hier befehle ich!
Nieder, bis der letzte Fannesmann im Schloß geborgen!"
Nieder schlug die Brücke an des Grabens Felsenrand.
Und die letzten kamen, und voll schwerer Wunden
schleppten sie den Adlerprinz mit sich.

A. Rott

„Jetzt hinauf!" Schon stehen die Kajuten draußen,
doch die Brücke schwebt schon gut zwei Klafter hoch.
In das Tor hinein die Fannes gleiten,
sicher vor des Feindes Schuß und Stich.

Und der Prinz lag auf dem Bärenfell.
Sorgsam wusch die Mutter ihm mit Wein die breiten Wunden,
alle vorn – und verband sie sorglich mit Murmentenfett,
labte den Erschöpften. Dann vom hohen Schloßturm
überschaute sie die Lage schnell.
Feinde rings! Die Königsburg ist eingeschlossen,
doch ein jeder Zugang ist gar wohl verwahrt.
Nieder sinkt die Nacht, ist ohne Mondschein,
durch die Wolken strahlt kein Sternlein hell.

Lujanta

„Haus in Not,
Volk in Not,
Reich in Not,
nun rufe ich.
Durch Wortes Gebot,
durch Bundes Gebot,
durch der Treue Gebot,
so höret mich!

Ihr in den Gängen,
ihr in den Höhlen,
ihr in den Bergen,
euch ruf' ich bang.
Ach, es bedrängen
unsere Seelen
grausame Schergen
mit Untergang.

Murmelein klein,
der Schwester dein,
den Brüdern dein
sollst du Retter sein.
Durch Bundes Gebot
hilf in der Not,

wehr uns den Tod,
bei Gott, bei Gott, bei Gott!"

Also rief in finstrer Mitternacht
jede Nacht die Königin in Schlosses tiefstem Keller
durch die beiden hohlen Hände in den Grund hinein,
auf dem Boden kniend, jede der sechs Nächte,
doch der Anruf war umsonst gemacht.
Sechs der Tage ging befehlend sie durchs Schloß hin,
auf dem Wehrgang, auf dem Turme, hinterm Tor.
Mahnte Männer, tröstete die Frauen,
hielt beim Adlerprinzen Krankenwacht.

Und das siebtemal stieg sie hinab
in den tiefsten Keller, Bundeshilfe zu berufen,
Beistand zu verlangen durch des Bundesspruches Kraft,
zu beschwören jene dunkle, kalte Tiefe,
die ihr sechsmal keine Antwort gab.
Sieh, was huscht heraus dort aus dem dunklen Grunde
leicht und flink? Ein schlankes weißes Murmeltier;
und es läuft hinauf die steile Stiege,
eilig wie die Seele aus dem Grab.

Lauter Jubel aus dem Schloß erschallt:
„Dolasilla, Dolasilla ist erschienen wieder,
unser Engel, unsre Heldin, unser Stolz und Stern!"
Und es schwillt der Jubel über alle Mauern,
daß er von den Felsen widerhallt.
Den Kajuten draußen fährt ein wilder Schrecken
in die Glieder, lähmend ihrer Arme Kraft.
„Weh, die Hexe, weh, nun lebt sie wieder!"
Und sie laufen hinter Wand und Wald.

Staunend stieg die Königin empor.
„Wunder über Wunder! Droben steht sie an der Zinne
hoch und schlank, der Fannes weiße stolze Heldenmaid."
Und sie spannt den Bogen, schießt die weißen Pfeile,
wirft den Silberblitz wie eh und vor.
„Nein, nicht ganz wie einstens meine Dolasilla,
diese spannt den Bogen mit der linken Hand."
Aus dem Wehrgang tritt zu ihr die Mutter
an des Turmes Zinne überm Tor.

„Mädchen, bist du's oder bist du's nicht?
Bist du wirklich meine Tochter, bist du Dolasilla,
stiegst du wieder aus der Unterwelt zu uns herauf?"
„Mutter, ja, und wirklich bin ich deine Tochter,
aber Dolasilla bin ich nicht.
Aus der Tiefe komm ich, und ich bin Lujanta,
deine Tochter bin ich, die du früh vertauscht,
Dolasillas Zwillingsschwester, weißt du.
Mutter, lies es mir doch vom Gesicht.

Und wir hörten im Murmentenreich
sechsmal deinen Ruf. Es dröhnten unsre weiten Hallen,
Pfeiler und Gewölbe zitterten, der harte Stein
bebte, machte Klüfte vor der Kraft des Spruches,
doch der Sinn des Königs ward nicht weich.
Nicht zur Hilfe, Mutter, wollen sie dir kommen,
bat ich auch sechs Tage lang so sehr für dich.
Sechsmal war vergeblich all mein Flehen,
und erst heute ließ man mich zu euch."

„Ach Lujanta, tu mir eines kund.
Warum will man unsern Zwillingsbund nicht heilig halten
und warum nicht helfen in des Reiches größter Not?
Und warum ließ man mich sechsmal ängstlich rufen,
statt zu kommen in der ersten Stund?"
„Mutter mein, man sagt, du habest selbst gebrochen,
du und Vater, Bundestreue und Verspruch.
Schon seit mehr als vierundzwanzig Jahren
sei gelöst der Fannes Zwillingsbund."

Traurig sank der Königin das Haupt.
„Ohne Schuld bin ich ja nicht. Doch niemals wollt' ich brechen
Treuwort und Gelöbnis und der heil'gen Satzung Pflicht.
Ach Lujanta, meine Zagheit ist's gewesen,
die mir die Verbündeten geraubt.
Nach der Hochzeit sollt' ich meinem Gatten künden
unsern Zwillingsbund mit dem Murmentenvolk;
doch ich wagt' es nicht vor seinem Stolze,
und er hätt' es mir auch nicht geglaubt."

„Arme Mutter, deine Not ist groß,
und du kannst nicht und du darfst nicht ohne Hilfe bleiben.
Deine Feinde kann ich wehren wenig Tage nur.
Merken sie, ich bin nicht deine Dolasilla,

geht der harte Kampf von neuem los.
Doch ich will den König der Murmenten rufen,
und dann sagst du ihnen, wie es wirklich war
wegen ihrer Klage, und ich hoffe,
Hilfe wird noch aus der Berge Schoß."

Beide standen in der nächsten Nacht
wieder in des Schlosses tiefstem, heimlichstem Gelasse.
Eine Fackel hielt die Königin; Lujanta trat
an die Wand und raunte seltsam fremde Worte
einer Sprache, die kein Mensch gemacht.
In das Aug' der Mutter kam die stille Träne;
ja, so redete auch ihre Mutter einst
still für sich, wenn eine stille Stunde
kindliches Erinnern ihr gebracht.

Nah dem Boden rührte sich die Wand,
Steine fielen, Sand und Erde ward herausgeworfen.
Sieben weiße Murmeltiere schlüpften aus dem Loch,
setzten sich im Kreise um die beiden Frauen,
und Lujanta zeigte mit der Hand.
„Mutter, da sind meine Eltern und Geschwister
aus dem Königshaus im Reich vom hohlen Berg,
haben Tochter mich und liebe Schwester
vierundzwanzig Jahre lang genannt.

Meine rechte Mutter kennt ihr ja.
Vater ist verschwunden, Volk und Reich in großen Nöten,
Land verloren, bittre Feinde stehen um das Schloß.
Heischend, daß ihr treue Bundeshilfe leistet,
steht die schwerbedrängte Mutter da."
Doch die sieben schüttelten die weißen Köpfe;
der Murmentenkönig sprach in dumpfem Ton:
„Fannes hat den Zwillingsbund gebrochen,
darum ist jetzt sein Verderben nah.

Fannes hat geschlossen einen Bund
mit den Adlern, unsern ärgsten, todergrimmten Feinden.
Zweimal zwölf der Jahre war man treulos gegen uns!
Fannes' König hat uns immer nur verachtet,
Höhlenkriecher schimpfte uns sein Mund."
Die Murmentenkönigin erhob die Stimme:
„Aus dem Fanneswappen warf man unser Bild,
setzte drein das Bild von unserm Feinde,
daß der Treubruch allen werde kund."

Und der Kronprinz der Murmenten sprach:
„Aus der Wiege hat der Fanneskönig mich geworfen,
in des Flammenadlers grause Kralle warf er mich.
Nur mit Glück und Mühe bin ich noch entkommen,
eh' sein Schnabel das Genick mir brach."
Und die sieben schüttelten die weißen Köpfe.
„Heilig im Gebirge war der Zwillingsbund,
niemals, seit die Berge stehn, gebrochen,
und für diesmal kam die Strafe nach."

Tiefer sank das Haupt der Königin.
„Dieses Unglück hab nur ich, nur ich allein verschuldet.
Ich verschwieg dem König unsern alten Zwillingsbund,
weil ich es ihm nicht zu offenbaren wagte.
Ich bekenne, daß ich schuldig bin.
Doch nicht brechen wollten wir das heil'ge Bündnis.
Ich nur schwieg, der König wußte nichts davon.
Und so schloß er Bündnis mit dem Adler,
aber Treubruch war nicht unser Sinn."

Schweigend saßen sieben Murmelein,
und acht Augenpaare schauten auf den weißen König,
harrend seiner Antwort. Langsam kam Entscheid und Spruch.
„Mächtig war durch uns das Fannesreich geworden,
ohne uns, wie ist es arm und klein!
Fort ist dieser König, und er kommt nicht wieder –
Du, o Königin, die uns verleugnet hat,
deiner Mutter dank und deiner Tochter!
Diesmal soll dir noch geholfen sein.

Was zu tun ist, sei dir kundgetan.
Über diesen Winter könnt ihr euch im Schloß nicht halten,
vor dem Frühling können wir Murmenten nichts mehr tun.
Gestern ging mein ganzes Volk zum Winterschlafe,
übermorgen müssen wir daran.
Räumt das Schloß in weniger als dreien Tagen,
alle kommt herein in unsern hohlen Berg.
Eure Wege wird Lujanta weisen,
und im Frühjahr fassen wir es an."

„Durch die Zwergenmühle!" flüstert er
zu Lujanta; diese nickte wissend mit dem Kopfe.
Frohen Mutes dankte die bedrängte Königin.

A. Morlang

Doch die guten Murmeltiere, wie sie eilten!
Und sie mühten sich mit Graben sehr.
Steinwerk rollt, es stiebt der Sand, es fliegt der Schotter.
In des Schlosses Tiefen, da wird aufgedeckt
der vergess'ne Gang; seit Vaters Zeiten
kannte ihn im Schlosse niemand mehr.

Die Flucht

„Frauen, macht euch jede einen Pack
Wollenzeug und Leinwand aus dem Vorrat meines Schlosses,
dann auch Lebensmittel, Mehl und Schmalz und Speck und Brot
packt ihr ein, wieviel die Männer können tragen,
jedem Manne einen festen Sack.
Nur die Waffen – alles andre möge bleiben!
Gold und Kostbarkeiten brauchen wir jetzt nicht.
Mögen wir es später wieder finden,
oder mag es fressen Rost und Rack." (81)

So befahl die kluge Königin.
Alle Fannesfrauen gingen emsig an die Arbeit,
und Lujanta mit den Männern hielt die Feinde fern.
Müde saß der Adlerprinz an seinem Lager,
und es trat zu ihm die Mutter hin.
Tat ihm kund den Ausweg, den man ihr geraten,
und was sie befohlen und was jetzt geschah.
Finster blickte vor sie hin der Stolze,
schwer und ungern bog er seinen Sinn.

„Überlassen Land und Burg dem Feind,
zu den Murmeltieren in die Mäuselöcher kriechen?
Dort den ganzen langen Winter lungern tatenlos,
dann von diesem Rattensvieh sich helfen lassen?
Nein, so war's vom Vater nicht gemeint!
Wär' ich nur nicht gar so schwach von meinen Wunden,
wehren wollt' ich mich im Schlosse noch allein.
Ja, ich geh, doch werd' ich wiederkommen,
wenn die Sonne wieder wärmer scheint."

Drunt im Zwinger standen ihrer zwei,
neunzigjährig, zwei die letzten aus dem Rat der Alten,

denn die andern fünfe waren schon seit Jahren tot,
und der König brauchte keine neuen Rater,
Volkes Stimme war ihm einerlei.
Standen also diese zwei allein beisammen
und berieten, was am besten sei zu tun
mit der Dolasilla Silberpfeilen.
Fannes' Heldenzeit ist wohl vorbei.

Tief im Fels von Konturines fand
eine Höhle sich. Sie findet sich dortselbst noch heute.
Aus des Zwingers dichtverwachsnem Winkel führte hin
ein Gewirr von Gängen, siebenfach sich zweigend;
dreimal schloß den rechten Weg die Wand,
glatt und fest durch einen Fallstein abgedichtet.
Siebenmal muß Irrung meiden, der da sucht.
Und wer Zeichen nicht und Spruch nicht wußte,
war den Stein zu heben nicht imstand.

Aber in der Höhle lag verwahrt
aus dem großen Kronschatz beider Könige von Fannes,
was das Heiligste, das Beste und das Schönste war.
Kund war das Geheimnis immer nur dem König,
selbst der Gattin blieb es weggespart.
Doch den sieben Räten hatte es der erste
König mitgeteilt mit siebenfachem Schwur:
Niemand darf's erfahren als der König,
der es wird nach Fannesrecht und -art.

Aus des Schlosses Kammer trugen fort
heimlich beide Alten nun der Dolasilla Pfeile,
schleppten sie mit Müh' zur Höhle, schlossen diese zu.
Heilig sei behütet für die große Stunde
hier des Fannesreiches Rettungshort.
Der berufen ist, es wieder aufzurichten,
der da kommt nach Fannesvolkes Brauchgesetz,
dieser soll dann das Geheimnis wissen,
Weg und Zeichen, Spruch und Wort und Ort.

„Doch zum Prinzen dürfen wir noch nicht
reden, eh man sicher weiß, der König sei gestorben,
und vielleicht ereilt uns Alte früher schon der Tod.
Dann wird der Salvang, der Mann vom Ru de Ganna,
willig übernehmen unsere Pflicht.
Hat die Höhle ja gezeigt dem ersten König,

und er war den Fannesleuten stets geneigt,
kommt die Zeit, wird's dem Berufnen weisen,
wenn erstrahlt des großen Tages Licht."

Wieder Nacht. Des Mondes Halbrund stand
über den Tofanen, und im Hof des Fannesschlosses
stand des Fannesvolkes armer kleiner letzter Rest,
jede Frau den Pack am Rücken und das Kleinste
auf dem Arm, die Größern an der Hand;
jeder Mann den Schild mitsamt dem schweren Sacke,
in der Rechten haltend seinen Eschenspeer.
Abseits stand ein alter Fanneskrieger,
doch Kajute schien er an Gewand.

Ei, was hat der andre denn gewagt,
in der dunklen Nacht des Schlosses Mauer zu erklimmen?
Totgetroffen fiel der Kecke in des Schlosses Hof.
Diesem nahm man seine fremde Kriegerkleidung,
doch dem Fannesmanne ward gesagt:
„Kleide dich und tu, als wärst du ein Kajute,
geh uns nach, doch laß uns einen Zwischenraum.
Kämen uns die Feinde auf die Fersen,
trage Sorge, daß uns niemand plagt."

Und Lujanta stellte alle an,
immer Frau nach Mann; bei Mann und Frau die größern Kinder,
so die ganze lange Reihe; und sie gab den Rat:
Jeder taste mit der Hand den Pack des Vordern,
weil im Finstern niemand sehen kann.
Doch als letzter blieb zurück der Scheinkajute.
In den Gang vom Keller traten alle ein,
tief gebückt, und tappten durch das Dunkel,
hinterdrein der kluge Fannesmann.

Abwärts, abwärts ging's, dann stieg der Gang,
wieder sank er, wieder stieg er, wie der Weg in Bergen,
bald nach rechts und bald nach links, gradaus und wieder krumm.
Vorne ging Lujanta, hinter ihr die Mutter,
und so gingen sie schon stundenlang.
Wie erschraken oft die Frauen, wenn im Finstern
eine Kröte hüpfte, kroch ein feuchter Molch.
Still und stumm, so wanderten die Männer,
alle trieb des Lebens harter Zwang.

Sprach Lujanta: „Nehmt euch wohl in acht!
Wenn der kalte Wind kommt und ein fernes Wasserrauschen,
wenn die Tropfen stärker fallen in den nassen Gang,
sind wir nicht mehr ferne von der Zwergenmühle,
dort wird eine kurze Rast gemacht.
Dann hinüber über eine tiefe Stelle,
Fraun und Kindern helfe dort der starke Mann.
Sind wird drüben, sind wir aufgehoben,
und die Feinde werden ausgelacht."

Moring de Salvangs

Stehen blieb die Königin im Gang.
„Tochter, nasse Wege fühlt mein Fuß, mein Ohr hört fallen
schwere Tropfen von der Wand, ein kalter Luftzug weht.
Immer näher hör' ich wildes Wasserrauschen,
aus dem Dunkel hör' ich Hammerklang."
„Mutter, ja, wir kommen an die Zwergenmühle,
und der Männlein Arbeit hörst du aus dem Berg.
Rechts und links in ihren Werkstatthöhlen
schaffen sie nach Ordnung, Kunst und Rang."

Und zur Linken lohte für und für
aus dem Finstern Feuer wie von glühend Schmiede-Essen
überm Amboß, Augenpaare funkelten heraus.
Keine Fackel, keine Leuchte, denn das heiße
Werkstück leuchtete sich selber hier.
Öfen auch, gefüllt mit Erz und Kohlen, fauchten,
Gold und Silber rann in hartgebrannten Topf.
Und die Männlein modelten und gossen,
nahmen sich nicht Zeit zum Atmen schier.

Aber rechts erklang ein Hämmern hell;
Kunstwerk wurde dort gemacht aus reinem Gold und Silber.
Edelsteine, aufgestapelt an der dunklen Wand,
glitzerten und gleißten hell in allen Farben;
Tau im Sonnenschein blitzt nicht so grell.
Hei, wie standen still und staunten da die Frauen,
glänzend ihre Augen, pochend schlug das Herz.
Aber jetzt – Lujanta schrak zusammen.
„Vorwärts, vorwärts!" rief sie, „eilet schnell!"

Waffenklirren. Weh, es kommt der Feind!
Unverteidigt hatte morgens er das Schloß gefunden;
drei der Kühnsten kletterten hinein, das Tor ging auf.
keine Seele mehr bis in den tiefsten Keller,
aber dort ein Ausgang, wie es scheint.
Und sie eilten nach durch alle dunklen Gänge,
endlich trafen sie den alten Fannesmann.
Eilig ging er ihnen schon entgegen,
winkte flüsternd ihnen zu: „Gut Freund."

Ja, da vorne sind sie, die ihr wollt.
Habe sie belauscht, bin ihnen heimlich nachgegangen.
Alle fangen wir. Doch Vorsicht jetzt und wartet noch.
Ich geh' ihnen nach, zu schauen, wo sie stecken;
heute, hoff' ich, ist das Glück uns hold."
An der tiefen Stelle standen schon die Fannes,
wo ein Wassersturz von oben in den Gang
durch den Boden fiel in schwarze Tiefen
und die Zwerge mahlten Erz und Gold.

Räder trieb das Wasser auf und auf,
schwere Steine rollten knirschend in den sieben Mühlen,
rieben Stein zu Staub, und Wasser schwemmte schweres Erz.
Und Lujanta rief: „Kehrt ab sofort die Wiere!" (82)
Und verschwunden war des Wassers Lauf.
An den Speeren sprangen übers Loch die Männer,
halfen drüber dann der Frau mitsamt dem Kind.
Als der letzte kam der Scheinkajute,
sprang hinüber, atmete hoch auf.

„Eingekehrt den Bach!" Lujanta rief.
Brausend schoß das Wasser nieder in die schwarze Tiefe.
Abgesperrt der Gang; nicht eine Maus kam mehr hindurch.
Forschend kamen an die Stelle die Kajuten,
standen fluchend – ja das Ding ging schief.
Alle sind gerettet. Und die Fannes traten
in die großen Hallen in des Berges Schoß,
in diè sichre Herberg' für den Winter,
wo das Volk der Murmeltiere schlief.

Viele hundert lagen da herum;
Zwerglein gingen zwischen ihnen, zündend mit Laternen,
fleißig schauend, ob nicht irgendeinem etwas fehl',
auf die schwachen Atemzüge sorglich horchend;

M. Valazza

staunend fragt die Königin, warum.
„Sind sie krank? Man hört sie alle kaum noch atmen.
Sind sie tot?“ Lujanta lächelte. „O nein,
alle sind gesund. Sie müssen schlafen,
darum sind sie jetzt so still und stumm.

Raum ist auch für uns im hohlen Stein,
und hier bleiben wir geborgen diesen ganzen Winter,
in der Murmeltiere Wohnung seid ihr nun zu Gast.
Allen werd' ich Stuben hier und Kammern weisen.
Frauen, richtet euch nur häuslich ein!
Wenn im Frühling die Murmenten dann erwachen,
werden wir beraten, was wir weiter tun.
Und mit ihrem Rat und ihren Künsten
wird dem Fannesvolk geholfen sein.“

Wiedergewonnen

Frühling

Vom hohen Gipfel bis zur tiefen Kluft
kommt Saft und Duft
in Erd und Luft,
wenn Gottes Engel Frühlingsbotschaft ruft. (83)

Die Lerche trillert hoch im Sonnenschein,
sie ladet ein
zum Langesreim, (84)
die Gannes von Boè bis Siebenstein.

Der neugeborne Schmetterling, ins Grün
wagt er schon kühn
hinauszuziehn,
wo auf dem Rain die ersten Blumen blühn.

Im Sonnseitwinkel pfeift die Amsel fein,
es geigen drein
die Zeiselein, (85)
der Frühlingstanz muß heut gesprungen sein.

Von seinem Winterloch am Berg Ursèr,
da trottet her
der braune Bär,
ob auch für ihn ein Spaß zu machen wär'.

Verwundert schaut er lang ums Eck herum,
kehrt mit Gebrumm
sich wieder um –
das tolle Treiben dünkt ihn doch zu dumm.

Der Engel, der die Frühlingsbotschaft ruft,
weckt Saft und Duft
in Erd und Luft,
weckt Leben in des Berges tiefster Gruft.

Der Murmentenrat

Bewacht sind die Murmenten
in Berges Schoß.
Die Boten gehen laden
die Jungen wie die Alten
bei Fannes und Murmenten;
ein Kronrat wird gehalten.
Des Berges Frühjahrstaiding
war nie so groß.
Auf Stühlen um den Hochsitz
in ihrer Felsenhalle
das Herrscherhaus vom Berge,
von Fannes auch.
Rings aufgestellt im Kreise
nach altem Brauch
die braunen Murmelleute
und auch die Fannesmänner alle.

Es sprach der weiße König
zu seinem Volk:
„Was ihr da stehen sehet
in unsrer Taidingshalle,
das sind vom großen Volke
die Fannesmänner alle.
Die andern hat erschlagen
die Wetterwolk'.
Was grün war, hat in Fannes
die Heuschreck' abgefressen,
die vom Kajutenlande
geflogen kam.
Nun sagt mir, tat ich Unrecht,
daß ich sie nahm,
bis daß es wieder angrünt,
in unsre Herberg' unterdessen?"

Die guten Murmeltiere, die lobten's sehr.
Sie nickten mit den Köpfen
und patschten in die Pfoten.

„Was du getan hast, König,
war unserm Stamm geboten
durch Freundschaft von der guten
Moltina her."
„Der Gatte der Moltina,
der erste Fanneskönig,
er schloß mit unserm Hause
den Zwillingsbund.
Der zweite König brach ihn,
ihm war's nicht kund –
schloß Bündnis mit dem Adler,
geholfen hat's ihm wahrlich wenig."

Da beißt sich auf die Zähne
der Adlerprinz;
doch unbekümmert fürdert
der andre seine Rede:
„Und Stolz und Habsucht brachten
dem Reiche Not und Fehde.
Erliegen muß das Unrecht,
das Recht gewinnt's!
Sein Land und Volk verraten,
den Feinden übergeben –
der König ist verschwunden,
wir wissen wie.
Obwohl nicht weit gegangen,
heim kommt er nie.
Viel tausend mußten lassen
auf Prelonghjè durch ihn das Leben.

Nun bittet uns um Hilfe
die Königin.
Und hat sie auch durch Zagheit
am Unglück viel verschuldet,
so hat sie jetzt als Buße
des Leides viel erduldet.
Drum diesmal noch zu helfen
ist jetzt mein Sinn.
Und fragen will ich jetzund
euch alle meine Treuen:
Seid ihr wohl noch den Fannes
zu Hilf' bereit?
So wollen wir beraten,
wie wir das Leid
dem armen Volke wenden,
daß es sich kann der Heimat freuen."

Und wieder riefen alle:
„Ja, König, ja!"
Sie nickten mit den Köpfen
und patschten in die Pfoten.
„Was unser gute König
uns jemals hat geboten,
wir taten's und sind heut noch
zum Helfen da."
„So höret, was ich sage:
Es ist die Zeit gekommen,
der Winter ist vergangen,
das Land wird grün.
Die Fannes sollen wieder
zu Tage ziehn,
ihr Land zurückgewinnen,
wir werden's ihnen helfen frommen.

Vorsichtig sind die Feinde –
seid ihr es auch!
Gar tapfer die Kajuten,
die Fannes doch nicht minder.
Es bleiben hier im Berge
die Frauen und die Kinder.
Die Männer sollen kämpfen
nach Väterbrauch.
Wir weisen euch die Wege
und zeigen euch die Gänge,
bald da, bald dort zu fassen
den zähen Feind,
ihn stets zu überfallen,
wo er's nicht meint;
wir geben euch die Zuflucht,
will er euch treiben in die Enge.

Ihr nehmt die Bergesgipfel
zuvörderst ein,
die hohen, die am Umkreis
des Fannesreiches stehen;
und sind sie euer,
könnt ihr auch in die Niedrung gehen.
Im Winter kommt zum Ruhen

zu uns herein.
Es werden meine Leute
für alles Sorge tragen;
sie wissen gut zu helfen,
sind sie auch klein.
So wird in sieben Sommern
gesichert sein
das alte Reich von Fannes.
Das kann ich euch zum Troste sagen.

Dann bieten die Kajuten
den Frieden euch,
sind müde dieses Krieges
die Leute von der Fläche,
gar ungewohnt zu kämpfen
um Felsen und um Bäche,
so wird euch wieder bleiben
das alte Reich.
Soviel die alten Männer
im Fannesvolk gedenken,
wieviel des ersten Königs
Besitztum war,
das soll euch wieder werden
und bleiben gar.
Doch was geraubt der zweite,
das kann euch niemand wieder schenken."

Vom Stuhle sprang im Zorne
der Adlerprinz.
„Was soll uns diese Rede?
Und ist auch fort der König,
so bin doch ich der Erbe.
Mir ist es viel zuwenig!
Die mir das Erbe schmälern,
Verräter sind's!
Und meint ihr wohl, ich will nur
ein Bettlerkönig werden?
Ich will das ganze Erbe,
so weit je kam
die Heldenschwester, wie es
der Vater nahm,
um keine Klafter minder.
Ein Großer will ich sein auf Erden!"

„Mein lieber Sohn", mit Sorgen
die Mutter sprach,
„so gib dich doch zufrieden
mit unserm Reich, dem alten.
Wie einst mein Vater sollst du
darin als König walten.
Das andre kannst du suchen
wohl nach und nach."
„Was, Mutter, denkst auch du noch
an solchen schlechten Handel?
Willst unser Reich beschneiden –
ich duld' es nicht.
Und lieber will ich gehen,
wenn alles bricht!
Ich find für einen Prinzen
fürwahr noch einen bessern Wandel."

So ging er fort,
verlassend den hohlen Stein,
und traurig nach ihm blickte
die Königin, die gute.
„Des Vaters stolzes Wesen
liegt leider ihm im Blute;
soll das zum ander Male
uns Unheil sein?
O König der Murmenten,
wir wollen hier noch warten;
er kehrt wohl balde wieder,
dann rede ich:
Ich und Lujanta biegen
wohl sicherlich
mit herzenslieben Worten
des Prinzen Adlersinn, den harten."

Der König schüttelt langsam
das weiße Haupt.
„Des Vaters Habsucht hat euch
das erstemal vernichtet.
Und wenn des Sohnes Hoffart
sich nicht zum Bessern richtet,
ist euch zum zweiten Male
das Glück geraubt."
Die Fannes in den Höhlen

verharrten noch drei Wochen,
erhoffend von dem Prinzen
die Wiederkehr.
Vergeblich war das Warten,
er kam nicht mehr.
So war das Glück von Fannes
zum andern Mal schon halb zerbrochen.

Die Rückeroberung

„Wer soll in diesen Kämpfen
uns Führer sein?
Denn König, Prinz und Feldherr,
wir haben sie verloren.
Ist uns kein Mann zum Führen
geboren und erkoren,
so stehen statt der Männer
die Frauen ein.
Lujanta und die Mutter,
die sollen jetzt uns führen;
die Königin, die kluge,
sie ordnet an,
Lujanta, die Erprobte,
vollbringt es dann.
Der weißen Jungfrau Schrecken
kriegt der Kajute noch zu spüren."

Man teilte in zwei Scharen
die Fannesmann.
Durch Gänge der Murmenten
zum Roßkopf zog die eine, (86)
die andre blieb verborgen
im Konturines-Steine,
bis daß ein lautes Schreien
im Schloß begann.
„O Wunder über Wunder!
Wie konnte das geschehen?
War doch kein Feind zu sehen,
das Land in Ruh'.
Und können Menschen fliegen?
Wie geht das zu,
daß droben auf dem Roßkopf
auf einmal Fanneskrieger stehen?"

Der Feldherr der Kajuten
im Zorne ruft:
„Die Mannen zu den Waffen,
soviel im Schlosse liegen!
Wir werden schon die Frechen
vom Fels herunterkriegen.
So werft sie in die Tiefe
frei durch die Luft!"
Es stürmten zur Varella
vom Schlosse die Kajuten,
doch als sie halbwegs waren,
da hallt ein Schrei.
Es scheint, daß jemand andrer
im Schlosse sei –
die Rufe, die sie hörten,
die gaben Schlimmes zu vermuten.

Sie sahen an der Zinne
ein Mädchen stehn,
die hohe weiße Jungfrau
mit ihrem Silberbogen.
„O weh, kam auch die Hexe
jetzt durch die Luft geflogen?
Das ist ja Dolasilla –
ein Schreck zu sehn!"
Nun sind sie eingeschlossen
von allen beiden Seiten,
vom Roßkopf und vom Schlosse
faßt sie der Feind.
So wirft man die Kajuten
zum Kampf vereint
die Val Medesh hinunter.
Das war ein kurzes, grauses Streiten.

Und als der erste Sommer
zu Ende war,
auf Roßhaut und Varella,
im Konturines-Schlosse
die Fannes saßen sicher
vor Schwert und vor Geschosse,
auf Neuner auch und Zehner

im ersten Jahr.
Sooft die Feinde kamen,
da flogen sie auch hinter. (87)
Die Fannes ließen fahren
kein einzig Stück
von dem, was sie gewonnen.
Man ging zurück
nur in die ersten Gänge.
Im Schlosse gab es keinen Winter.

Doch als der zweite Frühling
ins Fannes kam,
man weiß nicht, wie es zuging,
da sah man Krieger sitzen
mittäglich in den Felsen
der wilden Fannesspitzen;
da wurden den Kajuten
die Herzen lahm.
Und hinter Travenanzes
auf allen drei Tofanen,
gekrochen aus dem Boden,
da saßen sie
wie aus der Luft gefallen –
kein Mensch weiß wie:
Den wackeren Kajuten
kam mit der Zeit ein schlimmes Ahnen.

So kam der dritte Sommer;
da ging es los
in Sennes und Fodara
und auf der Eisengabel
und auf der Hohen Geisel.
Nun war es keine Fabel,
die Fannes schlüpfen wirklich
aus Berges Schoß.
Doch saßen die Kajuten
noch fest im Fannesboden.
Der Sommer ging zu Ende;
da staunten sie.
Geleert die Vorratskammern
am Morgen früh,
die Lebensmittel fertig,
verschwunden Leinwand, Woll' und Loden.

Das hatten die Murmenten
mit Sinn getan.
Sie stahlen allen Vorrat
und schleppten ihn von dannen
hinein in ihre Höhlen.
Die Fannes hatten Pfannen
und brauchten warme Kleider
für Frau und Mann.
Da ward ein übler Winter
in Fannes den Kajuten
mit Kälte und mit Hunger,
das ging nicht gut.
Erschwacht euch und erfriert euch
der Kampfesmut?
Im Süden wär' es besser –
ihr sollt euch wieder heimwärts sputen.

Sie hielten bis zum Frühjahr
mit Sorgen aus,
da kam das Ding noch schlimmer,
denn mitten zwischen ihnen,
da waren Fanneskrieger
mit neuer Kraft erschienen.
Jetzt hatte man die Feinde
schon vor dem Haus.
Herab von Antruìlles,
Parèjs und Lavinòres,
da stiegen Fannes nächtlich
schon in das Tal.
Sie drangen in die Häuser.
Abzug befahl
der Zwang, so lang noch offen
der Weg des Bulpiglaja-Tores.

Das Herbstding

Die Fichten wurden dunkel,
die Lärchen licht.
Da ward am Limosattel
das Herbstding abgehalten
von Fannes und Murmenten.
An Königsstatt zu walten,
die Königin, die kluge,
vom Dingstein spricht:
„Habt Dank, ihr Bundesbrüder!
Durch euch ist uns gegeben
die alte Heimat wieder.
Das lohn' euch Gott!
Die Feinde zu verjagen
mit Schand und Spott
habt ihr uns gut geholfen.
Wir danken's euch das ganze Leben.

Damit vor allen Menschen
sei kundgetan
die ehrenfeste Treue,
so ihr uns habt getragen,
drum bringen wir am Schilde
nun wie vor alten Tagen
das Murmeltier, das weiße,
als Wappen an.
Dank auch den Fanneskriegern!
Und die noch übrigblieben
vom Stab der Dolasilla,
dem Fannesstern –
den Stern im blauen Felde
laß ich euch gern,
daß alle Welt erkenne
als Fannes Edelste die sieben."

So sprach am Limosattel
die Königin,
und alle Männer schlugen
mit Spießen an die Schilde,
und alle Murmeltiere
im braunen Herbstgefilde,
sie riefen lauten Beifall
zum Dingstein hin.
Doch der Murmentenkönig
sprach altersweise Worte:
„Ihr werdet euch des Friedens
noch nicht erfreun.
Drei Jahre wird noch immer
nicht Kampfruh sein,
der Feind wird wiederkommen,
zu drängen euch von eurem Orte.

Der stolze Prinz von Fannes
hat eine Frau.
Sie läßt ihn nicht mehr kehren
zu seinem alten Reiche.
Und ihr braucht einen König,
der jenem guten gleiche,
der einst Moltina freite
aus unserm Bau.
Drum sucht euch einen Helden,
den besten, den ihr findet,
Lujanta soll ihm reichen
als Braut die Hand,
daß er dem Feinde wehre
und schirm das Land
und treulich hält das Bündnis,
das Fannes' Glück und Macht begründet."

Ihr Haupt Lujanta senkte
und wurde rot.
Es lächelten die Männer,
die Frauen aber klatschten,
den Müttern nach die Kinder
in ihre Händchen patschten,
so brachte man die Jungfrau
noch mehr in Not.
Da sprach die kluge Mutter:
„Der König sagt das Rechte,
das Reich braucht einen Führer
aus edlem Blut,
voll Tapferkeit und Klugheit
und Mannesmut,
die Heimat uns zu sichern
und unserm kommenden Geschlechte.

Der Beste, den ich wüßte,
heißt Ej de net,
ist Prinz von Pregajannis.
Müßt' ich die Welt durchwandern,
den König auszusuchen,
ich wählte keinen andern.
Von diesem geht die Rede
im Land, er hätt'
nur eine Schlacht verloren,
da trug er keine Waffen,
und dies geschah in Flemmes,
ihr kennt ihn ja.
Und hätten wir den Helden
als Führer da,
so wäre für uns Fannes
der Heimat Sicherheit geschaffen."

„Der Prinz von Pregajannis,
den sie da meint",
so sagte drauf bedächtig
ein alter Held von Fannes,
„stand gegen uns in Flemmes.
Es ist nicht Art des Mannes,
aus Feind ein Freund zu werden.
Er bleibt uns feind."
Die Königin sprach lächelnd:
„Und ist er Feind gewesen,
er ist uns Freund geworden –
das weiß ich wahr:
Er trug der Fannes Heerschild
schon manches Jahr,
seit unsre Dolasilla
von jenem Pfeilschuß war genesen.

Er liebte Dolasilla,
ich sah es gut,
hat ehrlich auch beim König
um ihre Hand geworben.
Der trieb ihn aus dem Lande.
So ist sie uns gestorben –"
Und wieder kam der Mutter
der trübe Mut.

Und ehe die Erstaunten
zu einem Worte kamen,
rief laut der blonde Krieger:
„Jetzt sag ich's frank:
Als unsre Heldenjungfrau
vom Pferde sank,
da rief sie nach dem Schildknapp,
und wirklich hört' ich diesen Namen."

Verwundert standen alle
und stumm im Kreis,
sie machten große Augen
und schauten vor sich nieder.
Da trocknete die Wangen
die kluge Mutter wieder,
zur andern Tochter sprach sie
die Worte leis:
„Er liebte Dolasilla,
wird auch Lujanta lieben,
du bist die Zwillingsschwester,
ihr Ebenbild.
Ich weiß wohl, daß dir kostbar
der Name gilt,
der deiner edlen Schwester
so glühend war ins Herz geschrieben."

Es hub sich lautes Rufen
aus aller Mund:
„Heil Ej de net, dem Schildknapp,
der wird ein rechter König,
fürwahr, und einem solchen
sind gern wir untertänig!"
Es dröhnten laut die Schilde
im weiten Rund.
„Nun sendet einen Boten,
den tapfern Mann zu bringen,
den Held von Pregajannis,
Prinz Ej de net.
Und eh im Fannesboden
der Schnee zergeht,
wird man dem Königspaare
der Fannes Hochzeitslieder singen."

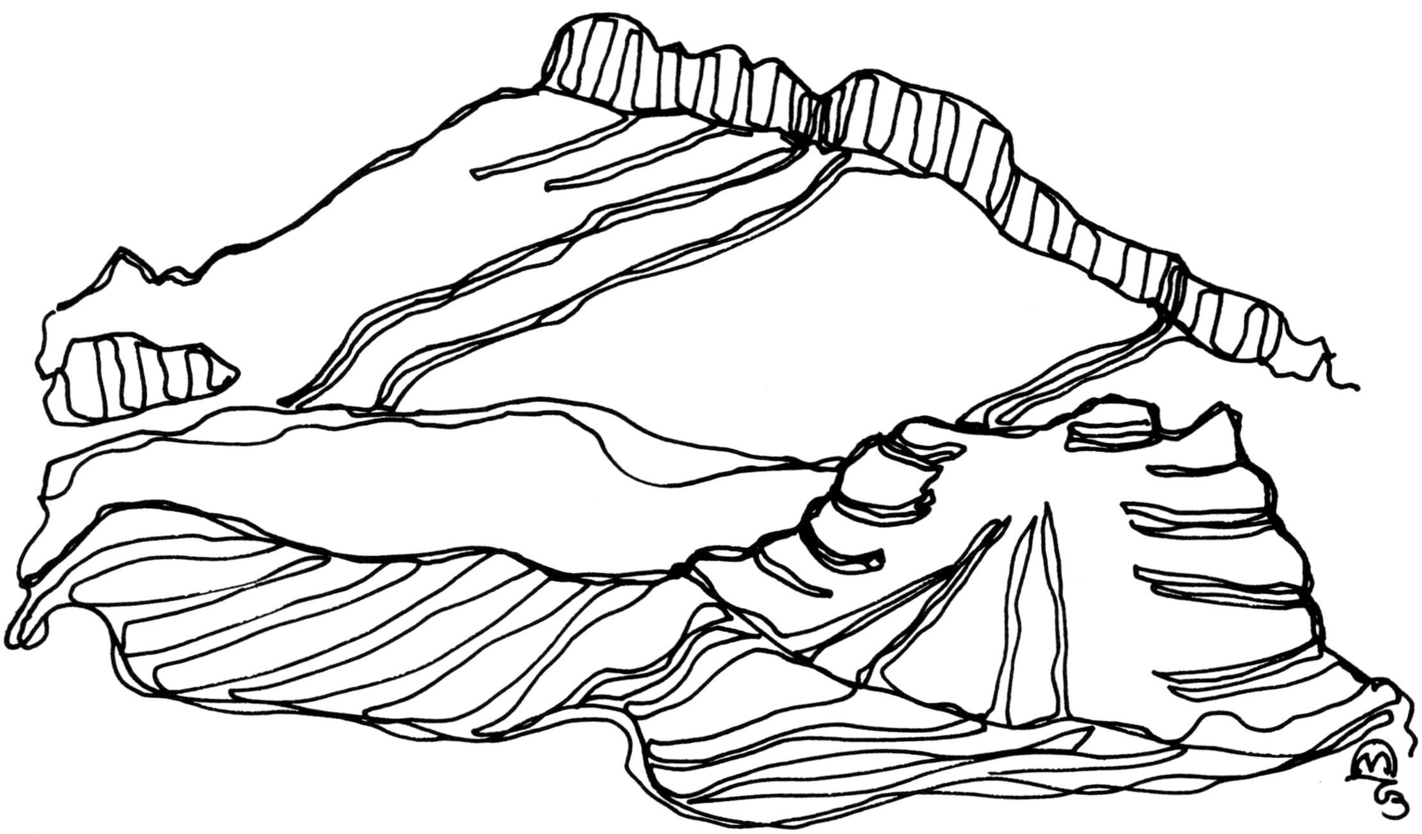

Fanes - Ćiastel

A. Morlang

Ej de net und Soreghina

Bergheimweh

O Land der Berge!
Vergessen kann dich nie, wer dich gesehen,
wer dich verkostet, will dich nicht mehr missen –
wo Felsentürme ragen tief zerrissen,
von weißen Firnen weiße Wolken wehen,
der kühnste Ferge
den Nachen nicht vertraut den wilden Flüssen –
wo stille Zwerge
in Frieden wohnen im Palast der Riesen,
auf Blumenwiesen
beim Reigentanz Bergfeen fröhlich singen,
die Wasserfälle von den Wänden springen,
von grauen Köpfen Silbersträhne fließen,
die Quellen kalt
hellsprudelnd dringen
aus Steingeröll und Felsenspalt –
wo überm dunkelgrünen Wald
aus hellem Grün die Herdenglocken klingen –
o Bergland, wer dich durfte froh genießen –
und muß er in die Ferne,
ins flache Land, wo träg die Ströme schleichen,
die Wolken nieder in die Ebne reichen,
die Berge Maulwurfhügeln gleichen,
wo Menschenwerke Gottes Werk verdecken,
die Leute zwischen Mauern stecken,
sich kahle Masten in die Lüfte recken
und dürre Eisenarme strecken,
daran die Lampen glüh wie Teufelsaugen starren,
und wo in öder Heide
auf schnurgeraden Straßen schwerer Karren
verstaubte Räder knarren,
wo über schwarzen Pfützen hängt die Trauerweide,
wo jeder Baum dem Aug' den Blick verstellt,
und wo die Welt
an Zäunen endet und an Gartenmauern –
dann schleicht ins Herz ein wehes Trauern
wie ums verlorne Paradies,
aus welchem Gott die Menschen einst verwies,
und weckt die Sehnsucht auf, und Sehnsucht zieht,
zieht stark und immer stärker bergewärts
mit stillem Schmerz;
es wird ihm bang und bänger,
und heimkrank ist das Herz.
Drei Jahre hält er stand und nicht mehr länger
dem zähen Dränger,
dann muß er wieder heim ins Land der Berge.

Die Rückkehr

Freudelos in fernen fremden Landen
irrte Ej de net, der düstre Mann,
wo nicht Felsen und nicht Firne standen;
und das erste, zweite Jahr verrann.
Keine Ruhe seine Füße fanden,
auf dem Herzen lag der Liebe Bann.

„Traurig ist das Dasein, leer die Welt.
Was ich suche, kann ich hier nicht finden,
was dem Auge, was dem Herz gefällt.
In der Fremde meine Freuden schwinden,
keine Sonne meinen Tag erhellt;
ich verschmacht' in diesen öden Gründen."

Und es zog ihn in die Heimat wieder,
denn es ging schon in das dritte Jahr.
Nicht ins Land des Vaters und der Brüder,
nicht zur Pregajannis flog der Aar;
in den Felsenbergen flog er nieder,
wo sein Herz, sein Herz zu Hause war.

Ej de net saß auf dem Piz Boè,
und sein Auge spähte in die Runde,
suchend in der Ferne, in der Näh'.
Stille saß er manche lange Stunde.
Ach, wie tut ihm nun aufs neue weh
tief im Herzen seine alte Wunde!

Alle, alle stehn sie da, die Lieben,
von der Furkel bis zum Pellegrin;
nur die Liebste ist ihm weggeblieben,
Pelmo, Sorapiss und Piz Cadin –
und so nahe hinterm Kofel drüben
wohnt die Holde, und er kann nicht hin.

Mannesliebe ringt mit Mannesstolz,
und die Liebe kann ihn nicht besiegen,
denn der Gegner ist aus hartem Holz,
und die Weiche soll den Harten biegen.
Heiß ist ihm die Stirn, im Herzen tollt's,
und zuletzt muß Liebe unterliegen.

Fort vom Mittagstale muß er fliehen,
das ihm immer, immer hinwärts zeigt;
an die andre Seite will er ziehen,
wo die Sella sich nach Fassa neigt,
wo im Abendstrahl die Wände glühen,
wo ins Blaue die Rodella steigt.

Auf der Spitze steht er, schaut ins Land,
sieht die Berge wieder alle, alle,
die von Fannes nicht mehr. Eine Hand
greift ihm an das Herz wie Geierkralle.
Nächsten Tages Soreghina fand
einen Mann, halb tot vom schweren Falle,
hangend an des Felsengrabens Rand!

Elba und Kanvulpin

Elba saß im dunklen Burgverlies,
und ihr Söhnlein lief im Hundezwinger:
Beiden ihre grause Wohnung wies
unbarmherzig eines Königs Finger,
welcher drei vom Glück ins Unglück stieß,
wahrlich, denn im Grabe war es ringer!

Glücklich lebte sie mit ihrem Gatten,
Elba mit Vulpin, am Silbersee,
wo sie sich zuerst gefunden hatten.
Sie, die lichtgeborne Sonnenfee,
er, der Hirte von den Alpenmatten,
reichten sich die Hand zu treuer Eh'.

Königs Erbsohn vom Kajutenland –
doch Zikuta schob den falschen unter,
warf den rechten vor die Felsenwand.
Bei der Füchsin lag das Kindlein munter,
als es der Fassaner Jäger fand,
und er trug es in sein Haus hinunter.

Füchslein nannten sie den Findelknaben,
niemand wußte, wessen Sohn er war;
mußte hinter fremden Schafen traben

als Gemeinhirt manches Sommerjahr,
bis die Sonnenfee ihn wollte haben,
ihm als Gattin einen Sohn gebar.

Und es kam der Tag, da es geschah,
daß der König von der Sonnenleite
auf der Jagd die schöne Elba sah.
Er erschlug Vulpin in herbem Streite,
und die Witwe soll als Gattin nah
leben an des bösen Witwers Seite.

„Dich, du Mörder, werd' ich niemals nehmen!"
Und er warf sie rauh ins Burgverlies.
„Wart, du wirst dich noch zu mir bequemen",
sprach er höhnisch, als sie fort ihn wies.
Frauentreu' durch Muttertreu' zu zähmen,
ihren Sohn er zu den Hunden stieß.

Und sie folgt ihm traurig ins Gemach;
Kanvulpin sprang jauchzend auf der Wiese,
hüpfte um die Wette mit dem Bach,
staunte, was die Mutter so verdrieße,
daß sie fürder kaum noch aß und sprach.
Stundenlang saß sie im Burgverliese,
rückte still dem Sonnenstreifen nach.

Soreghina

Zehnmal wechselte der Silbermond,
und Schön Elba lag auf ihrem Lager,
stiller noch und bleicher als gewohnt,
tief die Augen und die Hände mager.
Neben ihr – wie schmal die Liebe lohnt! –
lag ein Kindlein, wie ein Wiesel hager.

„König, und nun hast du deinen Willen,
denn der meine war es wahrlich nicht.
Kurz noch bleib' ich hier, das Kind zu stillen,
daß ihm nicht der Lebensfaden bricht,
eh' die Mädchenjahre sich erfüllen;
dann beschließ' ich meine Mutterpflicht.

Soreghina soll sein Name sein,
Sonnenfaden muß das Mädchen heißen.
Es sei dein, doch Kanvulpin ist mein.
König, laß dir nun die Wege weisen:
Sei mit meinem Sohne gut und fein,
willst du nicht der Tochter Glück zerreißen.

Nach neun Monden werd ich heimwärts gehen
durch die kurze Nacht zum langen Tag
zu der Mutter, der ins Aug' zu sehen (88)
keines Erdenmenschen Aug' vermag.
Laß dir immer im Gedächtnis stehen,
was ich dir nun, König, warnend sag'.

Wenn durch dich der Knabe traurig ist,
wird das Mädchen müssen Tränen weinen;
wenn der Hunger seine Wangen frißt,
wird sie stöhnen in der Krankheit Peinen;
was du böse gegen meinen bist,
wird sich zwiefach rächen an der Deinen.

Muß er fort, so wird sie dich verlassen –
und noch eines, König, sag' ich dir:
Kommt mein Sohn ins Elend durch dein Hassen,
send' ich eine Mitternacht zu ihr;
die wird deine Soreghina fassen,
tragen durch das Totenland zu mir."

Nach neun Monden trug man sie hinaus.
Kanvulpin stand an der Mutter Grabe,
und die Sonne war ihm aus dem Haus.
Unwirsch gab man ihm die karge Gabe;
schüchtern in den Winkeln wie die Maus
aß das trockne Brot der Waisenknabe.

Doch um Soreghina liefen Zofen,
hegten sie und pflegten sie mit Fleiß,
hielten Tag und Nacht die Augen offen,
also war des Königs streng Geheiß.
Hätt' er irgend Lässigkeit getroffen,
wär' das Burgverlies der Amme Preis.

Soreghina wuchs und wuchs doch nicht,
schwach und schmächtig wie die Alpenrebe, (89)

blaß und bläulich blieb ihr Angesicht,
wie die Blüte hängt in schlaffer Schwebe.
Lag der Schlaf auf ihr wie Bleigewicht,
war zu zweifeln, ob sie wirklich lebe.

Aber Kanvulpin ward frisch und kräftig
wie der Lärchenbaum im Waldesmoos,
lief im Berge munter und geschäftig,
warf und wälzte Steine klein und groß.
Und den König wurmte hart und heftig
dieser beiden allzu ungleich Los.

„Dieser Fremde jauchzt im grünen Wald,
meine Tochter liegt im dumpfen Zimmer;
matt die Augen und die Hände kalt
meiner Soreghina immer, immer!
Draußen übermütig Lachen hallt,
drinnen hör' ich ächzend Wehgewimmer!"

„Vater, laß den Knaben bei mir weilen!
Ach, er ist so munter, ist so lieb.
Laß mit ihm den langen Tag mich teilen."
Rauh der König ihn vom Zimmer trieb.
„Wirst du bald zu deiner Arbeit eilen?
Zu den Knechten geh, du Tagedieb!"

Soreghina war das Auge naß,
und sie barg es in den weichen Kissen.
Oh, wie tat ihr weh des Vaters Haß.
„Warum will er nichts vom Bruder wissen?"
Schaudernd bebte sie wie Zittergras,
wollte sie der strenge Vater küssen.

Und der König ritt in übler Laune,
Grimm im Herzen, aus des Schlosses Tor.
Kanvulpin saß draußen auf dem Zaune;
unterm Sporne stieg das Pferd empor.
Und er maß den Knaben eine Staune, (90)
daß den Armen in den Knochen fror.

„Zu den Knechten geh, hab' ich gesagt,
Taugenichts! Was hast du hier zu hocken?"
„Herr, ich bin so schwach, die Küchenmagd
gab mir heut nicht einen Schwarzbrotbrocken.
Soreghina hat es nicht gewagt,
gab mir sonst so gern die Honignocken."

„Meiner Tochter Speisen wegzufressen,
die ich doch nur ihr alleine gib?
Wart, was dein ist, wird dir zugemessen,
daß du satt bist, fauler Tagedieb!"
Auf des Armen Rücken wie besessen
schlägt er los mit schwerem Peitschenhieb.

Kanvulpin läuft klagend in den Wald,
und der König sprengt ihm nach zu Pferde.
Erst am Petshedàz-Forst macht er halt;
Urwald barg den Knaben vor Gefährde.
Dort im dunklen Dickicht sank er bald
wie ein totgehetztes Wild zur Erde.

Soreghina lag in ihrer Kammer,
und die Ärzte standen um das Bett.
Schien es doch, als ob in seiner Klammer
schon der Tod das junge Leben hätt'.
Durch das Schloß des Königs scholl der Jammer,
Männer, Frauen klagten um die Wett'.

Nach drei Tagen blickte sie umher
mit zwei großen Augen scheu, die Kranke:
Um den armen Bruder grämte schwer
sich des Mädchens trauriger Gedanke,
wo er etwa hingelaufen wär',
wo er hungernd um die Wege wanke:

„Sonne, Sonne muß das Mädchen haben!"
ordnete der weisen Ärzte Wort.
„Sonne muß ihr Herz und Körper laben,
oder bald ist ihr das Leben fort.
Hat sie nicht mehr jenen Sonnenknaben,
muß sie an den hellsten Sonnenort."

Kanvulpin kam nimmermehr zurück,
und sie wagte nicht, um ihn zu fragen;
durch das Fenster suchte ihn ihr Blick.
„Hat der Vater wirklich ihn geschlagen?
Lief er fort, so sei's für ihn zum Glück.
Hilf ihm, guter Gott, zu bessern Tagen!"

A. Rott

Soreghina saß im lichten Erker,
wenn die Sonne schien, den ganzen Tag.
Langsam, langsam ward sie wieder stärker.
Doch an sonnenlosen Tagen lag
sie in ihrer Stube dunklem Kerker,
und kaum fühlbar ging des Herzens Schlag.

Sprach der alte Leibarzt: „Gib wohl acht,
König, daß die Tochter niemals findet
schlaflos eine dunkle Mitternacht,
weil ihr sonst der Lebenshauch entschwindet.
Eines Neumonds zwölfte Stunde macht,
daß die Seele sich vom Leib entbindet."

Und drei Tage lang im finstern Walde
irrte der verstoßne Kanvulpin
an des Fassatales Bergeshalde;
schwach genährt von rohem Kräutergrün,
trieb am dritten Abend Hunger balde
ihn zur Türe einer Hütte hin.

Eine arme Witwe ließ ihn ein,
gab ihm Brot und Dach und Stroh zum Schlafen.
Arme müssen Armen Hilfe sein.
Und sie wurde Mutter an dem Braven.
Kanvulpins Verwöhntheit war ja klein –
Hirte ward er willig ihren Schafen.

Soreghina wagte sich ins Freie,
ging dem letzten Sonnenstrahle nach,
und der erste Sonnenstrahl, der neue,
küßte sie am andern Morgen wach.
Aus des Sommers lichtdurchströmter Bläue
floß in sie ein neuer Lebensbach,
wie wenn ihr die Mutter Kräfte leihe.

Alpenblumen

Rhododendron.
Mit roter Dolde
die Alpenrosen
in würzigem Hauch
am buschigem Strauch,
die Schlingel, die losen –
sie necken die blasse holde
Kleinschwester wieder, (91)
die schüchtern kauert,
mit Augen groß,
warum sie bloß
auf andere lauert,
und hat doch ihre großen schönen Brüder.
Fingerkraut.
Die Elfenfinger
der Potentillen
sind ringgeschmückt,
und hochbeglückt
freun sich im stillen
die mädcheneitlen Dinger,
wenn Schritte hemmen
Salvangs, die reisen
durchs Alpenland,
und bestaunen die Hand,
gesetzt mit weißen
und gelben und roten, fein geschnittenen Gemmen.
Gentianen.
Bald hoch, bald nieder,
bald zart, bald kräftig
steht nebenan
der Enzian;
dran klettert geschäftig
die Hummel und werkelt bieder.
Mattgelb die hohen,
die kleineren andern
sind himmelazur;
sie weisen die Spur
zum himmelwärts Wandern
den Menschenkindern, den scherzenden, erdenfrohen.

Primeln.
Mit weiß- und roten
bergfrischen Wangen
wie Milch und Wein
Zwergprimelein
am Joche prangen
als heitere Frühlingsboten.
Die größern Geschwister,
schön gelb und blau
und violett,
sie zieren sich nett
den Elfen zur Schau
und äugeln mit verlockend heimlichem Liebesgeflüster.
Edelweiß.
Es fallen vom Himmel
oft Sternenzwerge
in finsterer Nacht.
Nun schimmert in Pracht
am Rücken der Berge
ein lichtes Sternengewimmel.
Auf schlankem Stengel
mit zuckendem Strahle,
so stehen sie da,
dem Himmel nah
hoch über dem Tale,
die edelweißen blinkenden Blumen der Engel.
Alpenaster.
Zu ihnen gesellen
sich Erdenkinder
mit lila Stern
um goldenen Kern
und strahlen nicht minder,
die Alpenastern, die hellen.
Und Himmel mit Erde
und Licht mit Farbe
verschwistert sich
herzinniglich,
daß keines darbe
und immer das eine vom anderen froher werde.
Edelraute.
In silbrigem Schleier
vom Golddiademe
steht Aberraut (92)
als Edelweißbraut,

hofft, daß er sie nehme
zu seliger Hochzeitsfeier.
An steinerner Treppe,
da harrt sie bange
und füllt die Luft
mit Sehnsuchtsduft,
bis er sie umfange –
Wildfräulein, das blasse, hält ihr die seidene Schleppe. (93)

Ranunculus glacialis.
Auf braunen Haaren
die rötliche Krone,
so sitzt Ribiol
und fühlt sich gar wohl
auf eisigem Throne
im Gletscherwasser, im klaren.

Nigritella.
Der feinsten Vanille
süßduftende Welle
verhaucht im Rund
aus Purpurmund
die Bergbrunelle
in des Gottesgartens zaubrischer Blütenfülle.

Auf Pedonèl

Lieblich dehnen sich die Alpenmatten
auf dem Sonnenhang von Pedonèl.
Hinter der Rodella schauen scheel
des Langkofels dunkle Felsenschatten.
Wo die Blumen sich versammelt hatten,
ging auch Soreghina niemals fehl.

Jeden Sonnentag stieg sie hinauf,
Zwiesprach' halten mit den Blumenkindern,
ihres Herzens Einsamkeit zu mindern,
bis die Sonne senkte ihren Lauf.
Könnte sie, sie hielte sie wohl auf,
um der Nacht das Kommen zu verhindern.

Pflückte sich die roten Alpenrosen,
gelbe Primeln, blauen Enzian,
steckte sie an ihren Busen an,
streichelte das Edelweiß mit Kosen.
Sie vergaß des Lebens wüstes Tosen
und vergaß der Menschen bösen Wahn.

„Seh' ich drüber auf dem lichten Grün,
seh' ich dort nicht Bergbrunellen blühen?
Dunkelpurpurn ihre Köpfchen glühen."
Freudig eilte Soreghina hin.
Will sie eines aus dem Boden ziehn
wird ihr kalter Schrecken fürs Bemühen.

Weh, das ist ja Blut! Durch ihre Glieder
wie der Blitz ein kurzes Zucken fuhr,
lähmte sie für Augenblicke nur;
und dann faßt sich Soreghina wieder.
Schritt für Schritt den steilen Hang hernieder
folgt sie forschend einer roten Spur.

Dann ein Schrei des Schreckens! Unten lag
scheinbar tot ein Mann im engen Graben,
blutig Haupt und Hände. Schwarze Raben
strichen ab. „Ob er noch leben mag?"
Und sie mühte sich den halben Tag,
ihn mit Wein zu wecken und zu laben.

Endlich regen Füße sich und Hände,
und zwei dunkle Augen öffnen sich,
und es haucht ein Mund: „Was plagst du dich?
Ist mein Leben wieder nicht zu Ende?
Viel zu weich sind diese Felsenwände –"
Soreghina weinte bitterlich.

„Armer Mann, nein, ich verlaß dich nicht.
Nein, du mußt und wirst am Leben bleiben,
und ich will den Tod von dannen treiben,
daß er nicht dein junges Herze bricht.
Neues Öl für deines Lebens Licht
muß dir noch der Himmelsarzt verschreiben."

Wieder kniete sie an seiner Seite,
wusch ihm von Gesicht und Hand das Blut,
selber weinend, machte sie ihm Mut,
bis ein mattes Lächeln sie erfreute,
und den Mann die zarte Maid betreute,
wie die Mutter wohl dem Kinde tut.

Eilends lief sie, wo sie Hirten fand.
„Männer, kommt mit mir, ich hab' gefunden
liegen einen Mann mit schweren Wunden;
ihn zu bergen bin ich nicht imstand.
Tragt ihn inner eure Hüttenwand,
und ich bin euch hold zu allen Stunden."

Gerne taten es die guten Leute,
und sie betteten ihn auf das Heu,
fragten nicht, woher und wer er sei.
„Abend wird es' und ich geh' für heute.
Nein, ich laß ihn nicht dem Tod zur Beute!
Was ihm nötig ist, trag ich herbei.

Wenn mir aber keine Sonne scheint,
kann ich nicht zu seiner Pflege kommen
und ihr müßt allein die Dienste frommen,
so wie ihr's für ihn am besten meint.
Wenn sich euer Fleiß mit meinem eint,
wird dem Tod ein Opfer abgenommen.

Aber von der Sache müßt ihr schweigen,
daß der Vater nichts davon erfährt.

Hinterm Scheiterholz versteckt das Schwert.
Sollt' er auf die Jagd zur Alpe steigen,
müßt ihr ihm die Fährten dorthin zeigen,
wo er nicht zu eurer Hütte kehrt."

„Königstochter, kannst beruhigt sein!
Alles wissen wir, was hier vonnöten.
Jeden Fremden läßt der König töten,
der bewaffnet kommt ins Land herein.
Fänd er diesen, würde mancher Stein
sich von unserm eignen Blute röten."

Jeden Sonnentag kam sie zur Hütte,
schaffte Speise, Trank, Verband herbei,
fragte sorgend, ob ihm wohler sei,
las ihm von den Augen jede Bitte.
Schlief die Sonne in der Wolken Mitte,
mißte sie statt einer Sonne zwei.

Königsvater hatte frohen Mut,
sah der Tochter Wangen frisch erblühen,
sah im Auge warmes Leben glühen,
flink die Füße und erneut das Blut.
Was die Sonne doch für Wunder tut!
Und die Liebe ward nicht mitgeziehen.

Es vergingen wohl an sieben Wochen,
Ej de net ward kräftig und gesund.
Beide saßen manche stille Stund'
viele Worte blieben ungesprochen.
Aber wenn das Schweigen ward gebrochen,
schwieg das Herz und redete der Mund.

Wieder saß am Herde Ej de net,
Soreghina saß an seiner Seite.
Wie sein Wohlergehen sie erfreute,
wenn es ihr nicht Sorge machen tät'.
„Wenn er mir nun bald von dannen geht,
wünsch' ich mir kein Morgen nach dem Heute."

Langsam stand er auf, nahm ihre Hände,
drückte drauf den warmen Dankeskuß.
„Soreghina, nimm den Abschiedsgruß,
meines Bleibens ist nun wohl ein Ende.
Du erlaubst, daß ich die Schritte wende
und dorthin geh', wo ich eben muß.

Und für deine Güte habe Dank!
Ja, du hast das Leben mir gerettet,
ohne dich läg' ich im Grab gebettet.
Nicht mehr ist mein Leib, mein Herz ist krank.
All mein Leben bleibt es ohne Wank
durch die Dankespflicht an dich gekettet.

Lebe wohl, du herzensguter Engel!"
Soreghina, einer Ohnmacht nah,
wie gelähmt vom Blitze saß sie da,
eine Blume mit geknicktem Stengel,
eine Glocke mit gebrochnem Schwengel,
eine Seele, die den Abgrund sah.

Ej de net fing sie erschrocken auf.
Um den Hals warf sie die weißen Arme,
warf ihr Köpfchen an das Herz, das warme,
Schluchzen stieg aus ihrer Brust herauf,
und ihr Stöhnen zahlte schweren Kauf,
daß sich ihrer Gott und er erbarme.

Solcher Jammer schmerzt auch kalte Firne.
Und er zog die Bebende an sich,
und er neigte sich ihr minniglich,
küßte ihre marmorbleiche Stirne.
Wirr und irre braust es im Gehirne,
und er flüstert leis: „Ich liebe dich."

Und ein Schrei entfuhr ihr kurz und hell.
War es Jauchzen oder war es Weinen?
Wie verschmachtend sucht' ihr Mund den seinen,
lechzend trank sie aus des Glückes Quell.
War der Himmel nicht auf Pedonèl?
Soreghina wünscht' sich andern keinen.

Ej de net, was hast du angefangen?
Hast du an die andre nicht gedacht?
Selten hat es Nutzen eingebracht,
wenn das Pferd dem Fuhrmann durchgegangen.
Soreghina mit glühroten Wangen,
wie sie durcheinander weint und lacht!

„Ej de net, ich laß und laß dich nicht!
Sterben müßt' ich ohne meine Sonne,
leben kann ich nur in deiner Wonne,
sehen nur durch deiner Augen Licht,
hören nur, was deine Lippe spricht,
muß bei dir sein, meinem Lebensbronne."

Die Prinzessin stand am nächsten Morgen
heiter vor des Königs Angesicht.
„Du versagst mir meine Wünsche nicht,
trugst um mich schon lange stete Sorgen.
Jetzt ist deiner Tochter Glück geborgen,
wenn es, Vater, nicht dein Mund zerbricht.

Einen Fürstensohn aus fernem Land
hab' ich mir als Bräutigam gefunden.
Unsre Herzen sind schon fest verbunden,
binden soll uns ewig auch die Hand.
Gibst du mir dein Ja, bin ich genannt
Gattin Ej de nets nach kurzen Stunden."

Finster blickend sprach zu ihr der König:
„Wie, du töricht Ding, was fällt dir ein?
Solch ein Wesen schwach und fadenfein
taugt für eine Heirat wahrlich wenig.
Einem Manne bist du untertänig,
der dein Vater ist, und der sagt nein!"

Soreghina wurde totenbleich,
und es schlossen sich die Augenlider.
Kraftlos sank sie auf den Boden nieder
wie das Opfer unterm Mörderstreich.
Um den Leibarzt lief man allsogleich,
dieser riß ihr Gürtel auf und Mieder.

„König, sage mir, was ist geschehen?
Solche Ohnmacht sah ich wahrlich nie."
Und der König sagte, was und wie.
„Willst du deine Tochter sterben sehen,
bleib nur fest bei deinem Worte stehen,
und der Herzenskummer tötet sie."

Freude macht gesund, wie Kummer krank.
Nach drei Tagen standen alle beide
vor des Königs Thron. In sel'ger Freude
sagte sie dem Vater heißen Dank.
Soreghina saß beim Hochzeitstrank,
wähnte sich gefeit vor allem Leide.

Der Fannesbote

Wo am sonnigsten die Seite war
und die Mulde offen gegen Süden,
von den scharfen Winden ganz gemieden,
sieben Wochen Winter nur im Jahr,
rein die Luft, die Quelle wunderklar,
stand ein Häuschen in der Berge Frieden.

Neu erbaut aus duft'gem Zirbenholz,
an den Fenstern blühten Blumentöpfe,
glatt gedreht die Säulchen und die Knöpfe,
reich geschnitzt Gezimmer und Gebolz.
Oben kreuzten sich am Giebel stolz
überm Dach zwei braune Pferdeköpfe.

Hier seit sieben Monden wohnten sie,
Ej de net und Soreghina, friedlich.
Ei, wie hielt sie alles nett und niedlich!
Was die Hausfrau soll, vergaß sie nie.
Bis zum Abend von der Morgenfrüh
lachte sie und sang sie unermüdlich.

Ej de net ging munter auf die Jagd,
schnellen Gemsen nach und schlanken Rehen.
„Soreghina muß sich Felle nähen,
daß sie nächtlich nicht die Kälte plagt",
hatte lächelnd er zu ihr gesagt,
wollt' ihr schalkhaft in die Augen sehen.

„Böser lieber Mann, ach, red nicht so!
Geh du lieber in den Wald zu jagen,
statt daheim die kleine Frau zu plagen.
Ging er wirklich fort? Wo ist er, wo?"
Soreghina war erst wieder froh,
wenn sie sah sein Haupt im Tore ragen.

A. Rott

Sieben Monde – und der Frühling kam,
Vögel sangen, Herdenglocken klangen,
außerm Zaun die muntern Zicklein sprangen,
und der Garten blühte wundersam.
Schwalben plauderten am Söllertram –
und es kam ein fremder Mann gegangen.

„Wohnt in diesem Haus nicht Ej de net?"
„Eben ging er in die Buchenhalde.
Setz dich auf die Bank, er kommt schon balde."
Und sie stellte ihm aufs Fensterbrett
eine Schüssel Milch, gar süß und fett,
bis der Gatte heimkehr' aus dem Walde.

„Ej de net, da drinnen sitzt ein Mann,
wartet deiner eine halbe Stunde.
Seiner Absicht hab' ich keine Kunde,
weil ich nichts von ihm erfragen kann.
Denn so oft zu forschen ich begann,
hatt' er schon den Schüsselrand am Munde."

Ej de net trat in die Stubentür,
auf der Schwelle stand er wie gefroren,
Röte stieg ihm auf bis in die Ohren,
und er brachte kaum das Wort herfür:
„Gott im Himmel, ach' wen seh' ich hier?
Werden alte Zeiten neu geboren?"

Und er drückte seine braune Hand.
„Alter Freund, wie führten dich die Wege
über Jägersteig und Fischerstege
her zu mir aus deinem schönen Land?
Und wie kam es, daß dein Auge fand
meinen Aufenthalt im Waldgehege?"

Lächelnd sprach der Fannesmann: „Nun ja,
lange mußt' ich gehn und lange fragen,
bis mir jemand wußte anzusagen,
daß der ferne Ej de net so nah.
Doch nun bin ich also glücklich da,
grüßen meinen Freund aus schönen Tagen."

In die Stube Soreghina trat.
Eine Frau hat vielerlei zu schaffen;
Ohren sind ihr Schild und Augen Waffen,
und hier bricht der Knopf und dort die Naht.
Sorgen muß sie stets mit Rat und Tat,
daß nicht Flecke sind und Risse klaffen.

„Sora, sieh, wir haben einen Gast,
und du schaffst ihm wohl ein Abendessen,
sollst dabei den Wein auch nicht vergessen,
bring das Beste, das du irgend hast.
Stärkung nach der langen Reise Last
sei ihm gut und reichlich zugemessen."

„Ja, o ja, mein Schatz, ich geh' sogleich,
sorgen für die Küche und den Keller;
und ich bring' euch Becher und auch Teller,
daß die Mahlzeit werde gut und reich;
laß euch Männer bleiben unter euch,
so vergehen euch die Stunden schneller."

Sprach der Bote: „Wer ist diese Frau?
Vornehm scheint sie und von guten Sitten."
Lächelnd Ej de net: „Ich muß dich bitten,
ohne Argwohn auf uns beide schau.
Und was ich dir jetzt hier anvertrau',
sag in deiner Heimat keinem Dritten.

Soreghina heißt das gute Ding,
Tochter aus dem edelsten Geschlechte.
Meine Frau ist sie nach allem Rechte.
Was sie für mich tat, ist nicht gering.
Und wenn ich mein Herz zu ihr nicht zwing',
bin ich wohl der elendste der Knechte."

Sinnend schaut der andre auf den Tisch,
staunend ob des Sprechers düstrer Miene.
War denn dies noch Ej de net, der kühne?
Warum blickt sein Auge nicht mehr frisch?
Seiner Worte wundersam Gemisch
scheint, als ob es zum Verbergen diene.

Ej de net nahm wiederum das Wort:
„Dir erscheint wohl meine Rede wirre.
Hör die Wahrheit! Lange ging ich irre,
als ich damals zog von Fannes fort.

Und ich kam zuletzt an diesen Ort,
und hier griff mich an der Tod, der dürre.

Dort an der Rodella stürzt' ich ab,
ganz zerschlagen lag ich auf der Wiese,
und entrissen hat mich dieser süße
gute Rettungsengel noch dem Grab.
Die mich neu dem Leben wiedergab,
Schande wär es, wenn ich sie verließe."

Schweigend saßen beide lange Zeit.
Soreghina hieß die Männer essen,
ordnete die Küche unterdessen,
doch Alleinsein schien ihr Ewigkeit.
In der Stube nadelt sie am Kleid,
und es scheint, sie hat den Schlaf vergessen.

„Soreghina", sagte Ej de net,
„sieh, den Firn der Marmoleda malen
rosenrot die letzten Sonnenstrahlen,
und mein Herzenskindlein muß ins Bett.
Scheint denn meiner kleinen Frau, es hätt'
unser Stundenglas heut keine Zahlen?

Soreghina lächelte nur fein.
„Meine Sonne hab' ich hier im Zimmer,
und der anderen bedarf ich nimmer,
ich bin Tag und Nacht im Sonnenschein;
und es scheucht den Schlaf vom Auge mein
deiner lieben Sonnenaugen Schimmer."

Doch er nahm sie auf den starken Arm.
„Nein, ich muß mein Herz ins Nestchen tragen,
denn wir dürfen's nicht zu lange wagen,
oder morgen gibt es Not und Harm."
Und er gab ihr einen Kuß so warm,
daß sie nicht ein Wörtlein konnte sagen.

Legt' sie sachte auf die Liegestatt,
ihr zur Seite saß er eine Weile;
aber dann erhob er sich in Eile.
„Ich muß gehen, ich vergesse glatt,
was man einem Gast zu leisten hat,
wenn ich hier dein Plätzchen länger teile.

Schlafe, Herzchen, schlaf! Ich geh' hinab,
muß ein wenig plaudern mit dem Alten,
denn er läßt sich nicht bis morgen halten,
heute nimmt er noch den Wanderstab.
Wenn ich ihn ein Stück begleitet hab',
kehr' ich wieder, meiner Frau zu walten."

Abschied

Wieder saßen beide Männer still
an der Stube Tisch sich gegenüber.
Mancher Blick sprang zu dem andern über,
zirpen hörte man die Küchengrill'.
Weißt du auch, was einer wissen will,
wartest du doch auf das Fragen lieber.

Ej de net fing endlich langsam an:
„Sag, wie steht es jetzt im Fannesreiche?
Ist noch seine Herrlichkeit die gleiche?
Weißt, man hat an mir nicht recht getan.
Bleibt der König noch in seinem Wahn,
daß sein Haupt bis in die Wolken reiche?"

„Unser König, ja, hoch sitzt er noch
wie der Lagatshò auf seinem Throne.
Steinreich ward er zu verdientem Lohne,
und er überschaut das Land vom Joch.
Seines Reiches Herrlichkeit jedoch
ist so dürr wie seine Zackenkrone."

„So? Wie ging die Schlacht auf Prelonghjè
damals mit dem König der Kajuten?
Mußten viele Fanneskrieger bluten?
Ging es nicht mehr so wie vor und eh?
Denn ich saß auf Störes in der Näh',
doch die Zeichen schienen keine guten."

„Ach, auf Prelonghjè, da ging es schlecht.
Anfangs schienen wir doch Sieg zu haben,
aber Unheil krächzten schwarze Raben,
was sie meinten, war für uns nicht recht.

Und wir unterlagen im Gefecht,
mußten laufen wie die Prügelknaben."

„Doch wie war dies möglich? Kämpfte nicht,
die sonst immer half in allen Schlachten,
daß die Speere brachen, Schilde krachten,
wie wenn Windsbraut Lärchenstämme bricht?
War sie nicht, vor deren Angesicht
Männerreihen fliehend Umkehr machten?"

„Die du meinst, ja – nein, sie tat nicht mit.
Schwarze Raben flogen in der Nähe,
schwarz ward auch ihr Kleid, das weiße, jähe,
als sie morgens aus dem Schlosse ritt.
Und von dort an kam mit raschem Schritt
über Land und Volk das große Wehe."

„Und warum denn holte man nicht mich?
War des Königs Stolz noch nicht gebrochen?
Steckt er denn so tief in seinen Knochen?
Und um den zu schicken schämt er sich,
der ihm Hilfe brächte sicherlich!
Ist ihm keine Reue angekrochen?"

„Nein, der König, der wird nicht mehr weich.
Vor dem Kampfe war er schon verschwunden,
und kein Sucher hat ihn mehr gefunden,
den Verräter an dem eignen Reich.
Tot der Feldherr unter Stoß und Streich,
und der Prinz war jämmerlich zerschunden."

„Aber Dolasilla?" – „Ej de net,
sag mir doch, wie du dich jetzt befindest.
Hier im schönen Heim, da überwindest
du das andre wohl, hier hast du's nett!
Und die liebe Frau dazu – ich wett',
daß du mir nun Herzensfreuden kündest."

Unbeweglich vor dem Tische saß
Ej de net mit festgeschloßnem Munde;
doch die düstren Blicke gaben Kunde,
was der Edle nimmermehr vergaß.
Wenn man richtig in den Zügen las,
schmerzt' ihn wieder eine alte Wunde.

Stiller wurde seiner Stimme Ton.
„Freund, mich quälen deine treuen Augen,
wecken mir Gedanken, die nicht taugen,
denn sie sprechen dem Gewissen hohn.
Arg zerfressen ist mein Innres schon
von geheimer Zwiste scharfen Laugen.

Meine Soreghina schätz' ich sehr.
Lieb ist sie und zart, ihr Herz voll Güte.
Aber zwiegeteilt ist mein Gemüte,
lieb ist nur mein Mund, mein Herz ist leer.
Ach, wie bin ich schlecht! Ich wollt' ich wär'
nur ein Knecht von mindestem Geblüte!"

Auf die Fäuste stützt' er schwer das Haupt.
„Und ich bring' sie nicht mehr aus dem Sinne!
Eingegraben steht ihr Bild darinne;
die Erinnrung ist wie festgeschraubt.
Flemmes hat die Ruhe mir geraubt,
und in Fosses packte mich die Minne.

Steht sie doch vor mir noch heute klar,
schön und schlank auf ihrem weißen Pferde,
hoch den Kopf und kraftvoll die Gebärde,
wie sie auf dem Feld von Flemmes war,
herrlich ragend in der Krieger Schar,
und die Waffen fielen mir zur Erde.

Heut noch fühl' ich ihren Atem warm,
wie auf Krippes, da ihr Zelter scheute,
und er warf sie ab. Als Friedensbeute
lag die Heldenjungfrau mir im Arm.
Dolasilla – mich verzehrt der Harm,
Himmelssehnsucht ist sie mir noch heute."

Zuckend tat der Bote einen Blick
nach der Tür. – Es ist ja nichts gewesen!
Nur das Kätzchen reibt sich gern am Besen,
wenn er rutscht, so rennt es rasch zurück
und miaut auch wohl ein Freudenstück,
daß es gut aus der Gefahr gewesen.

Doch der Bote hob sich von der Bank.
„Ej de net, nun muß ich aber gehen.

Mög' der Wind den Kummer dir verwehen,
heil' der Himmel deines Herzens Krank.
Gebe Gott dir Rast und Speis und Trank,
lass' er mich dich froher wiedersehen!"

„Wart, ich weise dir den rechten Weg,
und ein Stück begleit' ich dich noch gerne.
Neumond ist, der Himmel ohne Sterne,
rauh der Bergpfad, schmal der Wassersteg.
Wie ich meine Hand in deine leg,
wolle Gott dich führen in der Ferne."

Schweigend ging es in die stumme Nacht.
Niemand sprach als nur der Tutsch im Walde (94)
und der Buhin an der Felsenhalde. (95)
Viel gesprochen ist nicht viel gedacht.
Rauch und Rede, die der Wind gebracht,
kommen reichlich und verwehen balde.

„Ej de net, kehr um!" so sprach der Bot',
„Denn es geht schon an die dritte Wache.
Schlag dir aus dem Kopf die ganze Sache,
überflüssig ist die Herzensnot.
Deine Dolasilla liegt schon tot
vierthalb Jahr' am Valparolabache.

Lebe wohl!" Der Fannesmann entwand
dem Begleiter sich mit raschen Schritten.
Diesem war das Herz entzweigeschnitten,
und daß er zurück zum Hause fand,
half ihm heute wenig der Verstand.
Dieser hatte schwere Not gelitten.

In der dunklen Stube stand er lang,
starrte durch das Fenster in die Leere.
Auf dem Herzen lag ihm Zentnerschwere,
und ihm wurde im Gewissen bang.
Stöhnen sich der breiten Brust entrang,
dumpf' als ob auf ihr ein Felsblock wäre.

„Schäm dich vor dir selber, schäme dich!
Ungetreu in Worten und Gedanken,
treulos deiner reinen spiegelblanken
Gattin, die dich liebt so inniglich.
Wenn sie's wüßte, oh, sie grämte sich,
und zu Tode würde sie erkranken."

An die Stirne schlug er mit der Faust.
„Bin ich denn ein Schuft und nicht ein Ritter?
Weh, da drinnen tobt ein Ungewitter,
meine Sinne wanken wie berauscht.
Hätte Soreghina mich belauscht,
ach, wie wär' es für uns beide bitter.

Gott sei Dank, sie liegt in tiefem Schlaf,
und sie träumt von mir wohl süße Träume,
und ihr Herz durchfliegt die Blumenräume,
wo sie ihren Ej de net einst traf;
Oh, sie mühte sich so lieb und brav –
daß sie keinen Dienst an mir versäume.

Ja, ich will in ihre Kammer gehen,
und ich will ihr liebes Antlitz schauen,
will mit Tränen ihre Stirn betauen,
und ich will ihr lächelnd Mündlein seh'n
Ej de net und Soreghina schön
wollen sich das Glück aufs neue bauen."

Die Mitternacht

Schlafen wollte sie und konnte nicht.
Wie soll Soreghina schlafen können?
Hört doch einen Mädchennamen nennen,
der ihr wie ein Pfeil das Herz durchsticht.
„Wer ist die, von der mein Gatte spricht?
Könnt' ich nur die Worte besser trennen!"

Und die Worte wurden minder laut.
„Was sie reden, soll ich wohl nicht hören,
und man spricht von mir, das kann ich schwören.
Was er wohl dem Fremden anvertraut?"
Und ihr wird zumute wie der Braut,
die sich läßt von Liebeszweifeln stören.

A. Morlang

Sachte steht sie auf und schleicht hinab,
lauschend steht sie an der Stubentüre,
daß der Männer Rede sie erführe,
wie das eine Wort das andre gab.
Ach, sie sah in ihres Glückes Grab,
und ihr war, als ob der Schlag sie rühre.

Leiser Angstruf quoll aus tiefem Weh.
Soreghina meinte zu ersticken.
In der Stube hört sie Stühle rücken,
und sie flieht wie ein gehetztes Reh,
das sich im Gemach der Tannenfee
zitternd birgt vor der Verfolger Blicken.

Droben lehnt sie an der Kammerwand,
fürchtend, daß sie sonst zu Boden sinke.
Wie gebrochen hängt herab die Linke,
und das Antlitz birgt die andre Hand,
bis ihr mählich das Bewußtsein schwand,
wie wenn Tag im Finstermeer ertrinke.

So kam Ej de net um Mitternacht,
öffnete die Kammertüre leise,
daß er sie dem Schlummer nicht entreiße,
wie's der Vater bei dem Kinde macht.
Etwas Weiches, Schweres sinkt ihm sacht
in den Arm auf unerklärte Weise.

Ein Erschaudern faßte kalt den Mann.
„Soreghina, bist du nicht im Bette? –
Wenn sie wirklich nicht geschlafen hätte –
Bist du wieder auf? Seit wann, seit wann?"
Keine Antwort jene geben kann,
die der Tod umschlang mit kalter Kette.

Eines Neumonds zwölfte Stunde macht,
daß die Seele sich dem Leib entbindet.
Wenn die dunkle Mitternacht sie findet
schlaflos, ist es ihre letzte Nacht.
Dorthin hat die Mutter sie gebracht,
wo die Sonne nie mehr ihr verschwindet.

Armer Ej de net, nun tröst' dich Gott!
Kehr in deine Pregajannis wieder;
dort am blauen Meere laß dich nieder,
hier begrab des Herzens Glück und Not.
Was du hier geliebt, ist alles tot,
und der Bergwind summt nur Sterbelieder.

Auf der Einarm-Insel

Den Vater ging der Adlerprinz zu suchen
ins Tal der Buchen.
Dann stieg er aus dem Tal
hinüber durch Falzares bis zum Averal.
Doch allemal
schien ihm den Weg die Hexe zu verfluchen.

In Felsgebirg und Wald und Wiesenflur
nicht eine Spur
zu sehen, nicht zu hören
ein Laut vom Vater. Kroch er in die Krummholzföhren,
um zu betören
des Suchers Aug und Ohr? Wo ist er nur?

Er stieg bis an den Fuß der Felsenwände,
wo er ihn fände.
Nun stand er spähend da,
wo einst der Flammenadler seinen Vater sah;
und wieder nah
war der dem Sohne nach des Vaters Ende.

„Wen suchst du hier und wen erwartest du?
Ich schau dir zu
schon eine gute Stunde.
Was spähen deine Augen durch die weite Runde?
So gib mir Kunde,
was läßt dem Fuß und Auge keine Ruh?"

„Ich such' den Vater, welcher fortgegangen,
und uns in bangen
Gefahren schnöd verließ
und Tochter, Reich und Haus und Volk ins Unglück stieß.
Wie durft' er dies?
Nun sag mir, wie kann ich zu ihm gelangen."

Der König sitzt da drüben irgendwo
am Lagatshò.
Er ist zu Stein geworden,
sah den Kajutenkönig Volk und Tochter morden

durch seine Horden.
Da ward er seines Lebens nimmer froh.

Du weckst ihn nicht mehr auf, es ist vorüber.
Nun folg mir lieber,
wo du zu Hause bist.
Ich sag' dir offen ohne Lug und List:
Nicht Fannes ist
dein Ursprungsort. Ich trug dich nur hinüber.

Ja, Prinz, dein rechter Vater, der bin ich.
Ich habe dich
zu Zwillingstausch nur eben
als Pflegesohn einst dem Fanneskönig übergeben.
Weil nun sein Leben
ward vorüber, fällt sein Amt zurück an mich.

Jetzt komm, ich will dich in die Heimat bringen
auf Adlerschwingen
wohl übers blaue Meer.
Nach Fannes heimzugehen ist für dich jetzt leer;
es ist gar schwer,
Murmentenvolk zum Adlersinn zu zwingen.

Verweil auf meiner Insel eine Zeit.
Ich bin bereit,
aufs beste zu erkunden
das rechte Jahr, den rechten Tag, die rechten Stunden,
bis ich gefunden
zu deiner Rückkehr die Gelegenheit.

Im Prinzenschloß

Vom blauen Meer umfangen liegt ein Land.
Es ist genannt
die stolze Einarm-Insel,
im Kranz umspült von weißer Wogen Schaumgerinnsel.
Kein Malerpinsel
hat je so Schönes auf das Bild gebannt.

Dort blüht und singt es wie in Gottesgarten,
und von den harten

Steinklippen springen wild
die klaren Bächlein in das fette Fruchtgefild;
dort blicken mild
die stillen Seen, die auf ein Schifflein warten.

Es steht ein Schloß im kühlen Eichenhain,
umsponnen fein
von grünem Rebenlaube;
dazwischen hängt die gelbe und die blaue Traube.
Es gurrt die Taube,
der Adlerprinz führt seine Gattin ein.

Ihr Antlitz leuchtet wie die Pfirsichblüte.
Voll edler Güte
neigt sich zu ihr der Mann,
von dem sie süßen Glückes Übermaß gewann.
Ihr aber rann
die Träne schon ins Herz, ins lieber glühte.

„Du sollst ihn haben bis ins dritte Jahr.
Doch die Gefahr
wird mit dem vierten kommen,
daß dir mein Sohn aus Arm und Schloß wird weggenommen."
So sprach zur Frommen
der Flammenadler, und es wurde wahr.

Der vierte Sommer ist ins Land gegangen;
die Bäume prangen
in ihrem Blütenkleid.
Da saß am Turm die Frau, und in die Ferne weit
mit Traurigkeit
flog ihr der Blick und brachte schweres Bangen.

„Kommt nicht der Flammenadler übers Meer
im Sturm daher?
Will er ihn etwa holen,
und wird mir jetzt mein lieber Gatte weggestohlen?
Zwei glühe Kohlen,
des Adlers Augen, stechend wie der Speer."

„Wo ist dein Mann? Ich muß ihn heute haben!
Sag meinem Knaben,
jetzt ist die Stunde nah.

M. Valazza

Ein Auftrag glückverheißend mir für ihn geschah.
Wär' er nur da,
die Kunde würde Herz und Sinn ihm laben.

Die Fannes haben erst das alte Land,
sind nicht imstand,
das ganze zu erwerben,
das deinem Mann gebührt als rechtem Fanneserben
seit Königs Sterben.
Er kann es holen jetzt mit eigner Hand.

Die Augen müde von der Sonne Glasten,
saß ich, zu rasten
auf dem Nainores-Spitz.
Da schrie von unten einer wie in Aberwitz:
Verlaß den Sitz!
Soll denn zu dir hinauf ich Alter tasten?

Das war der altersgraue Bergsalvang.
Er haust schon lang
dort hinten auf der Leite
von Mezzanèt. Ich flog hinab an seine Seite,
weit aus der Weite
des Alten Stimme mir zu timper klang. (96)

Der Alte hat den Auftrag mir gegeben,
ich solle schweben
schnell übers breite Meer
und ihm den Fannesprinzen heut noch bringen her;
es eile sehr,
es sei ein Glückstag in des Prinzen Leben.

Der Lichtgott in der Jungfrau Kammer geht,
und morgen steht
des vollen Mondes Scheibe
am Himmel. Sag dem Prinzen, daß er ja beileibe
nicht Zeit vertreibe,
denn übermorgen ist es schon zu spät.

Nur einzig in der weißen Jungfrau Zeichen
sind zu erreichen
bei vollen Mondes Schein
der Dolasilla Pfeile aus dem hohlen Stein.

Ich führ' ihn ein!
Vor diesen Pfeilen muß ihm alles weichen.

Gewinnen kann er so das Fannesreich
an Größe gleich,
so wie es untertänig
an Land und Leuten war dem letzten Fanneskönig.
Ihm ist zuwenig,
was er kann haben ohne Waffenstreich.

So sagt mir heute der Salvang, der alte.
Was soll die Falte
auf deinem Angesicht?
Nun ruf mir deinen Mann und säume länger nicht,
denn sonst zerbricht
das Glück, daß er der Silberpfeile walte."

„Mein Mann ist nicht zu Hause", sprach die Frau;
„so komm und schau
nur selber, willst du trauen
dem Worte nicht. Du kannst im ganzen Schlosse schauen.
Auf ferne Auen
ging er zur Jagd und in die Berge rauh."

„Wann kommt er heim?" – „Das kann wohl Wochen währen.
Mit sieben Speeren,
so ging er gestern fort,
und sagte nicht, wie lang und nicht an welchen Ort.
Glaub meinem Wort,
er wird wohl lange nicht nach Hause kehren."

Ein Bündel warf der Adler auf den Wall.
„Ein dummer Fall!
Für unsre Fannesreise
ist hier ein Federkleid, daß er nach Adlerweise
behend und leise
mir durch die Lüfte folge überall.

Nun muß ich fort, doch werd' ich wiederkehren
und ihn belehren,
wann wieder kommt die Zeit
zum andern Male, und er halte sich bereit,
daß nicht wie heut
die Zeit verrinnt und Rechte sich verjähren."

Und wieder steht die Frau zum andernmal
und schaut zu Tal
von ihres Schlosses Zinne.
Doch daß der Vater ihren Gatten nicht gewinne,
lag ihr im Sinne.
In schlauen Mitteln wußte sie die Wahl.

Da saust der Adlerkönig durch die Lüfte
vom Felsgeklüfte
der Fannesberge her.
Den Sohn zu finden war dem Adler stark Begehr.
„Und wo ist er?
So bring ihn, daß ich ihm die Herrschaft stifte."

„Mein Mann ist krank und liegt in tiefem Schlaf,
dieweil ihn traf
des Siechtums böser Pfeil.
Jetzt nach zwei Wochen ward ihm endlich Schlaf zuteil.
Gönn ihm das Heil,
und stör ihn nicht! Er schlummert fest und brav."

„Laß mich zu ihm!" Der Prinz lag auf dem Bette
und schlief, als hätte
der Schlummer ihn gemacht
zu einem fühllos schweren Prügel über Nacht,
der nicht erwacht,
mag ihn der Adler zerren von der Stätte.

Der Schlaftrunk Dormia von Hanf und Mohn
trug ihm davon
die wachen Sinne alle.
Vor Ärger krächzt der Adler, und ihm zuckt die Kralle.
„Zum zweiten Male
sind nun verpaßt die Silberpfeile schon.

Ei, Frau, mir scheint, du treibst ein falsches Spiel.
Wag nicht zuviel!
Du wirst wohl noch verderben
den letzten Fug, die Zauberpfeile zu erwerben
dem Fanneserben;
dann ist verloren seiner Wünsche Ziel."

Es lächelt aus der Jungfrau Kammer wieder
der Lichtgott nieder;

treu wie gewohnt
steht auf der Liebeswacht, daß Störung sie verschont,
der volle Mond.
Da tönen aus dem Schlosse Klagelieder.

Im schwarzen Trauerkleid die junge Frau
voll Tränentau
steht auf des Schlosses Mauer.
Es ist, als schüttle fröstelnd sie ein kalter Schauer
der tiefsten Trauer,
und trüb ist ihrer lichten Augen Blau.

Der Adler lugte von den Mauerzinnen
mit scharfen Sinnen.
„Nun bring mir ohne List
und ohne Zaudern deinen Gatten her! Es ist
die letzte Frist,
die Dolasillapfeile zu gewinnen.“

Da schluchzte sie aus schwerer Herzensnot.
„Mein Mann ist tot!
Er starb vor wenig Tagen,
und gestern haben sie mein Glück zu Grab getragen.
Mir bleibt nur Klagen,
und täglich wein' ich mir die Augen rot.“

In Unmut schlug der Adler seine Schwingen.
„Nein, nicht gelingen
soll diesmal dein Betrug.
Jetzt geh' ich in die Gruft! Ob Wahrheit oder Lug,
wart, früh genug
hoff' ich, das Ding noch an den Tag zu bringen!“

„So komm nur!“ Beide stiegen sie hinab
ins Fürstengrab.
Den Deckel hob des Sarges
die Frau. „Da, sieh mit eigenen Augen, was ein arges
Geschick als karges
Gedenkstück mir vom lieben Gatten gab.“

Wachsbleich und still und starr lag da der Gatte,
und nur das matte
Talglichtlein täuschte vor
durchs Flackern Leben, das der Mann ja schon verlor.

Doch Aug und Ohr
nichts anderes als Todeszeichen hatte.

„Und daß er tot ist, nein, das glaub' ich nicht!"
der Adler spricht.
Mit beiden Schnabelspitzen
bohrt er ihm in den Arm. Doch mögen breite Ritzen
im Fleisch ihm sitzen,
kein Tröpflein Blut aus tiefer Wunde bricht.

Der Flammenadler spricht nach langem Schweigen:
„Ich muß mich beugen
dem traurigen Geschick.
Nun ist vorbei die Zeit, und nicht mehr kehrt zurück
das alte Glück.
Dem Tode muß sich auch ein König neigen.

Doch eines sag mir, was ich hier nicht weiß:
Was soll das Reis
wohl vom Wacholderstrauche
auf seiner Brust?" – „Ich tat nach einem frommen Brauche.
Von seinem Hauche
erhoff' ich meiner Liebe noch den Preis.

Ich brach es mir beim letzten Sonnenstrahle
am Drosseltale
mit meiner eignen Hand
mit Segensspruch und Raunen auf dem höchsten Rand
der Felsenwand,
die Menschenfuß betrat zum ersten Male.

Im Munde hielt ich es die ganze Nacht
und hab' gemacht,
daß meine Lebenskräfte
sich mischen unter des Wacholderzweiges Säfte.
Und diesen hefte
ich an die Brust dem Toten wohlbedacht.

Ich hoffe, daß aus diesem grünen Triebe
durch meine Liebe
noch ström' in seine Brust
die Hälfte meiner Lebenskraft und Lebenslust,
und wenn auch just
mir selber nur die halbe übrigbliebe."

O Frauenliebe, du bist opfergroß!
Ich fürchte bloß,
um Gutes gut zu lenken
ist allzu stark dein Fühlen und zu schwach dein Denken.
Es wird dich kränken,
gebierst du Leid für Lust aus deinem Schoß.

Das Erwachen

„Sobald der Adlersohn sein Inselnest
einmal verläßt,
wirst du ihn nimmer sehen."
So sprach zur Frau des Prinzen eine von den Feen
der Spiegelseen.
„Drum sieh dich vor und halt im Land ihn fest."

Und eh' der Adler über blaue Wogen
dahergeflogen'
erschien zum drittenmal,
da ging sie zur Kristanna in das Kräutertal (97)
um Rat und Wahl,
wie einem Unheil werde vorgebogen.

Sprach die Kristanna: „Helf', was helfen kann!
Für deinen Mann
will ich ein Mittel brauen
aus Kräutern der Gebirge und der Wasserauen,
und du kannst trauen
auf sieben Jahr' dem Visidaja-Bann." (98)

Da starb der Prinz und war nur tot zum Scheine.
Er lag im Schreine
der kühlen Fürstengruft
in Visidaja. Brauchte nur zu Lebensluft
Wacholderduft,
und Zeichen seines Lebens gab er keine.

Doch jede siebte Nacht, wenn alles schlief,
kam sie und rief
des Gatten süßen Namen
und gab den Zweig ihm in den bleichen Mund. Da kamen

dem Lungenlahmen
die Atemzüge wieder lang und tief.

Bevor der Hahn zum zweiten Male krähte,
und nie zu späte,
nahm aus des Mannes Mund
sie wieder den Wacholderzweig. Der Atem stund,
und nicht ward kund,
daß nur der Scheintod ihn umstricken täte.

Doch wie die Frau es wieder einmal macht,
da plötzlich wacht
der Tote auf im Schreine
und fährt empor. „Was ist das für ein Klang? Ich meine,
ich höre eine
der silbernen Trompeten durch die Nacht.

Das ist der Königsruf! Nun muß ich gehen.
Die Fannes stehen
schon wieder unter Wehr
und holen neues Land mit Keule, Schwert und Speer.
Was schaust du her?
Den Prinzen soll man an der Spitze sehen."

Er eilt hinauf ins Schloß, sie folgt ihm kaum.
„Sperr auf den Raum,
wo meine Waffen liegen!
Es geht zu neuen Kriegen und zu neuen Siegen.
Mir war, mir schlügen
der Fannes Schlachtenlieder in den Traum."

Verwundert schaut er auf das Wehrgehänge.
„Woher die Menge
von Flecken, Rost und Staub
an Panzer, Helm und Schwert und Spieß? Ich glaub',
mich machte taub
ein langer Schlaf für Kampf und Kriegsgesänge.

Wie lange schlief ich denn?" – „Drei Jahre sind's,
mein teurer Prinz.
Und was uns Gott gegeben,
den jungen Sproß aus deinem und aus meinem Leben –
du mußt doch heben
den Vaterarm zu Zeugschaft unsres Kinds!"

A. Rott

Ein schlafend Knäblein hob sie aus dem Kissen.
„Wie konnt' ich's wissen?"
„Zwei Jahre ist es alt,
dazu ein halbes. Sieh, wie kräftig die Gestalt.
Nur fürcht' ich halt,
du wirst dein Ebenbild an ihm vermissen.

Statt eines Armes hat er deren zwei.
Das ist doch neu!
Oh wie ich mich erbarme.
Was soll der gute Junge mit dem zweiten Arme?
Bei solchem Schwarme
von Fingern ist doch jeder Fug vorbei."

Da sprach der Adlerprinz mit frohem Lachen:
„Was kann man machen?
Im Lande überm Meer,
da laufen Männer und auch Frauen so umher,
und ungefähr
wohl bringen sie zustande ihre Sachen.

Ein Recke wird mein Sohn, der Eisen bricht.
Schild braucht er nicht;
hingegen soll er tragen
in jeder Hand ein Schwert, die Feinde zu erschlagen.
Gar schlecht behagen
wird ihnen, wenn der Meine doppelt ficht."

Der Vater mußte seine Rede enden.
Mit beiden Händen
greift in den braunen Bart
der Knabe ihm und reißt daran nicht eben zart.
Die Mutter ward
wohl Eile, solches Kosen abzuwenden.

Da rauscht es durch die Lüfte wie ein Sturm
um Saal und Turm,
und durch des Fensters Bogen,
da kam der Flammenadler jäh hereingeflogen
in Windeswogen.
Es zuckt die Frau wie unterm Tritt der Wurm.

„Ha, find' ich dich am Leben? Rasch ans Handeln!
Laß dich verwandeln

in einen Adler, Sohn.
In Fannes sind sie an der besten Arbeit schon,
den Königsthron
zu schmälern und dein Erbe zu verschandeln."

Da warf er über ihn ein Federkleid.
Noch kurze Zeit
nur sah die Frau die beiden
wie Falken in der Luft. Das war ein jähes Scheiden.
Dahin die Freuden –
Verlassen stand sie da im Witwenleid.

Die Friedensverhandlung

Schon war gegangen in das siebte Jahr
der Krieg der Fannes wider die Kajuten,
die ihnen wiederum entreißen wollten,
was doch der Fannes alte Heimat war.
Und jeden neuen Sommer kamen sie
bis an die Grenzen, aber niemals weiter.
Die tapfern Fannes warfen von den Bergen
mit blut'gen Köpfen jede neue Schar.

Im siebten Herbste kamen ihrer drei
in Königs Namen in das Land der Fannes.
Vorn der Trompeter mit der weißen Fahne,
zwölf Klafter hinter ihm die andern zwei.
„Wo sind, die herrschen über dieses Volk?
Wir sind gekommen, Frieden zu verhandeln,
und der Kajutenkönig läßt euch fragen,
was ihr und ihres Volkes Wille sei."

Am Limosattel war das Fannesding.
Da saß die Königin und auch Lujanta,
bei ihnen die drei Boten der Kajuten;
die Fanneskrieger standen rund im Ring.
Die Knaben hinter ihnen standen hoch
auf allen Steinen, ihre Hälse reckend;
die Frauen saßen auf dem grünen Hange,
und allen schien die Sache nicht gering.

„Der König bietet guten Frieden euch
und Freundschaft seines Volkes und der andern,
wenn ihr euch fürder wollt zufriedengeben
mit eures ersten Königs altem Reich,
soviel ihr habt besessen, ehe kam
der zweite König, der mit Gier und Waffen
beraubte und zerfleischte seine Nachbarn
nach Mörderart, dem Hungerwolfe gleich.

Nun ist er fort und weg, und auch sein Sohn
ist nicht mehr hier und tot die kühne Tochter,
die er zu blut'ger Männerschlacht gezwungen.
So sind die Unheilstifter jetzt davon.
Mit euch jedoch kann künftig Friede sein,
und friedlich sollt ihr euer Land behalten,
das immer euer war. Auf Konturines
mag ruhig stehn der alte Fannesthron."

So sagte laut der Älteste der drei.
Es schwiegen alle in der Fannes' Runde.
Sie schauten auf die Königin, die kluge,
und auf Lujanta, was die Antwort sei.
Doch von dem Dingstein sprach die Königin:
„So riet uns auch der König der Murmenten.
Weil er uns half, die Heimat zu gewinnen,
so stehen wir zu seinem Worte treu.

Nun frag' ich offen: Ist's auch euer Sinn,
ihr Männer und ihr Frauen unsres Volkes?
Für alle soll nicht einer nur entscheiden,
es sei zu Schaden oder zu Gewinn.
Dünkt euch nicht groß genug das alte Reich
und euer Land für euch und eure Kinder,
darin zu leben still in Fleiß und Arbeit?
Das sollt ihr sagen eurer Königin."

Da riefen viele alte Männer: „Ja!
Wir lebten drinnen ohne Not und Mangel,
und unsre Hände hatten Friedensarbeit
beim alten König, und das Glück war da."
Und auch die Frauen riefen: „Es war gut.
Die Kinder, die uns Gott und Mann gegeben,
wir sehen lieber schwitzen sie statt bluten,
wie jetzt seit vielen Jahren schon geschah."

Da sprach Lujanta: „Leute, ihr seid klug,
und klug ist auch die Mutter, war es immer,
und klug war Rat und Hilfe der Murmenten.
An unsrer Heimat haben wir genug.
Erhebt euch, Männer vom Kajutenland,
und Frieden wollen wir für immer schließen
mit euch und allen, die mit euch verbündet,
durch Wort und Handschlag ohne Lug und Trug."

Da hoben sich empor die Augen jäh.
Ein Sausen fuhr vom Fannesturm herüber.
Zwei Adler flogen nieder aus den Lüften,
auf den Parèjfels überm Limosee.
Da saß der eine, doch der andre flog
herab ins Grüne, warf von sich die Schwingen.
Der Adlerprinz drang durch des Volkes Reihen,
trat vor den Dingstein: „Was geschieht hier, he?

Kajuten seh' ich hier! Was wollen sie?
Sie stehen waffenlos mit weißer Fahne.
Sie kommen wohl, den Frieden zu erbetteln.
Ihr Wichte, seid ihr klein geworden, wie?
Ja, geht nur heim und sagt dem König dort,
er soll auf seinem Throne stille sitzen
zu Brixia und nimmer ins Gebirge
herein sich wagen, sonst bekommt er Müh'.

Bis wo das Land der Berge sich verläuft
zur Esplanèdis, das ist unser Boden, (99)
die Berge, Täler, Hänge, Fruchtgefilde,
so weit die Wolke noch die Wälder streift;
so weit der Blick vom Hohen Nuvolàl
vom Aufgang dringen mag zum Niedergange
und gegen Mittag bis ins tiefe Flachland,
allwo im Frühling schon der Weizen reift,

mein Erbe ist's von meinem Vater,
mein zweiter Vater will mir's schaffen helfen,
der droben auf der Wand. Ihr Fanneskrieger,
läßt man es uns nicht willig, nehmt die Wehr!
So weit der Dolasilla weißes Pferd
einst siegreich trabte, unser muß es werden.
Und daß er's uns zu gutem Frieden lasse,
das rat' ich dem Kajutenkönig sehr."

Die drei Gesandten standen zornig auf;
da hieß die Königin sie wieder sitzen.
„Mein Sohn, so rede dich nicht in die Hitze,
zu rasch ist deiner jungen Worte Lauf.
Sie bieten uns den Frieden gütlich an;
zu betteln nicht, sie kommen zu verhandeln.
Wir sind des Krieges müde wie die andern,
und unsres Volkes ist ein kleiner Hauf.

Sie reichen heut uns hier die Friedenshand,
und meine Meinung ist, daß wir sie nehmen.
Wir haben, was uns nötig ist zum Leben,
man läßt in Frieden uns das alte Land.
Lujanta, deine tapfre Schwester, ist
des gleichen Sinns wie ich, und einverstanden
ist auch das Volk, die Männer wie die Frauen.
Gesund das Volk, gesund ist sein Verstand."

Da sprach der Adlerprinz mit finsterm Blick:
„Die Rede, Mutter, kenn' ich schon von früher.
So sprachst du auch im Saal der Murmeltiere.
Es neu zu hören, kam ich nicht zurück.
Für dich und alle hab' ich noch ein Wort,
das brauchen die Kajuten nicht zu hören.
In einer Stunde, wenn sie wiederkommen,
sei ihnen dann verkündet ihr Geschick."

Die Boten bat die Königin ins Schloß
zu Speis und Trank beim guten Hausverwalter:
Jedoch bei Dingstein blieben all die andern,
die Kriegerschar und allen Volkes Troß.
Die Mutter sprach besänftigend zum Sohn
und auch Lujanta; beide baten innig,
daß er sich vorderhand zufriedengebe.
Doch dieser sagte, was sie sehr verdroß.

„Gar wohl versteh' ich, was die Mutter spricht,
gar wohl versteh' ich auch den Sinn der Schwester.
Lujanta ist nicht meine rechte Schwester,
und du bist meine rechte Mutter nicht.
Auch den ich Vater nannte lange Zeit,
er war nur Pflegevater, nicht der rechte.
Ob Pflegesohn, der Erbe bin ich dennoch,
und auf die Erbschaft leist' ich nicht Verzicht.

So schaut nur übern See zur Felsenwand!
Mein wahrer Vater sitzt am Gipfel droben.
Mit diesem hat man einen Bund geschlossen
am Hohen Nuvolal seit langer Hand.
Ich kam hieher zu rechtem Zwillingstausch,
die beiden Väter haben sich versprochen,
wie groß der eine werde auch der andre,
und mein muß werden all der Berge Land."

Von seiner Linken riß der Prinz das Schwert.
„Nun ruf ich dich, mein Bundesfreund und Vater!
Bin ich im Recht und willst du Recht mir schaffen,
so zeig es, daß dies Volk es sieht und hört!"
Da steigt der Adler auf vom Fels Parèj
mit breiten Schwingen und mit scharfem Schreie,
zieht überm Dinge drei gewalt'ge Kreise.
So war Verspruch und Zeichen wohl gewährt.

Es staunt das Volk, der Prinz springt auf den Stein.
„Und wer zu mir steht von den Fanneskriegern,
der heb' den Speer!" Und sieben Speere stiegen
zur Höhe aus der Fanneskrieger Reihn.
Die sieben Edlen waren's, die am Schild
den weißen Stern der Dolasilla führten,
die sieben Führer in den sieben Kriegen,
an Geltung groß, wenn auch an Zahl nur klein.

Um jeden scharte sich der siebte Teil
des Fannesheeres, und es stiegen aufwärts
die Speere alle wie die Eschentriebe
rund um den Stamm, und alle riefen: „Heil!
Dem Prinzen Heil und Heil dem Fannesreich."
Gewaltig rauhe Männerstimmen hallten,
gewaltig breite Eisenschilde dröhnten,
wie wenn in Felsen kracht der Donnerkeil.

Die Knaben auf den Steinen jauchzten laut,
die Mädchen klatschten Beifall ihren Burschen;
doch schweigend stand manch altersgrauer Krieger,
und manche Mutter seufzte, manche Braut.
Lujanta wurde rot, die Mutter bleich;
sie blickten traurig auf den stolzen Prinzen,
der ihnen für jahrzehntelange Treue
zuletzt so wenig Treue zugetraut.

Die drei Kajutenboten rief man her.
„Nun, habt ihr eines Bessern euch besonnen?" –
„Ist euch zuwenig, was wir euch geboten,
wir wollen gütig sein und bieten mehr.
Und euer sei das Land vom Schlichtenberg
nach Ellina und bis zum Peitlerkofel,
bis zum Sausunder und zur breiten Sella,
zum Averàl entlang den Berg Ursèr."

Der stolze Adlerprinz lacht höhnisch auf.
„Und wo ist Flemmes, wo ich erstmals kämpfte?
Wo Agordo, wo wir euch gründlich schlugen?
Ich mein', ihr gebt uns noch verschiednes drauf.
Kadùbrien, die Platten von Lastòj,
Auròna und das Tal der Severìna,
wo wir das Raubvolk der Trusaner warfen –
Mein Reich wird größer als des Schwertes Knauf!

Von dort, wo nah der kalten Mitternacht
das Land die blauen Munts da vedro marken,
bis Mittag, wo die breite Esplanèdis
die Landmark zwischen Meer und Bergen macht –
von Abend, wo die weite grüne Alp (100)
der breite Schlern vom tiefen Tale scheidet,
bis dort, wo hinter den drei hohen Zinten (101)
die Sonne morgens aus dem Schlaf erwacht –

so hat der tote Vater ausgezeigt,
und der noch lebt, der hat es ihm versprochen.
Das Königswort wird nimmermehr gebrochen,
noch niemals hat sich Adlersinn gebeugt.
Wir betteln nichts von einem fremden Volk,
dem nichts gehört als das, was wir ihm lassen!
Das mögt ihr eurem alten König sagen.
Vielleicht, daß auch noch er vom Throne steigt."

Die Fanneskrieger schauten trotzig drein,
und ihre Fäuste griffen an die Waffen.
Die Boten standen auf mit finstern Mienen.
„So muß der Friede hier begraben sein!
Wir gehen heim in unser Vaterland,
doch werden wir im Frühjahr wiederkommen,
und nicht mehr nur zu dreien. Auf den Schilden
wird dann gewürfelt über Mein und Dein."

„Kommt nur, kommt nur, und wir sind gern beim Spiel!
Wir rechnen einen Mann für fünf Kajuten,
und eine Frau für drei und einen Knaben
für euer einen – das ist nicht zuviel.
Und reicht das nicht, so kommt wohl noch dazu
ein ganzes Volk von starken Bundesbrüdern.
Die Adler ruf' ich übers Meer herüber,
mein Vater bringt sie heut noch, wenn ich will."

Furčia dai Fers – Fanes.

A. Morlang

Und wieder zog der Adler seinen Kreis
wie schützend über Volk und Land von Fannes;
dann flog er südwärts über die Tofanen,
als wollt' er Willen zeigen nach Geheiß.
Die drei Kajuten gingen schweigend fort,
der Fannes Kriegsruf bliesen die Trompeten,
der Fannes Schlachtlied sangen hundert Kehlen,
doch von den Felsen klang ein Wimmern leis.

Da rief der Prinz mit Kraft. „Ihr Mannen, hört!
Von euren Schilden tilgt das blöde Wappen;
der Adler muß hinauf, wie wir ihn hatten,
eh' die Murmenten unsern Glanz zerstört.
Nur mit den Adlern ist und bleibt der Bund,
und wer da zagt, soll in die Löcher kriechen
und tändle mit den Katzen! Weiber zagen,
doch Männermut wird nicht durch Angst betört."

Die Mutter und Lujanta gingen still
hinauf zur alten Burg auf Konturìnes.
„O weh, nun ist der Untergang besiegelt,
weil sich des Prinzen Sinn nicht beugen will.
Jetzt kommt es, wie der weiße König sprach:
Was Vaters Geiz verdarb zum ersten Male,
verdirbt des Sohnes Stolz zum zweiten Male –"
Es pfiff ein Murmeltier vom Felsen schrill.

Der Untergang

Übers Wülpenfeld rannten (102)
vier Rudel Wölfe,
zwischen weißen Zähnen
die roten Zungen.
Sie trabten über die Brücke
von Travennanzes
durch die Bulpiglaja,
Blut begehrend.

Die Behenden alle
vom Andrinertale,
von Kadòber die Kühnen
zum Kampfe der Männer,
luchsäugig liefen
die Lastojeres
vom Plattenberg,
dazu Pelegeten.
Das waren vier,
die fünften aber
scharfer Schäferhunde
die Schar von Gelau. (103)

Kajutische Löwen
lellten von der Lodsha, (104)
Helm und Harnisch
aus hellem Erz;
sie lohten gelb,
sie leuchteten glüh,
und es blitzten blau
die blanken Waffen.
Es brannte der Berg
von Brünnen und Helmen,
es stob der Staub
von stampfenden Tritten.

Von Olagun ritten sie
auf Rossen ohne Sattel
über die Furkel
fliegende Reiter
ins lange Rautal
racheschnaubend.

Sebàterbär brummte,
er hob die Pranken
herein durchs Tal,
die Tiefe querend,
durch den Plajeswald
zu den Pares hinauf
in die waldigen Wiesen
am Wengener Joche,
harrte den Abend
auf herbe Arbeit.

„Auf, ihr Mannen,
der Morgen graut,
Tautropfen flimmern,
der Tag bricht an.
Hör' Hunde bellen,
hör' heulen Wölfe,
hör brüllen den Löwen
und brummen den Bär.

Erwacht' ihr Mannen,
die Waffen ergreift,
das Schwert schnallt um,
den Schild werft über,
an den Hals den Bogen,
in die Hand den Spieß,
ihr Jäger von Fannes,
wir fahren auf Jagd!

Wir würgen den Hund,
wir hauen den Wolf,
wir latzen den Löwen
und lähmen den Bär. (105)
Die Wiesen räumen wir,
den Wald säubern wir,
vor nahender Nacht
wird nicht gerastet."

Den Königsruf sangen
die Silberhörner,

und vielfach hallten
die hohen Felsen,
neunmal gellend.
Es glühten die Berge,
und sieben Scharen
schritten zum Streit.

Die Schlacht in Fannes

In den Boden von Fannes
die Bulpiglaja
spie Speere aus,
die Spitzen strahlten.
Aus der Lodsha gähnten
Löwenrachen,
das breite Gebirge
gebar Krieger.

Von Lavinòres
zum Lodshahügel
zogen die andern
Eisenketten.
Schild und Speer
an Schild und Speer,
die Krieger von Fannes
mit krampfenden Fäusten.

Zischende Strahlen
zuckten vom Bogen,
Blitze warfen
bleckende Waffen.
Die Schwerter schufen
rote Scharten,
sie schnitten das Erz,
sie schürften das Erch. (106)

Die kluge Königin
hinter dem Kampfplatz
rief in die Frauen
rettenden Rat:
„In den Löchern des Berges
bergt eure Kinder,
vor Schand und Schaden
schirmt euch selber!

In die Gräben hinein,
in die Gänge hinein,
bei den Murmenten
müssen wir warten.
Die Männer werden
wehren dem Feinde,
des Himmels Hilfe
holen wir Frauen."

Lujanta eilte
alle mahnend,
zu folgen der Mutter.
Der Männer Kraft,
der Frauen Klugheit
müssen sich freunden.

„Nicht sollst du uns lehren
verlassen die Männer,
in sichere Gänge
nicht gehen uns heißen.
Lechzende laben,
lindern die Wunden,
das wollen wir Frauen.
Wir fürchten uns nicht!"

„So kommt doch ihr,
die ihr Kinder traget
an Brust und Arm
und unter dem Herzen.
Gedenket der Liebe,
das Leben schonet,
rettet die Sprossen
des späteren Stammes."

Nicht in die Gänge
wollten sie gehen,
an den Fuß der Stiga
stiegen sie hinauf
die mit den Kleinen,
die mit den Kindern,

das Geschick der Männer
zu schauen von oben.

Ob Lek Paròm
lagen sie bebend,
hörten des Kampfes
krachenden Hall.
Mit Augen staunend,
mit Ohren lauschend
zagten die Kinder,
die Mütter zuckten,
wenn wildes Geschrei
die Horchenden schreckte.

Die anderen Frauen
unten in Fannes
hinter den Starken
standen sie mutig.
Beherzte Maide
mahnten die Burschen,
zu schlagen die Schlacht,
zu schwenden den Feind.

Leichtfüßige Knaben
liefen dazwischen,
hoben Helme,
holten Pfeile,
lieferten wieder
verlorene Waffen,
trugen Kunde
den Kämpfenden zu.

Unmüßig mühten sich
muntere Mädchen,
trugen Wasser,
die Wunden zu waschen,
trugen Binden,
zu binden die Wunden,
Brote und Wein,
zu warten der Krieger.

Speere brachen,
es barsten Schilde,
sausenden Sang
sangen die Schwerter.
Grausige Löcher
die Lanzen bohrten,
aus roten Brunnen
brach das Blut.

Neue Scharen
schickte die Lodsha,
der breite Berg,
die Bulpiglaja.
Lücken wurden
den Leuten von Fannes,
der Dränger waren
dreimal zuviel.

Nach Adlerart flog
von oben nach unten,
von links nach rechts
durch die Reihen der Fannes
auf dampfendem Rosse
rastlos der Prinz.
Wo Feinde drängten,
fuhr er drein.

„Zieht enger die Reihen,
zieht fester die Kette,
die Löcher verkeilt,
laßt keinen herein!"
Da scholl Geschrei
des Schreckens herüber
von den Roßhautwänden,
vom Wengener Joche.

„Hoiho, es kommen
Krieger von drüben,
Sebàter sind es,
sie sehren uns. (107)
Bringt Hilfe den Frauen,
den Frechen wehrt,
die Kinder rettet
vom Rachen des Bären!"

Der streitbaren Männer
stürmte ein Teil

vom Fannesboden
zum Fuß der Stiga,
die Frauen zu schirmen,
zu schützen die Kinder,
zu jagen die Feinde
vom Fannesjoch.

„Zurück die Reihen
zum Rande des Limosees,
zu lang ist die Zeile,
zu lützel die Zahl!" (108)
Die mutigen Frauen,
die frischen Maide,
sie ließen nicht leer
die Lücken der Männer.

Die Wackernen nahmen
die Waffen der Toten,
mit männlichem Mute
machten sie Mauer,
und eitel brach sich
der Prall der Feinde.
Drei Feinde wehrte
ein Fannesweib,
die kecken Knaben
kämpften mit Steinen.

Am Joch von Fannes
johlten die Krieger
am Sattelsee,
am See Paròm.
Da stampften Rosse
im Rücken von beiden,
die üblen Reiter
von Olagun.

Vom Kofel rief
der Kajutenführer
durch hohle Hände
hohn dem Prinzen:
„Ei, Prinz, wann bringst du
die Brüder des Bundes?
Statt Hennen und Gänse
heiß helfen die Geier,
doch mußt du dich sputen,
sonst wird es zu spät."

Der Einarm sprang
zur Erde vom Sattel,
er schäumte vor Zorn,
die Zähne knirschten.
„Ihr elende Hunde,
höhnen wollt ihr?
Mit solchem Geschmeiß
schaff' ich's alleine!
Zu Fuße fecht' ich,
ihr Feigen, mit euch,
mit einer Faust
und einem Volk."

Dem Rosse stieß er
den Stahl in die Rippen,
in die Feinde stürz' er
wie Sturm und Hagel.
Und Männer und Frauen
und Mädchen und Knaben,
nicht achteten sie
aufs eigene Leben,
sie trachteten nur,
den anderen trotzig
den Tod zu bringen
auf Brust und Haupt.

Die wilden Reiter
ritten den Ritt'
die halben da hin,
die halben dort hin,
sie stürmten nach links
zum Limosattel,
sie jagten nach rechts
zum Joche von Wengen,
an beiden Flanken
zu fassen den Gegner,
die einen hüben,
die anderen drüben.

Und ein Morden ward,
es mähte der Tod
Männer und Frauen
und Mädchen und Knaben
im oberen Fannes,
am unteren Sattel.

Verzweifelt liefen
zwölf der Fannes,
wo gleich einer Schar
Schafe mit Lämmern
Frauen mit Kindern
furchtfröstelnd lagen.
Mit eigener Hand
zerhieben sie die Frauen.

„Nicht sollen den Bösen
sie Beute werden,
nicht sollen den Fremden
sie Frauen werden,
den Mördern der Männer
Mägde nicht sein!
Schwertschaden soll sie
schirmen vor Schande."

Sie warfen die Kinder,
die kleinen, wimmernden,
hinab in den See,
versehrend das Leben.
Die klagenden Kleinen
klatschten aufs Wasser,
sie tauchten unter,
sie tauchten auf,
im Taubensee schwammen
tote Tauben.

Mit harten Gesichtern
hasteten wieder
zum Töten und Sterben
in den Streit die Männer.
Zerstampft die Saaten,
der Samt der Wiesen,
purpurn von Blut
die Blumen der Auen.

Drei Spannen sank
der Sattelsee
am Nachmittage,
niedergetrunken
von dürstenden Degen.
Im Dämmer des Abends
stieg er über,
gestaut von Leichen.

Rot war worden
Lek verd, der Grünsee,
der Taubensee weiß
von toten Waislein,
die Furka rossa,
rot ist sie heut' noch
vom Fannesblute,
das damals floß.

Eines wilden Kajuten
wuchtige Keule
zerschlug des Adlersohns
einzigen Arm.
Sterbensmüd stand er
am Steine lehnend,
wehrlos, volklos,
waffenlos, freudlos.

Um Hilfe bat er,
zum Beistand rief er
den Adlervater,
die Einarmbrüder.
In letzter Stunde
zerstob sein Stolz.
Groß stirbt keiner,
jeder wird klein.

Nacht sank auf Fannes,
die Felsen erloschen,
es schienen die Sterne,
stille ward es.
Füchse liefen
aus finsteren Löchern,
Wölfe schlichen
aus waldigen Schluchten,
witterten Blut;

sie blähten die Nüstern,
schnupperten Fraß
an frischem Fleisch.

Hungrige Geier,
gierend nach Mahlzeit,
faßten kreischend
mit scharfen Krallen
Arme und Beine
und rissen und bissen
mit krummen Schnäbeln
schnappend und zerrend
an braunen Wangen,
an weißen Brüsten.
Am Taubensee schwärmten
schwarze Raben
um weiße Körper
toter Kinder.

Eine dunkle Wolke
wie Windsbraut schwebte
am nächtlichen Himmel
herab von der Höhe.
Die Adler waren's
von der Einarm-Insel.
In festen Fängen
führten sie Schwerter.
Sie kamen zu spät,
sie konnten nur wehren
von toten Resten
das Raubgetier.
Auf seinen Sohn
senkte die Schwingen
der Adlerkönig
zum Abschiedsgruß.

Der letzte Rest

Hoch reckt den Kopf
der Roßhautkofel,
nordwärts die breite Brust,
vom struppigen Nacken
streckt sich der Rücken,
und schwer hangt nieder der Schweif.

Der Sattel sitzet
in der Sege des Rückens (109)
die Scharte in der Schneide.
Da schauten leidvoll
Lujanta und Mutter
tagsüber ins Tal des Todes.

Sahen Krieger sinken,
sahen Kämpfer fallen,
Fannes und Fremde zumal;
sahen Männer und Frauen,
Maide und Kinder
erschlagen von Freund und Feind.

Die Königin rang
klagend die Hände,
still stand die Tochter
und starr;
sie sahen den Prinzen
zusammenbrechen,
verheert war Hoffnung und Heil.

In der Scharte saßen
schweigend die beiden
die ganze grausige Nacht,
verdeckten die Augen,
das Antlitz verhüllend,
verbargen das weinende Weh.

Sie hörten die Füchse,
sie hörten die Wölfe,
der Geier gierigen Schrei,
der raufenden Raben
Ruf am Paròmsee,
bis alle der Adler verscheuchte.

Untergegangen
das alte Reich,
der Fannes tapferes Volk;
verloren das Land,

A. Rott

die Leute tot,
dahin das Heldenhaus!

Und als in Fannes
der Adlerprinz fiel,
zur nämlichen Stunde starb
seine treue Gattin,
getötet vom Gram,
auf der einsamen Einarm-Insel.

Von der Marmoleda im Morgenlichte
schimmert rosig der Schnee.
Südher geflogen der Flammenadler,
auf dem Roßkopf rastet er.

Mit Augen späht er,
mit Ohren lauscht er,
den Hals reckt er hin und her.
In der Scharte sieht er
sitzen die Frauen,
Lujanta und Mutter voll Leide.

„Ich bring' euch das Kind,
den Knaben bring' ich,
den elternlosen Enkel.
Sein Vater liegt drunten,
drüben die Mutter,
beide des Lebens entbunden.

Der Fanneserbe,
erbelos ist er,
doch mutterlos soll er nicht sein.
Drei Jahre noch frommt ihm Frauenpflege,
dann kommt er in härtere Hand."

Auf den Arm den Knaben
die Königin nahm,
strich ihm den krausen Kopf.
„Du armes Kind
hast keine Eltern,
Mütterlein will ich dir werden."

Er schaute wohl fremd auf die fremde Frau
aus offenen, braunen Augen.
Dann lächelt' er und lehnte lieb
an der Königin Hals das Haupt.

„Odolges heißt
der edelste Held,
der König von Kontrin.
Sabla da feg,
Feuerschwert,
ist nun sein Name genannt.

Der kräftige Knabe,
soll kommen zu ihm,
daß er ihn ziehe in Zucht.
Nach drei Jahren
bring' ich den Jungen,
den letzten, in seine Lehre.

Ein Held soll er werden
von hohen Sinnen,
Schwert soll er führen und Schild,
soll Speere werfen,
soll spannen den Bogen,
soll reiten das rasende Roß."

„Wohin soll er reiten,
wofür soll er raufen?
Er hat nicht Heimat noch Herd,
nicht Boden soviel,
ein Bett zu legen
und niederzustellen den Stuhl."

„Und hat er nicht Haus
und Herd und Heimat,
nicht Berg noch Boden, noch Burg;
der Erbe ist er,
die Erbschaft soll er
gewinnen mit Waffengewalt."

„Was soll ihm Burg,
was Berg und Boden,
dem Fürsten ohne Volk?
Männer und Frauen,
Mädchen und Knaben,
geschwendet hat sie das Schwert."

Unwillig ward der Adlerkönig,
die Schwingen schlug er schwer.
„Wie viele noch leben,
Lujanta, sag mir,
vom früheren Fannesvolk."

„Noch sieben Frauen
sind am Leben,
wir zwei und fünfe dazu;
und vierzehn Kinder
mit diesem Kleinen,
das ist der gerettete Rest.

Sieben sind Knaben und
sieben sind Mädchen,
die anderen alle sind tot;
gemordet die Männer,
gemordet die Weiber,
gefallen das Fannesvolk."

Es schwang die Flügel
der Flammenadler
und reckte hoch den Hals.
„Ein Volk wird werden
aus vierzehn Kindern,
ein neues fürs neue Reich.

Die heilige Flamme
entfachen wir jetzo,
die blaue, auf bleckendem Stein!
Ihr waberndes Wehen
weihe das Kind
zum künftigen Retter des Reiches.

Gewinnen soll er
die weißen Pfeile,
Dolasillas Silbergeschoß.
Sie harren sein
in sicherer Höhle,
zu kämpfen den künftigen Kampf."

Dürres Reisig
raffte Lujanta
und der Spirken sparrig Geäst,
bleichen Rasens,
raufte sie Büschel,
den Holzstoß häufte sie hoch.

Dem Adler fuhr das Feuer vom Schnabel,
die Flamme flackerte auf.
Die Königin trug den Knaben ums Feuer,
sie sprach den weihenden Spruch.

Der Feuerspruch

Zunder, zünde!
Flackere, Flamme!
Glimme, gleißende Glut!
Es lecke zum Himmel
die heiße Lohe,
es wehe die Weihe
von oben, von unten auf ihn!

Vom hohen Himmel,
vom festen Felsen
komme Kraft in das Kind,
mache hoch den Mut
und heiß das Herz
und fest die Faust,
der Füße Stand wie Stein.

Wie Feuer frißt
das harte Holz,
so schwende den Feind sein Schwert.
Wie Hitze sprengt den spröden Stein,
so sprenge sein Speer
des Feindes Brünne und Brust.

Rasch wie der Rauch
flüchtend fliegt,
soll fliehen der Feind in Flucht!
Wie Asche im Winde eilend verweht,
zerstiebe in Staub
schmählich der Feinde Schar.

Tage, o Tag!
Stunde, steh!
Rufe den Retter des Reichs!
Groß ist die Stunde,
und groß ist der Tag,
der himmelhoch hebt
die gefallene Fahne von Fannes.

Die Verwüstung

Übles Werk
wirkten durch Wochen
die argen Feinde
im Fannesland.
Sie machten Berg und Boden
zur wirren Wüste,
zur wilden Alpe.

Sie rissen nieder
die Riesenmauern
der Königsburg auf Konturines,
und Palas und Tor und Turm
stürzten zerstört
in Staub und Trümmer.

In Hain und Heide
die Häuser alle,
sie fraß das Feuer
aus Frevlerhänden.
Es stürzten die Wände von Stein,
sie liegen im Land
als Lammern umher. (110)

Über den Leichen
im ganzen Gelände
hieben sie nieder
den hohen Wald.
Köstenbaum und Kirschbaum
lagen als Tote über den Toten.

Ein Scheiterhaufen
das schöne Gefild,
das fressende Feuer
fuhr hindurch.
Da lagen als Leichenbrand
von all den Kühnen
Knochen und Kohlen.

Aus den Reihen rissen sie
die Reben alle,
die Weinbergmauern
warfen sie ab,
den hohen Hang hinunter;
die Wiesen wurden
zum wüsten Gerölle.

Alles Wasser
aus Waal und Rinnsal
kehrten sie falsch
auf die frischen Felder;
von allen Äckern die Erde
schwemmten sie fort,
verschwenzend den Grund.

Die Bösen verschlossen
mit Schotter die Quellen,
machten versiegen
den Saft der Berge;
den Bächen gruben sie Brunnen,
in leere Löcher
den Lauf zu versenken.

So siehst du heute
das selige Land,
das alte Eden
als öde Alpe.
Wo Gottes Garten gewesen,
findet noch Futter
das weidende Vieh.

Die Frauen sahen
vom Sattel des Kofels
verheert die Heimat,

die Häuser zerstört.
In tränentrüber Trauer
zogen sie fort
vom Fanneslande.

Aus dem Sprung des Felsens
sproßt noch heute
wuchernd ein Wacholder
auf dem rauhen Rücken
des Roßhautkofels.

Geworden ist er
vom Wunderzweige,
den das Kind
in des Kleides Gürtel
als den einzigen Erbschatz
von Vater und Mutter mitgebracht.

Sass dla porta
im Pragastale, (111)
der Torstein ist's,
wie thront er stolz!
Es blinkt der blaue See
zu seinen Füßen
im Felsengrund.

Halb unter Wasser,
halb über Wasser
führt ein Tor
in die Tiefe des Berges.
Hinein in die hohlen Hallen
zogen sieben Frauen
mit zweimal sieben Kindern.
Sie warten, zu grüßen
den großen Tag.

Karl Staudacher

Nachwort

Der Stoff des vorliegenden Erzählgedichtes stammt aus dolomitenladinischen Volkssagen, die der Bozner Schriftsteller Karl Felix Wolff gesammelt hat.
Der Genannte hat sich im Zuge seiner völkerkundlichen Studien und Forschungen besonders eingehend mit den Südtiroler Dolomitentälern befaßt, welche die Reste der rätischen Urbevölkerung des Landes enthalten. In diesen ladinischen Dolomitentälern, besonders im Fassatale, fand er eine Fülle alter Sagen und Überlieferungen, die er von Gedenkmännern erhob und in geeigneter Fassung herausgab. Drei Bändchen Dolomitensagen, die jetzt in einem Band zusammengeschlossen sind, erschienen von ihm bei Ferrari in Bozen und erlebten mehrere Auflagen und Übersetzungen. In dieser Ausgabe ist aber die größte und großartigste nicht enthalten, die Sage vom Fannesreiche.
Die Fannessage erschien in Buchform in italienischer Übersetzung, nachdem sie in deutscher Sprache nur in einer kleinen Touristenzeitschrift erschienen war, welche jetzt nicht mehr besteht. Jene deutsche Fassung lag bei Verfassung unseres Erzählgedichtes vor.
Das Fassatal kam mit dem ganzen Deutschsüdtirol um das Jahr 600 in bajuwarische Hände. Im Jahre 1027 kam es mit dem Gau Nurichtal (Norital) unter das Hochstift (Fürstentum) Brixen und hatte den Brixner Fürstbischof bis zum Jahre 1803 in weltlicher, bis zum Jahre 1806 in geistlicher Beziehung zum Oberherrn. In dieser Zeit blühte das Eigenleben der Fassaner; denn die Bischöfe schonten und schützten dasselbe in vornehmer Weise. Diesem Umstande ist es zu verdanken, daß sich in den Dolomitentälern das Ladinische überhaupt erhalten hat, während es in den anderen Gebieten, die ehemals auch ladinisch waren, verschwunden ist.
Das war also die Blütezeit fassanischen Volks- und Geisteslebens. Die alten Sagen und Überlieferungen blieben nicht nur erhalten, sie wurden auch ausgebaut und sogar literarisch bearbeitet. Die Erzählung der Fannessage soll einen ganzen Sommertag in Anspruch genommen haben, wenn sie in den Alpenhütten vorgetragen wurde, sobald Regenwetter die Heuarbeit verhinderte. Dieselbe Sage soll auch als Schauspiel dichterisch bearbeitet gewesen sein, das dreizehn Aufzüge hatte. Wenn Wolff vermutet, dies sei unter provenzalischem Einfluß geschehen, so liegt das nicht so ferne, als man auf den ersten Blick meinen möchte. Der Provenzale und der Ladiner verstehen einander leicht, während dies zwischen Ladinern und Italienern nicht der Fall ist. Da nun die Fassaner seit alters als

Maurer und Maler viel ins Ausland gingen, so liegt nahe, daß sie eben gerade wegen der Sprachverwandtschaft mit Vorliebe nach Südfrankreich zogen, wo die Dichtkunst bekanntlich auf der Höhe stand.
Vielleicht aber ist ein anderer Weg näher. Gegen Ende des Mittelalters besaßen die Südladiner (Friaul) ihre Dichtkunst, welche offenbar durch die provenzalische entweder direkt oder über das Italienische indirekt angeregt war; und von den Südladinern werden die Dolomitenladiner gelernt haben.
Ein Enneberger erzählte mir nach dem letzten Kriege, ein Kamerad aus Fassa habe ihm gesagt: „Unsere Alten konnten halbe und ganze Stunden die alten Geschichten in Versen aufsagen." Da wird es sich wohl um jene dichterische Bearbeitung handeln, die trotz des Verschwindens der Aufschreibungen im staunenswerten Gedächtnis des Landvolkes weiterbestand.
Als zu Beginn des 19. Jahrhunderts Fassa aus dem alten Verbande gerissen wurde und andere Einflüsse sich geltend machten, verfiel dies geistige Eigenleben nach und nach. Heute wissen die Jungen wohl wenig oder nichts mehr von jenem „alten Unsinn". Wolff hatte Mühe, noch Alte aufzufinden, die ihm Bruchstücke berichten konnten, und diese widersprachen sich teilweise. Es ist ihm aber sehr gut gelungen, daraus wieder eine Einheit herzustellen; es lag ihm eben ganz richtig daran, das literarische Ganze wiederherzustellen; und so hat er die Dolomitensagen, die ihm erreichbar waren, literarisch gerettet.
Zur Fannessage selber folgendes. Sie ist ein ganzer Sagenkreis, in dem sich viele Jahrhunderte widerspiegeln. So ist es ja oft bei alten großen Volkssagen, die durch Jahrhunderte in mündlicher Überlieferung weiterlebten; man vergleiche die Nibelungensage. Die Fannessage hat ihren geschichtlichen Kern, wenn er auch stärker überwuchert erscheint, als dies in den deutschen Sagen der Fall ist. Sie zeigt auch eine Art Verwachsung deutscher und rätischer Sage. Solches sehen wir auch z. B. in der Rosengartensage, wo die rätische Laurinsage mit der germanischen Dietrichsage verwachsen erscheint. Die ladinische und die deutsche Bevölkerung vertrugen sich immer gut, es herrschte gegenseitiges Verständnis. Und so verbanden sich in unserer Sage uralte mythologische Reste mit Geschichtsresten aus dem Altertum und solchen aus dem deutschen Mittelalter zu einem Ganzen.
Im ersten Teil der Sage färben uralte Räterkriege herein, welche zwischen der Urbevölkerung der Alpentäler und den vordringenden Venetern, Galliern (Kajutes) und Etruskern (Tyrrheniern, Turrani) sich abspielten und wohl Jahrhunderte vor Christi Geburt liegen. Weiterhin erkennt man die Raubzüge des Mittelalters, die von Süden und Osten her das Alpenvieh bedrohten und gegen welche die Brixner Bischöfe in Ampezzo das Schloß Peutelstein, in Buchstein die Burgen Andraz und Rocca bruna erbauten, während in Fassa eine Schutztruppe ohne eigentliches Schloß gehalten wurde (Arimannen). Besonders im

dritten Teil ist die mittelalterliche deutsche Rechts- und Ritterauffassung unverkennbar. So schieben sich in dieser Sage – wie in der Nibelungensage – Jahrhunderte ineinander. Hiedurch ist die eigenartige Buntheit der Fannessage zu einem Teil erklärt. Den anderen Teil erklärt das Land selber, in welchem sie entstanden ist. Die Sage ist selber Dolomitenland. Diese weltabgeschiedenen Hintertäler, in welchen wilde Klammen und schmale Engen mit schönen Wiesen und Feldflächen wechseln, über denen sich weite Alpenböden dehnen mit wundervollem Blumenschmuck in fettem Grunde, darunter und dazwischen die dunklen Wälder – und aus ihnen herausragend die Kalkfelsen mit prallen Wänden, tiefen Rissen und feinen Spitzen in unglaublich phantastischer Form und Abwechslung, nie sich wiederholend, bald zartrosa im Frühlicht, bald blendend in der Mittagsonne, bald blutig im Abendscheine, feenzart im Mondlichte – bei Regenwetter aber furchtbar düster aus den Nebelfetzen herausdräuend, den Donner krachend hin- und herwerfend, mit Bergsturz und Steinschlag Tod und Verderben schleudernd – und mitten drinnen ein unverdorbenes, naturhaftes, weil naturverbundenes starkes Bergvolk, das in diesem Lande und von diesem Lande leben muß, friedlich zugleich und wehrhaft, sonnenfroh und grüblerisch. Nur aus solcher Landes- und Volksart läßt sich eine Sage erklären, die neben Lieblichkeit Urkraft, neben Schönheit Schrecken, neben Weichheit eine furchtbare Tragik bietet. Die Sage hat, mit einem Worte gesagt, Dolomitenstimmung. Wolff hat sie gut getroffen, und im Erzählgedichte war man bestrebt, sie festzuhalten.
Ein Vergleich von Wolffs Fassung mit der vorliegenden Bearbeitung würde zeigen, daß nicht bloß der ganze Stoff Wolffs bis in die Einzelheiten ausgenützt wurde, sondern daß auch viele Kleinigkeiten seiner Ausmalung als wertvolles Zierat beibehalten und ausgeführt wurden. Aus anderen Dolomitensagen wurde die Soreghinasage hineingenommen, weil sie auch hineingehört; so hat auch Wolff die Auronasage hereingezogen. Was nötig war, wurde auch aus der Moltinasage herbeigeholt. Manche von Wolff nur angedeutete Geschehnisse wurden breiter ausgeführt; verschiedene kleine Nebengestalten, die zwar dem Gang der Geschichte wenig förderlich sind, wurden als altes, oft mythologisches Sagengut beibehalten; hat doch auch die „epische Breite“ ihr Recht. Wo es die innere oder äußere Entwicklung zu fordern schien, wurden auch einige Szenen hineinerfunden.

Zur Schreibung der ladinischen Namen folgendes: Man war bestrebt, lautgerecht zu schreiben. So wurde das c als k geschrieben, weil es im echten Ladinisch auch so gesprochen wird. Die Quetschung vor (tshasa blantsha statt casa blanca) wurde nicht übernommen, weil sie zu jung ist. Die viel ältere Quetschung von e und i wurde beibehalten und lautgerecht geschrieben, mit Ausnahme jener Fälle, wo die Schreibung mit c aus den Karten allzu bekannt ist, z. B. Cima d'asta, Civetta. Der Laut sch wird sh geschrieben, damit man

nicht sk lese. Das v wurde im älteren Ladinisch scharf gesprochen wie das deutsche v = f; die weiche Aussprache ist erst später aus dem Italienischen eingedrungen. Wir schreiben einfach v, weil es beide Aussprachen zuläßt.
Nun zu den *ladinischen Namen* selbst: Wo die alte Form bekannt oder zu erraten war, wurde diese genommen. So Averal und Novolal statt Averau und Novolau, Sausunder statt Sass Songher.
Der Name Anita in Wolffs Fassung wurde durch das passendere Nünja ersetzt. Nünja wäre die ladinische Form des deutschen Nunne, das Mädchen, Jungfrau bedeutet und hier als Personenname verwendet wird.
Weiteres ergibt sich aus dem Folgenden.

Erläuterungen

Bulpiglaja und **Lanaga**. Eine Urkunde aus den Jahren 1002–04 nennt als Südgrenze der Grafschaft Pustrissa Petra sicca (Sass Songher), Petra Vanna (die Fannesspitzen), dann Bulpiglaja (das Durchbruchstal des Fannesbaches bei Peuelstein), dann Mons Lanaga (Croda d'Ancona?) und Mons Aurina (Rote Wand?).

Schnittlauchwiesen. Die großen Wiesen Armentara am Westfuß des Kreuzkofels (Roßhautkofel) nennt das deutsche Volk Schnittlauchwiesen, weil in ihnen viel wilder Schnittlauch wuchs.

Weingartstölen. Viele Tiroler Sagen berichten, daß in alten Zeiten Wachstum und Siedlung viel höher hinaufreichten als jetzt. Es sprechen Anzeichen dafür, daß dies – von der sagenhaften Übertreibung natürlich abgesehen – auch richtig ist. Daher kennt die Sage in der jetzigen Fannesalpe, die an und über der Waldgrenze liegt, Wein und Obstbau.

Övas. Der alte Name von Fassa, der bis in den Beginn des 19. Jahrhunderts üblich war. Schreibformen Evas, Evis, Eves, sogar Neves. Den gleichen Namen trägt eine Alpe im Hintergrunde des Mühlwalder Tales (Taufers, Pustertal), wo er vom Volke Övas gesprochen wird. Diese Form wird hier genommen, weil sie nicht von Schreiberwillkür beeinflußt ist, daher die richtigste sein dürfte.

Flemmes. Die jetzige Sprechform Fiammes ist offenbar eine mißverständliche Anlehnung an das ital. fiamma, Flamme, mit der es doch nichts zu tun hat. Die Urform muß Flemmes sein. Vergleiche das gleiche Wort in Fiemme (Fleims), Flimmis bei Brixen, Flims in Graubünden, Flemmadur im Eggental. In der Zosen-Alpe bei Lappach (Taufers, Pustertal) heißt eine Hochweide Flemm. So muß der Stammvokal e sein, nicht a.

Der Trommelbub. Wolffs Fragment des fassanischen Trommlerliedes lautet:

> El tamburin, el tamburin,
> 'l è 'n òmo pitshenin,
> ma sjon kontentsh
> c'ajer truvè
> el pitshe tamburin.

Der Mahder = der Mäher. So heißt beim Volk das Sternbild des Orion. Er steht breitbeinig, die Schultern ein wenig gedreht, hält die Sense schief aufrecht wie zum Wetzen. Der Gürtel des Orion ist die Sensenklinge, das Schwert des Orion der Stiel (Worp, mit dem Krickel zum Halten). Wenn der Orion morgens am Horizont steht, ist es Zeit, auf die Bergmahd zu gehen.

Hügel. Abgestorbene Alpenrosenbestände machen die Fläche voll von kleinen Hügeln, wie einen Friedhof voll Gräber. Diese sind die Standorte der abgestorbenen alten Stauden, die durch das Abwerfen der Blätter einen Humushügel bildeten.

Es ist aus der Gegend nicht zu erraten, an welcher Stelle des Konturinesberges das Fannesschloß gestanden haben soll. Vermutlich hat eine Felspartie, die einer Burgruine ähnelt, der Sage Anlaß gegeben, sich dort ein großes Schloß vorzustellen.
Zur dichterischen Form folgendes: Um der Eintönigkeit vorzubeugen, die bei der Länge des Werkes zu befürchten war, hat der Verfasser von Kapitel zu Kapitel die Metrik geändert, auch innerhalb längerer Kapitel eine kleine Abwechslung angebracht und überdies den kleineren liedartigen Einlagen wieder andere Formen gegeben. Damit hat er zwar die alte Schulregel durchbrochen, daß in einem Epos durchaus das nämliche Versmaß einzuhalten sei, er ist aber nicht der erste, der dies getan hat.
Zunächst wurden gewohnte deutsche Vers- und Strophenformen angewendet, auch solche, die zwar fremden Ursprungs, aber der deutschen Literatur schon geläufig geworden sind, z. B. Sonett und Terzine. Aus dem Griechisch-Lateinischen wurden die Distichen übernommen im Kapitel „Aurona“ und am Schluß des Ganzen, im letzteren mit Reimen versehen. Aus der altgriechischen Lyrik stammt die Strophe des Kapitels „Am Silbersee“, die Strophe im Kapitel „Die Heldin“ ist eine Chorstrophe aus Sophokles' Antigone.
Aus dem Mittelhochdeutschen stammt die Nibelungenstrophe im Kapitel „Auf Falzares“, mit einer kleinen Änderung in der siebten Halbzeile; und die Titurelstrophe des Wolfram von Eschenbach zum Kapitel „Kontrin“. Der altdeutsche Stabreim wurde in mehreren Abarten angewendet zum Kapitel „Der Untergang“. Die übrigen Vers- und Strophenformen hat sich der Verfasser selbst zurechtgelegt.
Wenn einige Wörter und Wendungen das Land verraten, in dem die Arbeit entstanden ist, so dürfen sie dies wohl tun.

Brixen, im Sommer 1937 Der Verfasser (K. St.)

Anmerkungen (K. St.)

(1) Bulpiglaja = das Durchbruchstal des Fannesbaches bei Peuelstein.
(2) Lad. Armentara.
(3) Stölen (Volkswort) = schmale Terrassen.
(4) Paròm, die Felsentaube.
(5) Spirken, Latschen, Zundern, Krummholz = Legföhre.
(6) Maddaun = Alpenliebstöckel; Meum Mutellinum; Meisterwurz = Imperatoria; Dochal = Schafgarbe, hier die wohlriechende Achillea moschata.
(7) Die dort häufigen Versteinerungen der Kassianer und Wengener Schichten aus der Trias.
(8) Rosadüra, auch Enrosadüra und rosiaja cötshna = das rote Alpenglühen.
(9) Risblankeda = das weiße Nachglühen.
(10) älteste Form des Namens Sass Songher.
(11) Wun = Weide.
(12) jetzt Averau.
(13) jetzt Novolau.
(14) Zittel = Singdrossel.
(15) Milchkar = Milchschüssel.
(16) Haiden ist der deutsche Name für Ampezzo.
(17) Splutes = Wächter (Speer, fränk. Wort n. Plangg)
(18) hillern = gellen.
(19) Das Land Pregajannis der Turraner (Tyrrhenier) wird am Südhang des Apennin gedacht, etwa in der Gegend von Florenz.
(20) gleim, Volkswort = nahe.
(21) Spirken = Latschen; Lutterstauden, Lutter die Grünerle (Alnus viridis).
(22) Övas, der alte Name für Fassa (siehe Erläuterungen)
(23) lat. canna = Schilf.
(24) Silbergrube.
(25) die Berge von Glas, munts da vedro, sind die Gletscherberge des Tauferertales (Pustertal).
(26) Haiden, der deutsche Name für Ampezzo; Andriner = die Ampezzaner.
(27) Krummhorn = Gemse.
(28) lützel = klein, gering.
(29) Gadra = die Gader.
(30) Hauptstadt: das alte Sebatum, das jetzige St. Lorenzen im Pustertal.
(31) Monte Cristallo.
(32) Boden der Wölfin = Pian de la luva.
(33) lellen, Volkswort = zügeln.
(34) Gaden = Kammer.
(35) Ursèr = Bergrücken zwischen der Sella und Sett Sass.
(36) Biete = Volkswort für Kredit.
(37) Kajutes: die Gallier Oberitaliens.
(38) Sett Sass.
(39) Lüppe = Geheimmittel.
(40) Brixia = jetzt Brescia.
(41) Kunkel = der Flachshalter am Spinnrad.
(42) Flemmes = jetzt Fiammes.
(43) Karnellen = die Kornelkirsche.
(44) Anguana = eine Schlangennixe, vom lat. auguis? (ev. aquana mit auguis gekreuzt, n. Plangg).
(45) Vegl = der Alte; Velme = Lutterstauden (alnus viridis).
(46) schütter, Volkswort = spärlich.
(47) Megòns (megoies) heißen die runden Felskuppen; pavè = der Mohn, hier der Alpenmohn.
(48) Krötsha, der Häher, hier Zirbelhäher; ladinische Form der deutschen Gratsche.
(49) Gannes, die Frauen der Salvangs, sagenhafte Bergbewohner.
(50) Bregostans sind Staudenunholde, Buschtrolle.
(51) Dürrensee und Toblacher See.

(52) Pirra, der vordeutsche Name der Rienz.

(53) Littamum, Innichen–Toblach?

(54) Sonnwendbrunnen, ega de san Vi, kommt immer erst Mitte Juni.

(55) in der Bergfaller Badequelle fand man uralte Weihegaben.

(56) Olagun ist Olang im Pustertale.

(57) Rasina = Rasen; dahinter die Rasner Möser.

(58) Pustrissa, der alte Name des Pustertales.

(59) Pera forada (Palfrad), die alte Sprachgrenze.

(60) St. Lorenzen im Pustertale.

(61) jetzt St. Michelsburg.

(62) Kastell auf Suneburg bei St. Lorenzen.

(63) Ras, der Ansitz Rost bei St. Vigil in Enneberg.

(64) gach, Volkswort = eilig.

(65) Torsee = der Pragser Wildsee.

(66) Die mit einem Stern bezeichneten Strophen sind fast wörtlich aus Wolffs Versuch in seiner deutschen Ausgabe.

(67) Rumustlungs ist das Wengener Bad; Ru de Ganna das Tal oberhalb.

(68) Lunedes = die Erscheinungen.

(69) Tjartarula ist die Wünschelrute.

(70) Kesselsee, Lago Caldaro.

(71) jetzt Ghedina-See, vom Besitzer.

(72) Agatshu ist die Felsendohle.

(73) Kumpf ist der Behälter für den Wetzstein beim Mähen, hier Köcher.

(74) Die Sieben Köfel = Sett Sass.

(75) Hundestern = Sirius.

(76) ütja, baita, tambra = Hütte.

(77) Gahne, Volkswort = Funken.

(78) dürchel = löchrig.

(79) dem Hunde, der die Staupe (Hundekrankheit) hat, wird eine gedrehte Weidengerte (Felber) um den Hals gelegt.

(80) Tambra = Hütte.

(81) Rack = Schimmel.

(82) Wiere = Mühlbach.

(83) Gabriel, 24. März.

(84) Langes = Lenz.

(85) Zeiselen = Zeisige.

(86) Roßkopf, der Gipfel des Roßhaut-(Kreuz)Kofels.

(87) hinter, Volkswort = zurück.

(88) die Sonne.

(89) Atragene alpina.

(90) Staune, Volkswort = Weile.

(91) die Zwergalpenrose, Rhododendron chamaesistus.

(92) Aberraut, dramae cistus, Volksname für Edelraute.

(93) Wildfräuleinkraut, Achilles Clavennae.

(94) Tutsch = der Waldkauz.

(95) Buhin = der Uhu.

(96) timper, Volkswort = dumpf.

(97) Kristanna, Bergweib, wohl von crista, der Bergkamm.

(98) Visigaia = Scheintod.

(99) Esplanedis, die Ebene.

(100) Seiser Alpe

(101) Zinten, Volkswort für Drei Zinnen; der Zint ist die Spitze.

(102) Wülpenfeld = Pian de luva.

(103) Gelau = das Toblacher Feld.

(104) lellten = züngelten.

(105) Latzen = mit der Schlinge fangen.

(106) Erch, Volkswort = Haut, Fell.

(107) sehren = verletzen, bedrängen.

(108) lützel = gering.

(109) die Sege, Volkswort = Senkung.

(110) Lammern, Volkswort = Geröllhalden.

(111) Sass dla porta, lad. = der Seekofel im Pragser Tale.

Zeittafel

Die wenigen unvollständigen historischen Daten sollen dem Leser einen kleinen Eindruck geben, um welch spannungsgeladenes Gebiet es sich beim Reich der Fannes handelt.

Vor 18.000 Jahren fand die letzte große Ausdehnung des Würmeiszeitgletschers statt. Im Etschtal bei Trient maß die Eis- und Schneedecke 1700 Meter.

10. Jahrtausend v. Chr.: Viele Gebiete der Dolomitenregion sind bereits eisfrei. Die anfänglich auftretenden tundrenartigen Pflanzen (Zwergbirken, Kiefern usw.) erreichten bald verhältnismäßig große Höhenlagen. Mit ihnen kamen die ersten widerstandsfähigen Pflanzenfresser wie Steinböcke, Gemsen und Murmeltiere. Zu dieser Zeit lebten auch die Bären in den Conturines-Höhlen. Diese Raubtiere und anderes Wild, das später folgte, zogen vom Norden und vom Süden ihre Verfolger, die Jäger, in die Alpenregionen nach.

4500–1800 v. Chr.: Jungsteinzeit. Übergang der Jäger-Sammler-Kultur zur Viehzucht und zum Ackerbau. Dieser Übergang erfolgte in Vorderasien schon zwischen 8000 und 4500 v. Chr. Durch eintretende Trockenheit entstanden dort Bevölkerungskonzentrationen an Wasserläufen, größere Reiche und kulturelle Entwicklungen, die später auch Europa beeinflußten.

Ende 5. Jahrtausend v. Chr.: Keramikfunde u. a. im Trentino und an der Etsch bei Villanders und am Tartscher Bühel.

4. und Anfang 3. Jahrtausend v. Chr.: Keramikfunde, „Vasi a bocca quadrata“, im Bozner Becken.

Mittelneolithische Altkupferzeit: Zierelemente auf Tonwaren und Kupfergeräten lassen vermuten, daß schon zu dieser Zeit Verbindungen zwischen Nord- und Südalpen bestanden.

Späte Kupfer- und frühe Bronzezeit: Steinsärge in Algund bei Meran; verzierte, Waffen darstellende, und unverzierte Steinsäulen, sog. Menhire, auch im Pustertal.

Ende 3. Jahrtausend v. Chr.: Ausgrabungen in einem Gräberfeld bei Modena weisen auf Kontakte zu verschiedenen Südalpentälern und bis zum Nordapennin hin. In diese Zeit fällt auch der Mann im Eis, ein aufsehenerregender Fund am Hauslabjoch, Ötztaler Alpen.

19. bis 15. Jahrhundert v. Chr.: Erste Blüte der Metallgewinnung in der älteren Mittelbronzezeit. Hinweise auf Erzverarbeitung in Matrei, Osttirol, und Brixlegg.

Ende 2. Jahrtausend v. Chr.: Es werden Siedlungen bis in große Höhen (1000 bis 1200 m) gefunden. Erzsuche und die Nutzung von Sommerweiden werden der Anlaß für diese Besiedlung gewesen sein. Man beginnt Brandopfer an höhere Wesen darzubringen. Urnenfeldbestattungen in Innsbruck-Hötting. Ähnliche Tongefäße konnten im Gebiet des Lago di Ledro, in St. Andrä bei Brixen und bei Matrei am Brenner nachgewiesen werden.

14. und 13. Jahrhundert v. Chr.: Einwanderer kommen von Südbayern nach Nordtirol. Größere Siedlungen, bestehen nur aus einigen Familien.

Späte Bronzezeit: Die ersten Fibeln werden vermutlich aus Südtirol (Salurn, Tisens, Eppan) in den Innsbrucker Raum gebracht (Mühlau). Brandopferplätze am Schlern (Burgstall, 2510 m) und bei Brixen (Königsanger, 2439 m).

Ende der Bronzezeit und frühe Eisenzeit: Die Besiedlung dringt bis in große Höhenlagen (Sonnenbühel bei Welsberg-Prags, 1419 m; Raschötzalm bei St. Ulrich, 2160 m)

500 bis 100 v. Chr.: La-Tène-Zeit
Die „casa raetica", die tief in den Boden eingelassenes Mauerwerk besitzt, ist gut dokumentiert. Auch handwerkliche Tätigkeiten sind nachgewiesen: Töpferei bei Eppan, Bronzegießerei bei Klobenstein, Kupfererzaufbereitung in Kurtatsch-Fennhals und bei Levico. Gräberfeld bei St. Ulrich, Col de Flam (1344 m). Die Ausdrucksform in Bild und Schrift wird von Oberitalien übernommen. Dekorierte Bronzeblechgefäße wurden in Pfatten, Eppan und Moritzing gefunden. Der Fritzens-Sanzeno-Kreis prägt die Kunstformen südlich und nördlich des Brenners.

175 v. Chr.: Der Kampf Roms gegen die oberitalienischen Kelten endet.

59 v. Chr.: Cäsar wird Konsul und erhält die Provinzen Gallia Cisalpina, Illyricum und Gallia Narbonensis zugesprochen.

15 v. Chr.: Vorstoß der Römer über Brenner und Reschen. Der Siedlungsraum der Räter und Vindeliker wird Raetia et Vindelicum genannt.

540: Die Franken erobern Agunt im Pustertal.

551: Erste sichere Erwähnung der Bajuwaren. Der kirchliche Sprengel Säben gehört noch zu Aquileia.

Nach 568: Die Langobarden rücken entlang der Etsch nach Norden. Die Franken drängen vom Westen gegen die Langobarden.

592: Die Bajuwaren siegen über die Slawen in Toblach.

Um 600 und danach finden Bestattungen bayerischer Adeliger bei den Kirchen in Säben und St. Prokulus, Naturns, statt. Dies scheint zu beweisen, daß die Bayern den christlichen Ritus der ansässigen Bevölkerung übernommen haben.

680: Ein bayerischer Graf residiert in Bozen. Über den Brenner dürften schon damals reichlich Weintransporte geführt worden sein.

773–774: Kaiser Karl der Große unterwirft das Langobardenreich seiner Herrschaft. Einer seiner Heerzüge wird von Trient nach Norden geführt, bei Bozen aber von den Bayern zurückgeschlagen.

795: Erik, Herzog von Friaul, ein hervorragender Heerführer Karls des Großen, erreicht den Ring der Awaren in Pannonien.

799: Karl der Große besiegt die Awaren endgültig.

Vor 800 wurden offenbar schon stärkere bayerische Siedlungen im Pustertal angelegt. Ortsnamen wie Tesselberg, Greinwalden, Dietenheim und Uttenheim erinnern ans bayerische Herzogshaus mit den Namen Tassilo, Grimoald, Theodo und Uta. Wahrscheinlich sind die Namen Bozen, Terlan, Eppan und Kaltern schon zu dieser Zeit eingedeutscht worden.

788: Tassilo III. muß vor den fränkischen Angriffen aus Westen, Norden und Süden kapitulieren.

798: Das Bistum Säben wird dem bayerischen Erzbistum Salzburg angeschlossen. Das Gebiet südlich von Klausen und Meran bleibt weiterhin bei der Diözese Trient.

888: Schenkungsurkunde von König Arnulf, die die Güter in Seis am Schlern betrifft.

10. bis 14. Jahrhundert: Der Bevölkerungsdruck erfordert Rodungen und intensive landwirtschaftliche Nutzung bis in die Gebirgsregionen. Anlageformen von Einzelhöfen, Weilern und Dörfern, wie sie bis zum heutigen Tag überdauert haben, werden angelegt.

Ende des 11. Jahrhunderts: Der Bischof von Brixen erhält von Heinrich IV. die Grafschaft Pustertal. Altwin, ein Bischof in Brixen, wird zu dieser Zeit vom bayerischen Herzog Welf V. gefangengenommen.

1160: Bewaffnete Intervention Heinrichs des Löwen, als der Herzog von Bayern und Sachsen eine päpstliche Gesandtschaft und den Bischof Adelpret von Trient aus den Händen der Grafen Friedrich und Heinrich von Eppan befreite.

1170: Die Andechser erhalten die Vogtei über Stift Brixen.

1180: Der Sturz Heinrichs des Löwen verringert den Einfluß Bayerns auf Nord- und Südtirol.

1250: Die Grafen von Tirol unter Albert III. dehnen ihren Machtbereich über Reschen und Brenner aus.

1330: Die Grafschaft Tirol wird Reichslehen.

1341/42: Margarethe Maultasch verstößt, mit Hilfe des Tiroler Adels, ihren luxemburgischen Gemahl, um den Sohn Ludwigs des Bayern zu heiraten. Der Dank an die Tiroler kam durch die Gewährung der bekannten „Freiheitsbriefe".

1363/68: Die Bayern wollen ihren Einfluß auf Tirol, das inzwischen von Margarethe Maultasch den Habsburgern zugestanden wurde, zurückgewinnen. Bischof Johann Ribi von Brixen schlägt jedoch die einmarschierenden Bayern bei Mittenwald-Franzensfeste.

1439 bis 1490: Trotz der blühenden Minen in Schwaz und Gossensaß-Sterzing kommt Sigmund der Münzreiche in finanzielle Schwierigkeiten. Graf Leonhard von Görz, der Teile des Pustertals und Osttirols besitzt, ist kinderlos. Die Bayern dürfen wieder auf Tirol hoffen.

1490: Der junge König Maximilian begibt sich nach Tirol und wendet das Blatt zugunsten der Habsburger.

1702: Franzosen und Bayern marschieren auf Tirol zu. Süd-, Welsch- und Osttirol mobilisieren 6000 Mann. Bei Trient werden die Angriffe der Franzosen zurückgewiesen. Kurfürst Max Emanuel muß sich nach schweren Verlusten vom Brenner nach Bayern zurückziehen: „Ach, wie müde bin ich dieser häßlichen Berge."

1805: Österreich muß im Frieden von Preßburg die Gebiete Tirol mit den Fürstbistümern von Brixen und Trient, Vorarlberg und Lindau an die Bayern abtreten. Tirol wird in „Südbaiern" umbenannt.

1809: Andreas Hofer, der „Sandwirt von Passeier", führt den Tiroler Freiheitskampf, gemeinsam mit Pater J. Haspinger, Peter Mayer und Josef Speckbacher.

1810: Andreas Hofer wird am 20. Februar in Mantua hingerichtet. Napoleon wirft den Bayern Unfähigkeit in Tirol vor, schließt Welschtirol an das Königreich Italien und Osttirol an die Provinz Illyrien an. Nur Nordtirol bis Brixen bleibt den Bayern. Ein Tiroler, v. Hörmann, bedauert: Bayern verliert „vielleicht den schönsten Theil seines Königreichs".

1815: Napoleon ist besiegt. Der Wiener Kongreß tagt. Österreich erhält seine Besitzungen südlich des Brenners zurück.

23. Mai 1915: Italien, das bis dahin vertraglich mit Österreich und Deutschland verbunden war, erklärt Österreich-Ungarn den Krieg. Österreich kann an der Italienfront nur spärliche Kräfte an Standschützen und Landsturmmännern einsetzen.

Juni 1915: Die Italiener erobern den Hexenstein (Sasso di Stria) und verlieren ihn einige Tage später. Durch eine kühne Aktion setzen sich die Alpini in den Südwänden des Lagazuoi fest. Ungeheure Sprengorgien schicken Menschen und Felsen in die Tiefe, verändern aber den Frontverlauf kaum. Aufopfernde Einsätze des Deutschen Alpenkorps am Tofana I, II und III bringen nur kurzfristige Erfolge.

Juli 1916: Nach der Sprengung des Hexensteins mit der siebenfachen Menge an Sprengstoff im Vergleich zur Col-di-Lana-Explosion erobern die Alpini auch diesen Stützpunkt. Die österreichische Verteidigung, 120 Mann stark, ist chancenlos.

Okt./Nov. 1917: Die italienische Front östlich der Etsch wird z. T. unter heftigen Kämpfen aufgerollt.

Nov. 1918: Österreich und Deutschland kapitulieren. Insgesamt sind 8,5 Millionen Soldaten gefallen. Im Friedensvertrag von Saint-Germain-en-Laye (10. September 1919) verliert Österreich das Land südlich des Brenners.

1922/23: Machtergreifung Mussolinis und Beginn der faschistischen Politik.

1939: Umsiedlungsabkommen zwischen Hitler und Mussolini die Südtiroler betreffend.

Sept. 1940: Dreimächtepakt zwischen Deutschland, Italien und Japan.

1945: Ende des 2. Weltkrieges. Ein Viertel der Soldaten, d. s. 27 Millionen, gefallen. 25 Millionen Zivilisten sind infolge der Kriegsereignisse gestorben oder ermordet worden. Im Mai erreichen die Amerikaner den Brenner vom Süden her.

Nach 1945: Ist endlich der langersehnte und dauerhafte Friede für das Fannesreich und die umliegenden Bewohner eingekehrt? Gott möge es geben!

(A. St.-D. und O. B.)

Literatur

G. Pidoll, Rhythmen des Daseins, Verlagsanstalt Athesia, Bozen, 1992.

J. Baur, Pfarrer Karl Staudacher, Dolomiten, 6. 3. 1954, Seite 11.

K. F. Wolff, Dolomitensagen, Tyrolia-Verlag, Innsbruck, 1989 (16. Aufl.).

K. Staudacher, Katholische Religionslehre für das Volk, Tipografia A. Weger, Brixen, 1943.

K. Staudacher, Gottes Bilder-Buch, Tyrolia-Verlag, Innsbruck, 1935.

K. Staudacher, Sterbebildverse und andere Gedichte, Reihe „An der Etsch und im Gebirge", XV. Bd., Herausgeber Johannes Bauer, A. Weger's Buchdruck, Brixen, 1954.

K. Perathoner und A. A. Kostner, Ladinisches Vermächtnis, Perkos, Athesiadruck Bozen, 1980.

G. Kossack in: Bayerisch-tirolische G'schichten, Herausg. Tiroler Landesmuseum Ferdinandeum, Athesia-Tyrolia Druck, Innsbruck, 1993.

L. Linseis, Auf den Spuren der Bajuwaren in Südtirol, Verlag Die Bücherstube, Wasserburg/Inn, 1986.

J. Riedmann in: Bayerisch-tirolische G'schichten, Herausg. Tiroler Landesmuseum Ferdinandeum, Athesia-Tyrolia Druck, Innsbruck, 1993.

F. Kirchmair in: Bayerisch-tirolische G'schichten, Herausg. Tiroler Landesmuseum Ferdinandeum, Athesia-Tyrolia Druck, Innsbruck, 1993.

M. Hamm in: Bayerisch-tirolische G'schichten, Herausg. Tiroler Landesmuseum Ferdinandeum, Athesia-Tyrolia Druck, Innsbruck, 1993.

H. v. Lichem, Gebirgskrieg 1915–1918, Bd. 2, Verlagsanstalt Athesia, Bozen, 1981.

F. Volgger, Mit Südtirol am Scheideweg, Haymon-Verlag, Innsbruck, 1984.